あの人と短歌

あの人と短歌

本書は、「ＮＨＫ短歌」テキストの連載「穂村 弘、対して談じる。」（二〇一六年七月号～二〇二〇年六月号掲載）を掲載号順にまとめて加筆修正しています。

あの人と短歌

北村 薫

作家

初回ゲストは人気ミステリ作家の北村薫さん。詩歌の世界にも深い造詣《ぞうけい》と関心をお持ちで、穂村さんは随筆集『うた合わせ　北村薫の百人一首』を、「歌人には書けない仕事」と大絶賛しています。「韻文の謎ハンター」と読み解く白熱の短歌談義です。

きたむら・かおる　一九四九年埼玉県生まれ。早稲田大学ではミステリ・クラブに所属。母校埼玉県立春日部高校で教鞭をとるかたわら、八九年、「覆面作家」として『空飛ぶ馬』でデビュー。九一年、『夜の蟬』で日本推理作家協会賞を受賞。以降、数々の小説、評論、エッセイ作品を発表し、多くの文学賞を受賞。詩歌に関する造詣も深く、二〇一六年、短歌の持つ奥深い魅力とその背景に迫った『うた合わせ　北村薫の百人一首』（新潮文庫）を上梓した。

塚本邦雄《つかもとくにお》と中井英夫《なかいひでお》に学ぶ逆張りの美学

北村　今回、対談をするにあたり、穂村さんの最初の歌集『シンジケート』（沖積舎）を読み直してみたんです。あらためて気づいたんですが、黒鍵の歌が三つもあった。

〈フーガさえぎってうしろより抱けば黒鍵に指紋光る三月〉〈その首の細さを憎む離れては黒鍵のみをはしる左手〉〈腱鞘炎に祝福を　黒鍵は触れるそばからパセリの色に〉。

穂村　僕は塚本邦雄に洗脳されていたので、白い鍵を詠《うた》うのは普通すぎて論外なんですよ。ハナから「黒鍵以外の選択肢はなし！」みたいな（笑）。つまり、全部逆じゃないとダメ。これは、負数の王たる塚本＆中井英夫連合軍による価値観の刷り込みで、七、八〇年代に短歌に目覚めた若者は、僕に限らず、この二人にかぶれていたと思います。この癖は根強くて、ミステリ小説も、普通の推理ものは飛ばして、いきなり中井さんの『虚無への供物』を含むアンチミステリの三大奇書から読み始めるような人間でした。

北村　**〈呼吸する色の不思議を見ていたら「火よ」と貴方は教えてくれる〉**という歌も面白かった。ここの「貴方《あなた》」は「貴女」ではないんですね。「火よ」は女性の話し言葉ですけど、「貴女」にはしないんだな、と。

穂村　「火よ」だけでも、女性であることは十分伝えられますからね。説明を最小限にとどめ、ギリギリのところを狙いたいです。つまり、なるべく散文化したくない。

北村　「〇〇と言った」ではなく、「〇〇と言われた」のような、受け身の形の歌が多い印象もあります。

穂村　寂しいですよね。リアルに言ってくれる人がいないから、脳内で仮想恋人を作っていたのでしょう。限界までエキセントリックなやり取りをすることで、二人の愛が確認できるみたいな、そういう自分の欲望がメチャクチャ露出している。今はもう、そうした歌は書けませんけれど、それって「恥ずかしい」という感情を知ってしまったからなのかな。ダメで

呼吸する色の不思議を見ていたら「火よ」と貴方は教えてくれる

穂村　弘

すよね。やっぱり短歌を書くことにおいては、恥は知らないほうがいい。

北村　そういう恥ずかしさは、「短歌＝作者本人」という暗黙の前提があるから。そこが小説とは大きく異なります。ミステリ作家の綾辻行人《あやつじゆきと》さんが、作中でどれだけ殺人事件を描いても、彼が殺人鬼だとは思わないわけで。

短歌の等身大性と揺らぐ文学的信念

北村　一方、短歌で恋愛について書かれていたら、作者も恋愛しているんだろうと思うのが、わりと一般的な感情ですよね。俵万智《たわらまち》さんがデビューされた頃《ころ》、取材の時に、短歌の内容より、詠われている恋人はどんな方ですか？　といった質問が多かったそうです。それは、まさに「短歌＝作者本人」と思われているということで、つまり「短歌には作者の経験が反映されているはずだ」という話でしょう？

穂村　不思議ですよね。都《みやこ》はるみの「北の宿から」という歌に、寒さをこらえてセーターを編んでいる、という歌詞がありますけど、それを書いた阿久悠《あくゆう》がセーターを編んだとはまあ思わないわけで。演歌なんかだと、おじさんの作詞家が女心を書いたりすることは普通ですし、しかもそれをまたおじさんの歌手が歌ったりもするけれど、違和感もなければ、むしろ感動的だったりする（笑）。そういう現象があらゆる表現において存在するのに、なぜか短歌だけが、そこに等身大性を見られてしまう。もちろん、塚本邦雄の文体みたいに例外はありますけど。でも、昔ほどみんな素朴じゃないし、そうしたフィクションやメタみたいなものに対する感覚は、だいぶ変わってきているのではないでしょうか。自分で短歌を作る時は、一人称のリアリズムベースでも、読む時はもうちょっとユルいとか、そんな感覚が今のスタンダードじゃないかな。昔みたいに、「いない兄を歌ったから不謹慎」的な厳密性はさすがにないと思います。ただ例外があって、震災をはじめ、現実の重い事象を歌う時に、突然そのジャッジが厳しくなる。

北村　ああ、それはわかります。

穂村　あるコンテストの審査員をやっていた時、「ハッピーアイランド」というタイトルの、震災を詠んだ作品が来た。ハッピーアイランドって、福島の直訳なんですね。作者がどこの誰かという情報は一切伏せられていて、僕はその作品を推したんですけど、頭のなかでは「この人が福島在住であってくれ！」という思いでいっぱいでした。震災後の福島を、福島の人間じゃない人が「ハッピーアイランド」と呼ぶのはやっぱりマズイ、そう思ってしまった。でも、これは本来おかしな考え方ですよね。住んでいる場所によって、作品の価値が変わるなんてバカな話はない。もちろん僕はそう信じていたし、そう表明していたのに……。その時、自分の文学的信念がいかに弱いものであるかを思い知りました。小説でも、震災とかそういう問題を扱う時には、読み手の目が厳しくなるでしょう？

北村　なりますね。作品というのは、そういういろいろなものを離れて屹立《きつりつ》しているはずなのですが、現実にはなかなか難しい。

穂村　そんなつもりはないのに、実際には、バイアスがかかりまくっている。日々、そんな自分に気づくこととの連続です。『死んでしまう系のぼくらに』（リトル・モア）という最果《さいはて》タヒさんの詩集がありますが、そのタイトルで作者がおじさんだったら、ちょっとイヤだなとか思っちゃうわけです（苦笑）。

塚本邦雄への永遠の片思い

北村　そういえば、『シンジケート』に挟み込まれていた栞《しおり》に、塚本さんが寄稿されていましたよね。気になっていたのが、そこに「いつの日か、私は穂村弘に、八年前、シラクサからパレルモへ向ふ途中で手に入れた、すばらしいシチリア民謡『マフィア』のテープを進呈しよう」とあるんですけど、このテープは実際にくれたんですか？

穂村　もらいました。手作りの封筒みたいなので送られてきて。今も実家のどこかにありますよ。

北村　本当にもらったんだ！　いい話だなぁ。

穂村　でもあれ、全否定の栞なんです。塚本さんがそういうふうに滔々《とうとう》と短歌と関係ない話を始めるのって、歯牙にもかけていない時で。音楽や絵画や映画の話で、微妙にお茶を濁すというか。だから、がっくりして、いつか良いものを書いて見返してやる！　みたいに思っていたのですが、その機会がないまま亡くなられてしまい……。残念ながら、永遠の片思いになってしまいました。

北村　それと〈**「とりかえしのつかないことがしたいね」と毛糸を玉に巻きつつ笑う**〉という歌、これを読むと吉田戦車《よしだせんしゃ》の『伝染《うつ》るんです。』（小学館）に収められた四コマ漫画を思い出します。和服を着た老人が「……さて、久しぶりにとりかえしのつかないことでもするかな」と言っておもむろに納豆を練りだして、それをオーディオ機器の内部にかけちゃう。最後のコマで「あっ!!　と、とりかえしのつかないことを！」って(笑)。

穂村　それ覚えてます。僕は漫画で育ったから、感受性がすごく漫画的なんですよね。『シンジケート』の章題に「チェシャ・キャッツ・バトル・ロイヤル」というのがあるんですが、本を出した直後に、書店に高口里純《たかぐちさとすみ》の『ロンリーキャッツ・バトルロイヤル』（角川書店）という漫画が積まれていて、ギクッとしました。でも、韻文的には負けてない、と思いましたけど(笑)。しかし、昔の歌集の話は、すべてが恥ずかしいですね。

短歌という定点観測装置

北村　穂村さんが雑誌「ダ・ヴィンチ」（KADOKAWA）でやっている連載「短歌ください」を見ていると、読者からの投稿歌が本当にいいですね。あれは何か手を入れているんですか？

穂村　まったく入れていないです。その理由の一つには、文語文法を使わなくなったことがあると思います。文語で書くには、それを学ばなければなりませんが、口語がメインになったことで、文法的な正誤を指摘する必要がなくなり、結果的に、僕のほうで手を入れる部分は、ほぼなくなりました。

北村　今、街にあふれている言葉自体に文語要素が少ないから、言葉がツールである以上、仕方ありませんが……、寂しいですね。

穂村　実際、読むことはできても、それで歌を作るとなると難しい。僕も文語に憧れてたまに作りますが、「変な裏声みたい」と言われてしまって。いつまでも自分の言葉にならないという感覚がある。もっとも、水原紫苑《みずはらしおん》さんとか紀野《きの》恵《めぐみ》さんのように、最初から文語が馴染《なじ》む人もいるので、適性もあるのかもしれませんが。

北村　投稿歌というと、穂村さんが何かのエッセイで書いていた、短歌における決まりパターンの話が面白かった。

穂村　歌人は日々無数の短歌を目にするわけですが、時に「これは同じ人間が書いたのではないか」と思うような、似た内容の歌が連続して現れることがあるんです。そして、その時代が過ぎるとピタリと止まる。

北村　時代時代で、類型的な発想がある、と。

穂村　一時期流行《はや》っていたのは、「金髪でピアスの少年が席を譲ってくれた」ですね。お年寄りのなかでは「金髪＆ピアス＝不良」なので、そのギャップに感動しちゃうわけです。黒髪の人だって席を譲っているはずなんですが、それが短歌にされることはない。黒髪でノーピアスの人は不利なわけ（笑）。ちなみに今は、「お医者さんが、私の顔を見ないでパソコンを見る」という歌がすごく多い。

北村　診察中に、お医者さんがパソコンで患者のデータをチェックしますものね。

穂村　パソコンとばかり仲良くして、こっちの顔も見やしない！　と。短歌ってある意味、世の中の定点観測なんです。『万葉集』の頃から、歌には、その時代の感受性というものが現れる。だからこ

男の子なるやさしさは紛れなくかしてごらんぼくが殺してあげる

平井 弘

そ、こうした類型的な発想が次々生まれてくるのですね。

短歌はスパークする！

穂村　『うた合わせ　北村薫の百人一首』（以下『うた合わせ』）は、短歌を巡るたいへんスリリングな随筆集でした。並べられた二首の歌が、北村さんの〝読み〟を通して共鳴し、さらなる歌を引き寄せていく――。

北村　言葉の取り合わせで相乗効果を狙うことを「二物衝撃」と言いますが、同様に、短歌と短歌がぶつかるとスパークするんですよね。でも、これは別に珍しいことではない。なぜなら、人が短歌を読む時、自分という人間がその一首とぶつかってスパークしているはずなので。例えば「ＮＨＫ短歌」には、歌に写真が添えられているページ（「巻頭秀歌」）がありますよね。これもある種のスパークだし、さらにそれを見た読者が「イメージ通りだ」「この写真のイメージはないな」といった感想を持つ。それだってスパークです。

穂村　ひまわりの歌にひまわりの写真を添えるのか？　あるいは、ただ青空の写真がいいのか、そこにも〝読み〟は介在しているわけですね。

北村　〝読み〟とはひじょうに複雑なものであって、僕にとっては創作と同じなのです。もちろん、作者に「そんなことは考えていなかった。心外だ」と言われてしまうこともあるかもしれませんが、そうしたズレにこそ、創作物の面白さがあるとも言える。作者の意図とは違っていても、内容があって、より作品の味わいを深めるようなものであれば、それはよい解釈だと思います。そうだ、穂村さんと山《やま》田《だ》航《わたる》さんの共著『世界中が夕焼け　穂村弘の短歌の秘密』（新潮社）は、穂村さんの短歌を山田さんが解説して、それに対してさらに穂村さんがコメントするという形を取っていますが、あれはまさに解釈をめぐる本ですよね。自分が思ってもみなかったような読みをされるのは、どんな気持ちですか？

穂村　基本的には、どう読まれても嬉《うれ》しいです。僕を含め、多くの人は学校の授業などで短歌と出会います。そのためか、「歌の解釈は多義的でよい」ということを知らない人がたくさんいる。お勉強的に〝正解〟があると思い込んでいるわけです。「どちらの解釈が正しいのですか？」と聞かれることがありますが、「どっちもアリ」なんですよね。

うた合わせの醍醐味

穂村　解釈が多義的な有名歌もありますね。例えば、平井弘《ひらいひろし》の〈**男の子なるやさしさは紛れなくかしてごらんぼくが殺してあげる**〉。「登場人物が二人いる」というところまでは一緒だとしても、「僕」と「男の子」が同一人物か否かで、まったく違う歌になってしまう。

北村　僕は前者派。この歌は『うた合わせ』の番外でも取り上げていて、山口重治《やまぐちしげはる》の〈**殺ししと思ひし虫の生きをればこれがなさけか殺し直せり**〉と合わせました。どちらにも男性的なものの持つ危険性、危うさを感じるから。「男の子」の「やさしさ」に、こわさもある。戦争に代表されるように「世界中の不幸を作り出しているのは男」という面もある。

穂村　それで思い出しましたが、辰巳泰子《たつみやすこ》の〈**男らは皆戦争に死ねよとて陣痛のきはみわれは憎みゐき**〉という歌もありましたね。感覚的なところで繋《つな》がっている。

北村　こうした作品を読むと、「男って、どうしようもないな」と思う。自分も男だけど（笑）。

穂村　石川啄木《いしかわたくぼく》の有名な〈**友《とも》がみ**

友《とも》がみなわれよりえらく見《み》ゆる日《ひ》よ／花《はな》を買《か》ひ来《き》て／妻《つま》としたしむ　**石川啄木**

わが店の書棚の前に宮柊二古書撰りいます有り得ることか

金坂吉晃

なわれよりえらく見《み》ゆる日《ひ》よ／花《はな》を買《か》ひ来《き》て／妻《つま》としたしむ〉に、阿木津英《あきつえい》がアンサーした歌もありましたね。啄木のこの歌における「友」のなかには、女性は入っていない。同性の友達みんなが「えらく」見えて心が折れた日には、花を買って、「えらく」はありえない妻と仲良くして心を癒そう、みたいな歌。これに対して阿木津さんは怒って、〈**鬱の日は花を買いきて家妻と親しむなどの発想憎し**〉と詠った。短歌を並べたくなる理由の一つは、当然のことですが、二つの歌が同じ形をしているからですよね。あるいは、両歌に同じ単語が入っていれば、その言葉同士が共鳴してスパークするし、啄木の超有名歌の横に「発想憎し」を並べることで生じる、バトル的なスパークもある。『うた合わせ』は、そうした関係性の在り方がすごく自在で、そこが大きな楽しみでした。

韻文の謎ハンター・北村薫

穂村　僕の好きな組み合わせについては、『うた合わせ』の巻末に収録されている鼎談《ていだん》でも話していますが、そこで触れられなかった金坂吉晃《かねさかよしゆき》と宮柊二《みやしゅうじ》のうた合わせもたいへん面白くて、強く印象に残っています。その歌というのが〈**わが店の書棚の前に宮柊二古書撰りいます有り得ることか**〉。ここからわかるのは、金坂が本屋さんであるということ。

北村　古本屋の親父さんなんですね。

穂村　店番しながらふと見ると、書棚の前で宮柊二が本を選んでいる。「撰りいます」と敬語を使っているところを見ると、宮さんのファンなのでしょう。この横に宮さんの歌を並べるのはわかるんですけど、それが〈**「漢の武帝の天漢二年秋九月」諳んじてゐる小説**

冒頭〉と、小説すなわち本の歌であるというのが面白いですね。この組み合わせによって、一方は「本を選んでいる人を見ている歌」、もう一方は「まさに今、その手のなかにある本についての歌」というようなイメージを引き寄せている。でも、短歌は短く情報が少ないから、宮の手にある本のタイトルまでは容易にわからない。この回は、「その本とは何か？」という謎を巡るミステリ仕立てになっているんです。そのとっかかりとなるのが、北村さんがこの宮の歌を知ったきっかけである『現代短歌の鑑賞101』（新書館）というアンソロジー。

北村　そのとおりです。

穂村　この本の編者である小高賢《こだかけん》は、講談社の有名な編集者だった人。ここにおいて、歌人と本屋と編集者という、いわば出版業界トライアングルが形成される。で、そのアンソロジーには〈「漢の武帝の天漢二年秋九月」〜〉の隣に、宮の別の歌も並んでいた。

北村　〈**雨の夜を群書類従第二百十七巻をひとり読みゆく**〉。

穂村　北村さんは、何とかしてこの二百十七巻を探し当てられないだろうかと、〝足の探偵〟になる。思い当たったのが北村さんの母校の存在。卒業生であり、かつて職員でもあったということで、図書館の本を見せてもらうことに成功する。

北村　埼玉県立春日部高校は、旧制中学以来の歴史があるので、その図書館の書庫には普通の図書館にはない『群書類従《ぐんしょるいじゅう》』が収蔵されていたんです。そのことを思い出しまして。

穂村　その本を確認すると、宮が雨の夜にひとり読んでいたのは、西行法師《さいぎょうほうし》のうた合わせの巻だということがわかった。そこで北村さんは足の探偵から頭脳のほうに戻って、宮柊二に西行に関するま

「漢の武帝の天漢二年秋九月」諳んじてゐる小説冒頭

宮 柊二

とまった仕事があったことを思い出します。そうした流れののち、冒頭に戻り、宮の歌にある「漢の武帝の天漢二年秋九月」は、漢文の使い手である中島敦《なかじまあつし》の代表作のひとつ『李陵《りりょう》』の出だしだと出典が明らかにされる。こうしていろいろわかったわけですが、北村さんは飽き足らず、さらに小高のアンソロジーで出会った歌が収められた原典にまで遡ります。

北村　「並び」を知るためにね。

穂村　執念深い北村さんはそれを知りたくて、宮の歌集『獨石馬《どくせきば》』（白玉書房）に当たる。そこで目にしたのは……という一編です。驚きなのが、これだけの壮大な内容が、たった四ページのなかで展開していること。文献的にも、労力的にも、この本はものすごいエネルギーを注いで書かれているのがわかるはずです。短いがゆえに付きまとう韻文特有の謎を追った、いわば「韻文の謎ハンター・北村薫」の面目躍如ですね。

北村　ありがとうございます。

短歌を「読む」ことの創作性

穂村　僕を含めて、短歌を作る人間が同じことをやっても、おそらくここまでの広がりは出せなかったと思うのです。

北村　でも、歌人のほうが持っている情報は多いはずでしょう？

穂村　そのことによって、逆に発想が限定されてしまうところがある。この歌とこの歌を組み合わせたいけど、歌人としての格が違いすぎるからどうかな……みたいな、変なことを考えちゃう。

北村　僕は、一切考えませんから。

穂村　きっと、その純粋さがカップリングの妙を生み出しているのでしょうね。「歌人のほうが持っている情報が多い」とおっしゃいましたが、短歌の外側にも文学の世界は広がっています。そこはまさに北村さんの世界で、この本は、そうした背景となる圧倒的な知識量がなければ書けない。それなくしては、歌と歌を繋いでいくことができないわけで、情熱と知識の両方があって初めてできる仕事です。

北村　よく「歌人でなければ短歌は読めない」などと言われますよ

ね。つまり、歌を作る人でなければ、歌を理解することは不可能である、と。確かにそういう面はあるかもしれませんが、歌を作らないけど短歌を楽しんでいる僕からすると、「そんなことはないんじゃないの？」と思うわけです。短歌も小説も「表現」であって、そこにさまざまな人間の姿が浮かんでくるところが面白い。小説において評論家という存在がいるように、これだけ豊かな表現なのだから、短歌ももっと多くの人に読まれ、さまざまな解釈が交わされるものになってほしいですね。

日常から消えた韻文

穂村　ちょっと愚痴っぽくなってしまうのですが、京極夏彦《きょうごくなつひこ》さんの小説がベストセラーになった時、「こんなに長くて難しいものを、何十万人もの人間が楽しんでいるんだ！」と、すごくショックを受けたんです。一方で、短歌はこんなにも短くてあっという間に読めるのに、読者が少ない。散文にはみんな寛容なのに、なぜ韻文にそこまでハードルの高さを感じてしまうのか？　しかも、そのハードルはどんどん上がってきている気がしていて。

北村　例えば、自分の恋人に「これ、素敵《すてき》でしょ」と教えられて出会った歌があったとしたら、その輝きはすごく鮮やかなものだと思うのです。そういう意味では、選歌は創作と同じくらい重要。だから、アンソロジー的なものは、未知の素晴《すば》らしい歌と出会うきっかけとして、ひじょうに大きな存在ですよね。

穂村　もちろん、それはわかります。でも一方で、そうした出会い方がもう時代とズレてしまっていると思わなくもないんです。そんな恋人、今もいるんでしょうか。かつて韻文は、日常のなかに自然にあるものでしたよね。昔の人は、手紙や日常会話に、普通に韻文を引用していた気がします。自分の親も、〈**ふるさとは遠きにありて思ふもの**〉（室生犀星《むろうさいせい》）とかよく言っていた。

北村　ある感情を覚えた時に、それに対応する歌がパッと浮かんでくる。それが普通な時代があった。

昔の中学生などは、文語で日記を書いたりしていましたよ。ちょっと気取ったり、あらたまったりする時には文語を使った。今はあり得ないでしょうが。

穂村　なぜ、そうなってしまったのでしょう?

北村　わかりやすくしようとしてきたから、でしょうね。言葉のハードルを下げようとしたことによって、逆にハードルが上がってしまったというか。つまり、わかりやすさを追求した結果、わかりにくい文語を遠ざけることになった。

穂村　今は、あらゆる表現が「読者のためのもの」という意識が強いですからね。例えば、ルビ(ふりがな)ひとつとってみても、本を作る側が可読性を上げるためのものだと思っていて、そこに何の疑いも持っていない。でも、韻文のルビって、必ずしもそういうものではない。ものすごく読みやすい漢字にわざとルビを振ることもあるし、読めないだろうとわかっていながら、あえてルビを振らないことだってある。つまり、そこも制作意図の範疇《はんちゅう》なんです。

「韻文が格好いい」という文化

北村　でも、文語でないと出せない味わいもある。銀座・数寄屋橋《すきやばし》にある菊田《きくた》一夫《かずお》の碑には「数寄屋橋此処にありき」という言葉が刻まれていますが、これは「ありき」だからなりたつのであって、「あった」では、まったく格好がつかず、碑の文句にならない。

穂村　菊田といえば、『君の名は』の「忘却とは忘れ去ることなり　忘れ得ずして忘却を誓う心の悲しさよ」という有名なナレーションもありましたね。昔は冒頭に韻文を掲げる文化があった。少年忍者アニメ『サスケ』(白土《しらと》三平《さんぺい》)のオープニング曲は、「光あるところに影がある　まこと栄光の影に数知れぬ忍者の姿があった~」というセリフから始まったし、料理番組は「愛情は塩にも勝る調味料。とは言っても、愛情だけで料理はできませんね」みたいな五七五のフレーズから始まったり。ああいう名調子でいい気分になるという文化が、今はなくなってしまいました。

北村　つまり、「韻文が格好いい」という感覚がなくなってしまった。寂しいですね。

穂村　大藪春彦《おおやぶはるひこ》の『野獣死すべし』（講談社など）とか、ハードボイルド小説のタイトルが漢文脈なのも、単純に格好いいからですよね。そういえば、レイモンド・チャンドラーの『さらば愛しき女《ひと》よ』（ハヤカワ・ミステリー文庫、清水俊二《しみずしゅんじ》訳）が、村上春樹《むらかみはるき》の新訳で『さよなら、愛しい人』（同）というタイトルになっていました。

北村　時代ですねぇ。

穂村　原題は"Farewell, My Lovely"だから、訳的には正しいのだろうけど、やっぱりなんか力が入らないですよね（笑）。

時代劇から失われた文語的な味わい

北村　韻文が持っている、文語の素晴らしさを再確認する機会が必要なのでしょうね。

穂村　かつては、意識的にインプットせずとも、フラグメント（断片）として目からも耳からも韻文が入ってきましたから。

北村　文語の歌もいっぱい習ったし。

穂村　唱歌とか。有名な「故郷《ふるさと》」の歌詞「兎《うさぎ》追ひし彼《か》の山〜」とか、みんな文語体だった。以前エッセイに書いたことがあるのですが、DVDで『仮面の忍者 赤影』（横山光輝《よこやまみつてる》）を見ていたら、悪役の甲賀《こうが》幻妖斎《げんようさい》が主人公に向かって「命《いのち》冥加《みょうが》なやつ」と言ったんです。そしたら、一緒に見ていた妻が、「何て言ったの？」と。子ども向けの番組だから、当時は子どもでもわかる言葉だったはずですが、僕と妻の数年という年齢差の間で「命冥加」という言葉は失われてしまったわけです。文語の話からはちょっとズレてしまいましたが、要するに、文語的なものに触れる機会でもあった時代劇も、どんどん現代的になってきている。

北村　突然口語が入ってきたら、そこだけ浮いたりしそうなものだけど、時代劇が全体的に口語ベースになってしまうと、そんなこともないわけだ。

穂村　ええ。それと、アニメですけど、少年剣士ものの『赤胴鈴之助《あかどうすずのすけ》』（福井栄一《ふくいえいいち》・竹内《たけうち》つなよし）を見ていたら、「剣はスピード」と言っていましたよ。「スピード」ありなんだ！　とびっくりした（笑）。

北村　我々の書くものには、「若き日の思い出を」とか「在りし日の」といった言葉が自然と出てきて、それがいわば混在するんですね。必要性のあるなしや理屈ではなく、自然と混ざる。口語のなかに文語の調子が入ってくることで、文章が締まるということがある。その感覚は、とても大事な文化だと思うのですが……。

SF的妄想の果てに

穂村　ある時期までは、散文のなかにも韻文的な感受性があったと思うんです。つまり、読者に〝だけ〟向けて書いているのではないという感覚。文が文として、ある種の生き物のように動いていく感触を、書き手はみんな知っていて、それはいくら自分でコントロールしようとしても、できるものではなかった。韻文は、まず神様に向けて書くということが前提になっていた。そうした芸術の在り方が、ユーザー第一という資本主義の精度が上がったことによって抹殺されつつある――ということは言えると思います。さっきの、ルビが読者の可読性を上げるためのものになっているという話も、同様です。そうした傾向が徹底されたことで、散文のなかから韻文的な要素が排除され、さらに韻文は散文並みにユーザーフレンドリーになることを求められるようになった。これはつまり、韻文も他のコンテンツと同列で勝負して、勝たなきゃいけないということです。でも、それは長い目で見ると、自分で自分の首を絞めているように見えなくもない。

北村　韻文の未来を考え始めると、どうしても難しい問題と対峙《たいじ》しなくてはならなくなりますね。

穂村　でも一方で、未来には予測がつかないことも起こります。そして、それが新たな活路となる可能性もある。例えば、八〇年代の頃の漠然とした予測としては、テキストはコンピュータの世界には入れないと思われていた。音声や画像や動画が主流になり、文字情報なんて能率の悪いものは消えてしまうというようなSF的イメージを共有していたはずなのに、現実は違いました。多くの人が使っているSNS（ソーシャル・ネットワーキング・サービス）は文字情報がベースだから、むしろ、多くの人がものすごい勢いで文字を打ちまくる時代が到来しています。いろいろな人が言っていますが、例えばTwitter《ツイッター》の文字数制限が三十一字に設定されていたら、国民総歌人になって、短歌イケイケの時代になっていたかもしれない。同様に、俳人は「Twitterが十七字制限なら、一気に俳句人口が一億人を超えたのに」と発言している（笑）。

北村　それでひとつ、短編小説を書きませんか。

穂村　え？　短歌をテーマにした近未来ディストピアSFですか（笑）。

北村　そうそう、みんな歌人になってしまうSF。

穂村　北村さんが書いてください（笑）。読みたいです。でも、そんな世界が現実になったら、短歌の裾野が広がりすぎて、僕ら歌人はオマンマの食い上げになりそう。日本人全員が短歌をやったら、ものすごい才能がどんどん出てきて、今のプロ歌人は生き残れないのでは？　あるいは、Twitterは世界規模だから、相撲におけるモンゴル人横綱のような人たちがたくさん出てきて「なんだ、世界中の人間が短歌をやったら、日本人たいして強くないじゃん」みたいなことに……（苦笑）。

北村　上限三十一文字だったら、やっぱり字余りは許されなくなるのかな？

穂村　Twitter社が字余りを許さない設定にしたら、字余りはなくなっちゃいますね。

北村　逆に、字足らずは許容されるわけだ。

穂村　本歌取りのところは色が変わる、みたいな設定がほしいかも。でも、もしそんなことになったら、王朝和歌の頃みたいに、言葉の面白い人がモテる世の中になるわけですよね。あ、でも今は話芸に長けた芸人さんがモテる時代だし、日本語ラップも人気だし、すでにそんな時代が到来しているのかもしれないですね。

（対談・二〇一六年五月九日）

酒井順子

エッセイスト

数々の名エッセイで知られる酒井順子さん。「詩心はないものの、新聞歌壇は好きです」とのこと。多くの仕事のなかには、『源氏物語』や『枕草子』といった古典文学作品を現代女性の観点から読み解いた作品や、近代を生きた女性たちの軌跡に関する執筆もなさっています。

さかい・じゅんこ　一九六六年東京生まれ。高校在学中より雑誌にコラムを執筆。大学卒業後、広告代理店に就職、その後執筆活動に専念。二〇〇四年、『負け犬の遠吠え』で婦人公論文芸賞、講談社エッセイ賞を受賞。著作に『紫式部の欲望』『枕草子ＲＥＭＩＸ』『徒然草ＲＥＭＩＸ』『女子と鉄道』『金閣寺の燃やし方』『地震と独身』『オリーブの罠』『中年だって生きている』『百年の女―『婦人公論』が見た大正、昭和、平成』などがある。近作は『ガラスの50代』（講談社）。

女性への共感と男性への無関心

穂村　酒井さんのお仕事からは、同性の生き方への強い関心が感じられます。それは現代だけでなく、時代を遡り、清少《せいしょう》納《な》言《ごん》や紫式《むらさきしき》部《ぶ》といった女性も対象にしています。『紫式部の欲望』（集英社文庫）では『源氏物語』を原文で読んで解説されていて、いまだ通読できていない「源氏見ざる歌詠み」の僕は、ちょっと後ろめたい気持ちになるのですが。読むのに何年くらいかかりましたか。

酒井　単語帳などを作りながら読んでいたので、とても時間がかかりました。途中、中断もしたので、足掛け数年という感じですね。

穂村　最近のお仕事だと、雑誌「婦人公論」（婦人公論社）で連載中の「『婦人公論』１００年に見る変わる女、変わらぬ女」（二〇一八年に『百年の女 ―『婦人公論』が見た大正、昭和、平成』として中央公論社より刊行。以下「１００年」）で、女性の立場が激動する近代日本について書かれていますね。

酒井　本当によい機会を与えていただいたと思っています。私は、平安の女性のことは多少は知っているものの、日本史全体となるとまったくわかっていなかったので。この連載で、改めて近代史を学んでいる感じです。

穂村　男性にはあまり関心がないんですか。

酒井　そうなんですよね。だから、男性が書き手の『徒然草《つれづれぐさ》』などは、読んで面白いとは思うものの、じつはそこまで身が入らない。

穂村　それで『徒然草ＲＥＭＩＸ』（新潮文庫）では、清少納言を登場させて、吉田兼好《よしだけんこう》と架空の対談をさせているわけですね。

酒井　彼女に助けてもらわなければ、あの本は書けなかったかもしれません。

穂村　そういう傾向は昔からですか。小中高と女子校だったんですよね。

酒井　はい。生活のなかにあまり男性がいなかったもので。「男性が人間だとは思えない」というところがいまだにあります。

穂村　では逆に言えば、女性に関しては時代が千年遡ろうとも、ある関心と共感が持てるということですか。

酒井　そうですね。『枕草子』を最初に読んだとき、初めてそのことに気づきました。「千年前の女性たちも、いまを生きる私たちと同じ感覚を持っていたんだ！」という驚きがあり、古典の面白さに開眼しました。

ウェット系よりサバサバ系

穂村　『枕草子REMIX』（新潮文庫）では、「清少納言は友達になれそうだけど、紫式部はちょっと……」みたいに書かれていたのがおかしくて（笑）。前者がサバサバ系、後者がウェット系、ということですか。

酒井　湿度の差は大きいですね。それと、紫式部は敵にまわすと怖そう（笑）。親友くらいの深い関係になってしまえば、彼女もぜったい面白い人だと思うのですけれど。もっとも、がっつり付き合ったとしたら、彼女は私のことを嫌いになると思います。

穂村　どのあたりを？

酒井　明《あ》け透《す》けな感じとか、ストレートな物言いとか。

穂村　「酒井さんったら、あられもない！」みたいな（笑）。清少納言以外に、好きな歴史上の女性はいますか。

酒井　最近気になるのは山川菊栄《やまかわきくえ》ですね。日本の婦人運動初期に活躍した評論家で、のちに厚生省と統合して厚生労働省になる「労働省」の初代婦人少年局長を務めた人。彼女は、俯瞰《ふかん》して客観的に物事を見られるのと、同時代を生きた与謝野晶子《よさのあきこ》的ではない、乾いた感じが好きです。もちろん、晶子の「血潮」感にも興奮はするのですが、自分とあまりにも違うので、共感しづらい。もう少し理屈寄りの人が好みですね。

穂村　山川といえば、「100年」でも触れている晶子と平塚《ひらつか》らいてうの議論から始まった「母性保護論争」に参戦したことでも知られていますね。「子どもを自力で育てるか否か」というのが論点だった。

酒井　晶子の論旨は「まず仕事を持ってから子どもを産め」というもの。つまり、「女性は子を産み・育てることにおいても自立すべし」と言っているわけですが……。

穂村　現実的には、そんなことは晶子以外の人にはほぼ不可能、という時代です。でも、本人には「私はやった」という自負がある。

酒井　でも晶子は、「子どもが親以外の他人に育てられるのは可哀《かわい》想《そう》だ」なんて言いながら、自分の子どもはガンガン養子に出していたのですけれど(笑)。

婦人と言えども人である？

穂村　「100年」を読んでいると、女性の人権が確立される以前のおじさんたちの発言がムチャクチャで、いまの価値観からするとヤバさ炸裂《さくれつ》です。でも、酒井さんの筆致はクールで、それを声高に糾弾することはない。淡々と引用することで晒《さら》していく、といった感じがあって、それがむしろ怖い(笑)。内心はどう思っているんですか。

酒井　いまはもう、あからさまな男女差別的な発言は少なくなりましたが、過去の文献を漁《あさ》っていると、いまなら一発アウトであろう発言がジャンジャン出てくる。誤解を怖れずに言えば、そういうものを発掘していると、なんだか楽しくなってきちゃって(笑)。

穂村　ムカつかないの？

酒井　もちろんムカつくんですけど。例えば、いまでも女性は「産む機械」なんて酷《ひど》い言われ方をしたりしますが、そういうのを聞くと「コラ！」と同時に、「キタキタ！」とも思うのです。「やっぱり本心ではそう思っているのね」と。その時のかさぶたを剝《は》がすような痛痒《いたがゆ》さが、ちょっと自虐的でクセになる。もっとも、たくさんあり過ぎて、拾い出すとキリがありません。

穂村　選《よ》りすぐりを引用しているわけですね。

酒井　「婦人と言えども人である」とか。

穂村　日本女子大学の創設者の文章でしたよね。何がキツイのかと言えば、本人は女性の側に立って、むしろ「いいこと」を言っているつもりでいるところ(笑)。酒井さんは童謡「手のひらを太陽に」の歌詞を引用して、この「言えども」は、あの歌の「ミミズだってオケラだって」の「だって」と一緒だと書いていましたね。このセンスに、酒井さんらしさを感じました。以前ある有名な作家の小説を読んでいたら、「夫が風呂に入っても下着も出しておかぬ鬼のような嫁」というような文章があったんです。作者は明治生まれの文豪だから仕方がないのかもしれませんが、いま悪妻の描写でこれはあり得ないでしょう？　そう考えると、時代を経て、男性の意識もだいぶ変わったんだなぁ、と。

酒井　夫婦ものでいうと、有吉《ありよし》佐《さ》和子《わこ》さんの『恍惚《こうこつ》の人』（新潮文庫）を読んで驚いたのですが、そこに、ほんの一か月セックスをしていないだけで「あり得ない！」と驚かれる世界が描かれている。つまり、この小説が発表された一九七〇年代には、いま問題になっているような「夫婦のセックスレス」はほとんど存在しなかったことになる。これも時代の変化なのでしょうか。あるいは、作者の有吉さんの個人的な感覚なのかも？

穂村　だとすると「書く」って怖いですね。自分は当然だと思っていることを、天下に晒すことになるわけだから。僕も時々、世間との感覚のズレを思い知らされます。例えば「ミューズ」みたいな観念ってあるでしょ？

酒井　「俺にとってのミューズ」みたいなものですか。

穂村　その感覚がなかなか捨てられないんです。僕には、ものを書く時に、女神とか妖精みたいに女性を美化したがる傾向があるのですが、そのことを言うと「ヤバイ人認定」されてしまう。

酒井　いまの若い男性にはない感覚なのか。

穂村　ないかどうかはわからないけれど……批判の対象になりますね。「傷つきながら汗を流して生きる一人の人間である」という認識が希薄だと言われてしまう。

酒井　女性を神格化せず人間扱いしろ、と。

穂村　ええ。女性をミステリアスな存在として見たいという願望が表現によってはNGになる。

酒井　それって、男性を人間として見ていない私と、どこか似ていませんか。

穂村　……確かに（苦笑）。

メイプルリーフ金貨と擬宝珠《ぎぼし》の味

穂村　今日は、僕の短歌の中から好きなものを選んできてくれたそうですね。

酒井　はい。『シンジケート』収録の〈**「メイプルリーフ金貨を噛んでみたいの」と井辻朱美は瞳を閉じて**〉。

穂村　井辻朱美《いつじあけみ》さんは、僕が所属する同人誌「かばん」の先輩で、翻訳家の方です。

酒井　実在する方なのですね。

「擬宝珠」という落語をご存知ですか。金属味の好きな男の話なのですが。

穂村　金属味？

酒井　フォークを舐《な》めると、ちょっと金属の味がするじゃないですか。あれです。主人公は、橋の欄干に載っている擬宝珠を舐めるのが好きなんですよ。その落語が好きなので、この歌を選びました。

穂村　直球だな（笑）。この歌、井辻さん本人には「私が財テクの人みたいじゃないか！」と言われて不評でしたが、僕としては、井辻さんをそれこそミューズ的な存在として捉えた神秘的な歌のつもりだったのです。

酒井　私には井辻さんの、穂村さんに対するコケットリー（媚態《びたい》）が感じられたのですが。

穂村　本人は全然そういう人ではないので、無理やり僕に対するコケットリーが感じられるように、「僕が」書いているわけです。

酒井　悪い男ですねぇ（笑）。

穂村　でも、酒井さんも『源氏物語』を「紫式部が、自身の秘めた『欲望』を、思いきり吐き出すために書いた物語なのでは」と書いているじゃないですか。それと同

「メイプルリーフ金貨を噛んでみたいの」と井辻朱美は瞳を閉じて

穂村　弘

じだと思うのだけど。

酒井　面白いですね。この歌が、穂村さんにとっての『源氏物語』的な作品だったとは！

ツールとしてのエッセイと短歌

酒井　『シンジケート』で気になったのが、**〈子供よりシンジケートをつくろうよ「壁に向かって手をあげなさい」〉**です。今年（二〇一六年）、『子の無い人生』（KADOKAWA）という本を出したこともあって、若かりし日の穂村さんの「子ども観」が垣間《かいま》見れて面白かった。

穂村　この歌は、家庭を持ち、家を建て、子どもを作る――ということに対しての、僕なりの違和感の表現ですね。その代わりに、『ルパン三世』（モンキー・パンチ）におけるルパンと峰《みね》不《ふ》二《じ》子《こ》の付かず離れずの関係のような、恋愛というよりもチーム的な、パートナー的な在り方を提示した。でも、それは積極的に憧れていたというよりは、むしろスタンダードが怖かったんですよ。

酒井　歳《とし》を経るごとに、心境の変化はありましたか。

穂村　うーん……僕のなかでは、変わらなかった部分ですね。今でもそう思っているので。

酒井　私も子どもはいませんが、若い頃でも、ここまで激しい反発は感じていませんでしたね。「シンジケートをつくろう」とまでは思わなかった。

穂村　だから母親が死んだ時には、ちょっとホッとした部分もあったんです。子どもを作ってほしいと自分に期待する人が、少なくとも一人は減ったわけだから。親が「孫の顔を見たい」と思うことは、世間的にはごく普通の感情だということになっていますよね。理由はよくわからないのですが、そういう世のなかの〝常識〟に対して絶望めいた気持ちがあるんです。

酒井　そんな強い感情を抱いている時に、穂村さんだったら、短歌がありエッセイがありと、いくつか吐き出す手段をお持ちですが、まず何で表現したいと思うのですか。

穂村　あまりにも自分のコアな部分に触れる感情だと、怖くて、書くこと自体を保留してしまいます。

酒井さんには、エッセイでは表現できないものがありますか。あるいは、怖くて書けないこととか。

酒井　親は死んでしまったし、親戚ももう私の書いたものを読まないので、むしろ何でも書けるようになってきたかもしれません（笑）。もう少し歳をとって、死に近づいた時には、自分の中にあるブラックな部分について、詳しく書いてみたいですね。「私の黒さはこんなもんじゃないぞ！」という思いがあるので。

穂村　どんなテーマなんですか。

酒井　それは言えないですよ。言ったら、私の暗黒部分が、今この場でバレちゃうじゃないですか（笑）。

「ぶっちゃけ」の性差

穂村　「書ける／書けない」という話でいうと、以前作家の角田光代《かくたみつよ》さんと『異性』（河出文庫）という本を出したときに、解説を酒井さんにお願いしましたね。その後で、「夫婦」をテーマにした続編の話が持ち上がったのですが、僕はすごく身の危険を感じていて……。

酒井　どうして躊躇《ちゅうちょ》されているのですか。

穂村　これ以上続けると、本当のぶっちゃけ話になりそうなんですよ。

酒井　穂村さんはぶっちゃけないのですね。

穂村　まったくしないわけではないですが、角田さんのぶっちゃけの土俵に乗るのはちょっと……。

酒井　男女差があるのかな。男の人のぶっちゃけレベルは、女性に比べると、確かに低めかもしれない。ぶっちゃけ切れずに、ロマンで包んじゃうところがあるから。

穂村　男性は勝手に「自分には一定の立場がある」と思い込んでいるフシがあって、その幻の既得権益を手放したくないのでしょう。それに対して角田さんには、ある種の「失うものはない」的な大胆さがある。彼女はもう偉い作家だから、もちろん本当に「失うものはない」わけではないけれど、そういう気配を感じるんです。僕の野性の勘が「そんな相手にぶっちゃけるのは危険だ」と言っている（笑）。酒井さんは、ぶっちゃけるのは平気ですか。

酒井　ジャンルによるかもしれないですね。でも、守っている陣地——つまり、ぶっちゃけないでいる面積は、キャリアが長くなるにつれて狭くなってきました。砂浜で棒倒し遊びをやっている感じです。

穂村　砂山に棒を立てて、倒れないように周りの砂をちょっとずつ除いていくアレですか。棒すなわち自分が倒れない程度に、小出しにぶっちゃけていくイメージですね。本当のぶっちゃけには憧れるけど、自分には無理だなぁ。

酒井　確かに、穂村さんが突然ぶっちゃけ出したら、読者は照れたり、困惑したりするかもしれないですね。

穂村　だって僕、相当カマトト度が高いですから。普通の人よりぶっちゃけるハードルも高いんですよ。

酒井　『短歌の友人』（河出文庫）や『ぼくの短歌ノート』（講談社文庫）などの、穂村さんによる短歌鑑賞の本はすごく論理的です。カマトトなのに、こんなにすごいことを考えているなんて！　という驚きがありました。

穂村　カマトトと論理的であることは両立するでしょ（笑）。

酒井　でも穂村さん、何も考えていない振りとかをよくするからなぁ。

穂村　確かに、それに近い挙動をしますが……、しかし、身も蓋もないおっしゃりようで（苦笑）。僕は、そのほうが愛されると思ってやっているんですけど、酒井さんにはぜんぜん通用しないわけだ。

酒井　いつも「騙《だま》されちゃいけない。用心、用心」と思いながら見ています（笑）。

詩心《しごころ》がない

酒井　こうして短歌雑誌の対談にお招きいただいておいてナンですが、私の中には「詩心」というものが全く存在しないのです。

穂村　断言しましたね（笑）。なぜそう思うのですか。

酒井　書こうとしても書けないし、「これを詩歌にしたい」と思う感覚というか、芯になるものが全く存在しないんです。

穂村　しかし、『枕草子』の「**春はあけぼの〜**」という冒頭の一節も、韻文的なリズムを持っていますし、しかもあの書き方だから良いわけでしょう？

酒井　あの冒頭は、作品中、特に詩的な部分のような気がします。なぜなら、他はもっと具象性が高いし、うっとり感もそこまでではありません。教科書に載るくらい有名な「春はあけぼの〜」からイメージする世界と、全体から受ける印象はけっこう違っている。もし、あの調子の文章が延々と続いていたとしたら、『枕草子』をここまで好きにならなかったかもしれません。

穂村　酒井さんの文章は、しばしば「です・ます調」ですが、完全な敬体ではなくて、突然常体になる瞬間が何度もある。このリズムチェンジがすごく効果的で、そこに一種の詩心を感じます。

酒井　「です・ます」だけで通すと、語尾が単調になってしまうんですよ。

穂村　「です・ます」が消える瞬間、ハッとするというか、そこにある種の批評性を感じて、読んでいる側はちょっと怖くなるわけ。だから、「詩心がない」とは思わないけれど。

酒井　詩とアートを理解する能力が欠けているんです。

穂村　でも、『枕草子ＲＥＭＩＸ』には、「『和歌』というもの」という項目がちゃんとあって、しかもすごく説得力のある分析をされています。「平安時代の和歌は今でいうと何に当たるのか」とか。

酒井　和歌が、平安の貴族たちのなかで、どのような機能を果たしていたのかはわかるのですが、和歌そのものについて理解できているかというと……全く自信がありません。

新聞歌壇という愉しみ

酒井　詩心はないものの、一方で、新聞歌壇は好きです。見ず知らずの、市井の人たちの生活を覗《のぞ》き見している感じが楽しくて。

穂村　短歌はそういうものでもあるから、正しい鑑賞の仕方だと思いますよ。もし短歌が、純度の高い現代詩のようなものになってい

朧月ほしいままなるくちづけの邪魔をするのはわたしの髪のみ

西澤孝子

たとしたら、限られた人たちのものになり、こんなにも盛んに投稿されてはいなかったでしょう。今の短歌は「生活をそのまま歌えばいい」というある種の誤解や了解のもとに、成り立っているところもあるので。

酒井　継続して読んでいると、だんだんおなじみの名前が出てくるんですよね。歌を追うことで、「この人は最近仕事を辞めたんだな」とか「最近引っ越したようだ」など、投稿者の生活の変化が、こちらにわかってくる。

穂村　定点観測的な面白さはありますね。「日本経済新聞」の新聞歌壇の選者をしているのですが、キスの歌をたくさん送ってくれる女性がいて、僕もうメチャメチャその人のキスに詳しくなっちゃった。

酒井　「日経」にキスの歌！　経済人の女性なのかな？　あるいは、経済人の夫を持つ妻とか。その方の妄想が詠われているという可能性はないのですか。

穂村　描写に、そうとは思えない生々しさがあるんですよ。〈**朧月ほしいままなるくちづけの邪魔をするのはわたしの髪のみ**〉（西澤孝子）とか〈**やはらかなあなたの舌を吸つてゐるもしかしてディープ・キスなのかしら**〉（同）とか、すごい迫力なの。考えると不思議ですよね、誰も頼んでいないのに、日記に書くようなプライベートなことを自ら詳《つまび》らかにしているわけで。拝見するこちらは、ひじょうに楽しいですが（笑）。

女性は「共感」、では男性は？

穂村　今は、古典文学を苦手とする若い人が多いですね。酒井さんには、読むきっかけがあったのですか。

酒井　「古典文学」と一つにくくると、ジャンルとして広すぎて、大ごとになってしまいます。古いものをまとめて「古典」と呼んでいるだけで、じっさいには、そのなかにいろいろなものがあるわけですよね。私の場合、清少納言というとても気の合いそうな女性を見つけたことが大きかった。同様に、人にはそれぞれ自分に合った古典への入口があるはずです。戦いが好きな人は戦記物、小説好きなら『源氏物語』といったように。

穂村　そうすれば、たとえ古いものであってもシンパシーを感じられると。酒井さんが『枕草子REMIX』で書かれているように、昔の人も今の人も気持ちは同じなんだ、という意見はわかるのですが、短歌を読んでいると、そこがすごく不安になる部分でもあるんです。僕の場合、近代以降の作品になると、急に「わかる」感じが強まるから、その時点を境に何かが大きく変わったのではないかという気がしていて。そう考えると、短歌においては、本当に古典を血肉化して自分の作品に生かしている人は、少ないように思います。

酒井　男性が、古典作品の登場人物に共感するのはレアケースなんですね。

穂村　あまり聞きませんね。女性歌人では、馬場《ばば》あき子《こ》や尾崎左永《おざきさえ》子《こ》、作家の竹西寛子《たけにしひろこ》さんなんかも「欲望の在《あ》り方や愛の感覚は、今も昔も変わらない」というスタンスですが、男性の歌人はどうかなあ。男性はやっぱり、近代への思い入れがえらく強いですね。

酒井　近代を境に、男性の考え方が大きく変わった、ということですか。

穂村　あるいは時代は別にして、快感のポイントが違うのかもしれません。女性が時代を超えた愛の感覚に共感するのに対して、男性は、例えば、政治家が何かにつけて「維新」と付けたがったり、「尊敬するのは織田信長《おだのぶなが》」などと言う感覚が目立つ。会社の社長が「経営を武田信玄《たけだしんげん》に学ぶ」的な本を読んで勉強したりするのもそう。個人的には、信長に憧れている政治家になんて票を入れたくないし、信玄と自分を同一視している経営

「百万ドルの夜景」というが米ドルか香港ドルかいつのレートか

松木 秀

者の会社になんて入りたくないけれど。

酒井　（笑）。それは共感とはまた違う感覚ですね。憧れ？

穂村　自分を大きく見せたい、みたいなことなのかな。なぜ男女で共感能力にここまでズレがあるのか、不思議ですね。

「身も蓋もなさ」を楽しむ

酒井　穂村さんがさまざまな短歌をテーマ別に論じた『ぼくの短歌ノート』を拝読していて、私は歌人の松木秀《まつきしゅう》に自分と近いものを感じました。もちろん、選ばれている歌はみんな面白いのですけれども、そこに「わかる！」という感覚が加わると、さらにもう一歩なかに入っていける。「女性はまず共感ありき」の法則は、私の場合、短歌においても有効なようです。

穂村　どの歌が気に入りましたか。

酒井　〈**「百万ドルの夜景」というが米ドルか香港ドルかいつのレートか**〉の身も蓋もない感じが好きです。

穂村　松木さんは、韻文に過剰なまでに散文的な要素を入れ込むことで、いわば「王様は裸だ」的な歌を作り出している方です。本来短歌とは、ものごとを素敵な感じに書こうとするジャンルなのに、〈**かなしきはスタートレック　三百年のちにもハゲは解決されず**〉と突然言い放つ身も蓋もなさが面白い。

酒井　同じく松木秀の〈**自爆テロの死者を数える　自爆せし当人は含まれるや否や**〉、こういう感覚も好きですね。

穂村　ここまでいくと、もはや批評性すら感じます。

酒井　あと、梅内美華子《うめないみかこ》の〈**ボー**

ルペンの先に小さく黒き玉のこして郵便局を出でたり〉の「あるある感」もいいですね。

穂村　ずいぶん微細な「あるある」ですね。「あるある」って、本来もう少し感情寄りじゃないですか。ボールペンの玉でいいんだ。誰も言及しないけど確かにあるもの、といった感覚。

「館」と「園」を嫌う

酒井　同書のなかでは、斎藤茂吉《さいとうもきち》の〈**目のまへの売犬《ばいけん》の小さきものどもよ生長《せいちやう》ののちは賢《かしこ》くなれよ**〉もよかった。私、動物園が嫌いなんです。ということは、当然犬売り場も嫌いで、売犬の哀《かな》しさが身に沁みます。他にも動物園、水族館、美術館、博物館――「館」「園」の付く場所が苦手で。

穂村　「詩とアートを理解する能力が欠けている」とおっしゃっていたので、美術館が苦手なのはわかりますが、他はなぜ？

酒井　「見ろ」と言われると、見たくなくなっちゃうんですよ。そこに行かなければ見られないものがあったとしても、わざわざ行きたくない。

穂村　とはいえ、博物館や美術館に行く機会ってけっこうありませんか？　美術館でデートとか、定番じゃないですか。

酒井　美術館を指定してくる方とは、交際には至らないでしょうね。あ、動物園指定もダメです。

穂村　それ、相当多くの人が対象外にならない？

酒井　ちなみに、映画館はＯＫです（笑）。動物園は、動物が可哀想になってしまって、野に放ってあげたくなるんですよ。美術館も、作品が閉じ込められている感じがして嫌。

ボールペンの先に小さく黒き玉のこして郵便局を出でたり

梅内美華子

穂村　しかし、野生の動物はいても、野生の絵画や彫刻はないでしょう。

酒井　その絵を買った人の家にあればいいと思うんです。

穂村　じゃあ、ディズニーランドみたいなテーマパークは？

酒井　……好き。

穂村　矛盾はしてないけど（笑）。でも、なかなかハードルが複雑に高いですね。全部越えられるのはどんな人かなあ。

「社会のツール」としての酒井順子

酒井　私は何か言いたいことがあっても、エッセイ一つしか出口がないので、短歌もある穂村さんが羨ましい。両者に流れるエッセンスは同質のものですが、読者はそれぞれ違った味わいを感じ取ることができる。短歌はぎゅっと濃縮された濃い味わいで、エッセイはお腹いっぱい食べられるみたいなイメージ。

穂村　短歌の場合は「歌にしようと思っていること」が事前にあるわけではなく、書くその瞬間に〝歌うべき何か〟が落ちてくる感覚が強いから、コントロールができないんですよね。かといって、エッセイを書いている時に、特別にそれモードになっているわけでもない。だから、エッセイと短歌をツールとして使い分けていると思われることが多いのですが、実際は明確に分けることはできないんですよ。いずれの場合も、なるべく身も蓋もなく書こうとしているのだけど、ぶっちゃけられないタチだから、踏み込みが弱いですね、僕は。酒井さんのエッセイを読むと「ここまで言っちゃうのか！」と驚かされます。

酒井　でも、踏み込まないものが読みたいという人もいっぱいいると思いますよ。踏み込めばいい、ぶっちゃければいいというものでもないですし。

穂村　酒井さんの作品は、ある時から、いわゆる典型的なエッセイとは異なる領域に歩を進めたな、と感じています。

酒井　長年やっているので、もう身辺雑記は書き尽くしてしまったんですよ。デビューから二十代くらいまでは、「若い自分」を切り売りしていた感じでした。でも、大人になるとそれもできなくなるから、だんだん違う畑を耕すようになり、今に至る——と。

穂村　これは酒井さん以降のエッセイストの在り方なのかもしれませんが、題材の大小にかかわらず、社会批評的な地点に突き抜けていくスケールの大きさがある。酒井さんって、まなざしの客観性が強く、クールな文体なのだけれど、中身はものすごく熱い人なんだろうなと。そのアンビバレントなバランス感覚が面白い。

酒井　ありがとうございます。私は「書く」という手段があって、本当によかったと思っています。子供の頃からさんざん「口が悪い」と言われてきたのですが、同じ内容でも文章にすると、一度自分の中で整理できますし、他人に見せるまでに読み返すこともできるから、危険性が低い（笑）。

穂村　酒井さんは今、社会のツールのような存在になっているんじゃないかな。例えば、果物ナイフみたいに。みんながうまく剝《む》けない事象も、酒井さんの目と言葉を通すことできれいに剝けて、一口大に食べやすくカットされる。読者は、「なるほど、こういうことだったんだ！」と、あとはそれを咀嚼《そしゃく》すればいい。

酒井　なるほど、確かに「剝く」のが好きかも。「１００年」にしても、日本史に疎い私にとっては思ってもみない果物だったわけですが、剝いてみたらすこぶる面白かったですからね。これからも、恐れず、いろいろな果物にチャレンジしていきたいと思います。

（対談・二〇一六年七月二十九日）

三浦しをん

作家

直木賞受賞作『まほろ駅前多田便利軒』、本屋大賞受賞作『舟を編む』など数々のヒット作を生み出す三浦しをんさん。小説以外にも短歌や俳句にも挑戦されているとのこと。それぞれの創作現場のリアルな話から、「究極の小説」「究極の短歌」にまで話題は及びました。

みうら・しをん　一九七六年東京都生まれ。二〇〇〇年に長編小説『格闘する者に〇』でデビュー。〇六年『まほろ駅前多田便利軒』で直木賞を受賞。一二年『舟を編む』で本屋大賞を受賞。小説に『風が強く吹いている』『仏果を得ず』『光』『ののはな通信』『愛なき世界』など、エッセイに『のっけから失礼します』などがあり、また広汎かつ上質な書評にも定評がある。近作は『マナーはいらない 小説の書きかた講座』（集英社）。

世界を単純化する「物語」

穂村　小説家は、物語やキャラクターを上手に面白く作る人と、言葉がすごく切れる人の二パターンに分かれるように思うのですが、三浦さんは両方イケるからすごいですね。

三浦　とんでもないです。デビューしたての数年は、まだ感性がきらめいていたのか、今よりは若干、詩的な表現もできていた気がするのですが、だんだん感性が鈍磨してきて、最近は言葉のキレがめっきり……。そうなると、思考が「物語」やその構造に向かいがちになってしまうんです。

穂村　小説家が年を取ると長大な時代ものを書きはじめたりするのは、そのあたりに理由があるのかな。

三浦　おそらく物語には、世界を単純化してしまう作用もあるんです。そして、それは表層を掬《すく》うことと紙一重で、「まとめ」的なベクトルなんですよね。そうすると短歌のように、短い言葉で多面的に何かを浮き彫りにしていくような、言葉を研磨するような方向に頭が働かなくなってしまう。うまくバランスを取りたいなという思いがあり、数年前から短歌や俳句に挑戦しはじめました。

穂村　「エフーディ」という同人誌で発表されていますね。

三浦　プロの方たちに教えてもらえるなんて楽しそうだなと、歌人や俳人からなる「エフーディの会」に参加してます。それは、そこで作っている同人誌です。読売新聞の記者である金巻有美《かねまきゆみ》さんが発起人で、メンバーは歌人の石川《いしかわ》美南《みな》さん、川野里子《かわのさとこ》さん、小島《こじま》なおさん、平岡直子《ひらおかなおこ》さん、歌人で小説家の東直子《ひがしなおこ》さん、俳人の神野《こうの》紗希《さき》さん、髙柳克弘《たかやなぎかつひろ》さん、詩人の平田俊子《ひらたとしこ》さんなど。毎月交互に、歌会と句会を開催しています。

穂村　名前の由来が面白いですね。三浦さんの短歌〈**繰り出してあふれるよりはやく　エフーディはティッシュの小人　濡れる夜の友**〉から採られたとか。

三浦　エフーディは、ティッシュの箱に住むイギリスの小人・妖精なんだそうです。以前、翻訳家の岸本佐知子《きしもとさちこ》さんと辞書の話をして

繰り出してあふれるよりはやく　エフーディはティッシュの小人
濡れる夜の友

三浦しをん

いた時に教えてもらいました。

穂村　ティッシュを抜くと、すぐ次の一枚がしゅっと出てくる。あれをやってくれているのがエフーディであると。この歌は、自分の涙や鼻水があふれるより早く、頑張ってエフーディがティッシュを繰り出しているイメージですね。でも、妖精にしては新しいですよね、ティッシュ誕生以降の生まれなわけだから(笑)。

またも自称「詩心がない人」が……

三浦　その「エフーディの会」に参加したことで、自分の詩心のなさを痛感しました。例えば、穂村さんの短歌評論集『ぼくの短歌ノート』で紹介されている、潮田清さんの歌〈**わが残生それはさておきスーパーに賞味期限をたしかめをりぬ**〉。私はこれを読んでも「ああ、スーパーに賞味期限について問い合わせをしたんだな」と、味も素っ気もない助詞の解釈になる。また、森本平《もりもとたいら》さんの〈**ラー油がない！　ギョーザをショーユだけで食うオリンピックなんざ知ったこっちゃない**〉も、私が読むと、「餃子《ギョーザ》を醤油《しょうゆ》だけで食べるオリンピック」があるけれど、「そんな大会の出場権なんざ知ったこっちゃない、俺はラー油が欲しいんだ！」と言っている歌だと思ってしまう。「エフーディの会」でも、毎回「三浦さんは比喩というものがまったくわからないんだね」と言われています(苦笑)。

穂村　前回のゲストの酒井順子さんに続き、三浦さんも自称「詩心のない人」なんですね(笑)。「エフーディ」は、吟行の成果をまとめた作品集になっていて、面白いのが、みなさん自分の専門外の表現に挑戦されているところです。

例えば、俳人が短歌に、歌人が俳句に挑戦している。第一号の行き先は、松山・別子《べっし》銅山。三浦さんは「架空の故郷」という連作短歌を寄せられています。「この地に生まれたのが自分だったらどうだろう」という視点で書かれていると思うのですが、やはり物語のような感じがありますね。

三浦　物語仕立てにしないと、何も浮かばないんですよ。しかも短歌って、素人からすると一首が短すぎる。だから連作の形にして、幾首も並べないとできませんでした。

穂村　でも逆に、僕からしたら小説は計り知れない長さを持った表現で、手に負えないな。前に小説っぽいものを書いてほしいという依頼を受けて挑戦したことがありますが、右側のページで「蛇が嫌いだ」と書いていたのに、すぐその左側のページで「首に蛇を巻いた」と書いてしまって、その矛盾を編集者に指摘されて愕然《がくぜん》としました。

三浦　それは矛盾じゃないと思います。その間に、登場人物の心のなかで何かが起きたんですよ、きっと(笑)。それを矛盾と捉えざるを得ないのが物語の不自由さです。本当は、わずか二ページの間に、蛇が嫌いなのに首に巻くことだってあるはず。でも、それをないものとして、それが人間の一貫性だと単純化してしまう物語(小説)というものに、もどかしさを感じることがあります。

「二の線」と「中二病」問題

穂村　小説では、自分の嫌いなタイプの人間も書けるものですか。

三浦　書けますね。短歌では、そのへんはどうですか。一人称が前

ラーユがない！　ギョーザをショーユだけで食うオリンピックなんざ
知ったこっちゃない

森本　平

眼をとじて耳をふさいで金星がどれだかわかったら舌で指せ

穂村 弘

提の表現といえども、「私＝作者」というわけではないでしょう？

穂村　とはいえ、その人にとって心地のよいボキャブラリーや比喩というのがあるので、世界そのものに自分の色がついてしまうところはあると思います。でも、それだけだと広がりに欠けるので、吟行のようなことをやって、自分にない要素を外部に求めるわけです。あるいは、「『広辞苑』をぱっと開いて○番目の言葉を嫌でも必ず使う」といったルールを課すこともあります。

三浦　面白いですね！

穂村　以前「百済《くだら》」という題を出されたことがあって。最悪ですよ。だって、自分のなかに、百済についての知識がまったくないのですから。無理やり作ったら「これは『百済』を『インカ』に変えても同じ歌になる」と言われてしまった。

三浦　入れ替え可能である、と。

穂村　誤魔化《ごまか》せないものなんですね。その人の本質しか出てこないのが短歌。

三浦　それでいくと、短歌における穂村さんは、実物やエッセイから受ける印象よりも悪い男ですよね。あるいは、男らしい感じというか。そのへんは、どうなんですか。

穂村　確かに、ちょっと二枚目風ですね。「おまえ」とか言ったりしますから。

三浦　そうそう、急に命令口調になったりして、「どうしたの、穂村さん！」と思う時がありますもの。『ドライドライアイス』（沖積舎）収録の歌〈**眼をとじて耳をふさいで金星がどれだかわかったら舌で指せ**〉なんて、もう格好良すぎじゃないですか！

穂村　ジャンルの要請のようなものもあるんです。短歌は、「二の線」を要求してくる表現だから。

三浦　確かに、普段だったら言えないようなことを、みなさん滔々と歌い上げていますものね。一方、小説の場合は、二の線がキツイと「中二病」などと言われてしまう。でも、それが魅力の作品もあるから、一概にバカにしたものではないのですが。太宰治《だざいおさむ》なんて、笑っちゃうくらい「中二病」テイスト全開だけど、そこが魅力でもある。小説だと、二の線を全開にしたくても、自己規制が働いてしまいがちです。かつて、小説の地の文で歌い上げてみたことがあるんですが、編集さんから「大丈夫ですか?」と指摘されましたから。渾身《こんしん》のポエムだったのに!

近代歌人の「我に返らなさ」を見習え?

穂村　でも、中二病という言葉はそんなに古いものではないから、僕は「そんな言葉ができる前からそうだった!」といった自負を持っていますよ。

三浦　人類が永遠に罹患《りかん》する病ですね。その味わいがなくなったら、創作物はとてもつまらなくなってしまいます。

穂村　せっかく読むなら、抑制が効いているものより、恥ずかしいことを書いているものを読みたいですよね。与謝野晶子や若山牧水《わかやまぼくすい》を見よ!　ですよ。近代歌人の「我に返らなさ」加減は本当にすごいですから。

三浦　牧水の接吻の歌とかすごいですものね。出だしが「ああ接吻《くちづけ》」って!

穂村　〈**ああ接吻《くちづけ》海そのままに日は行かず鳥翔《ま》ひながら死《う》せ果てよいま**〉。書いた本人が若かったということもありますが、時代も若

ああ接吻《くちづけ》海そのままに日は行かず鳥翔《ま》ひながら死《う》せ果てよいま　**若山牧水**

いんですね。日本全体が青春といった感じで。

三浦　恋愛という概念が入ってきたばかりで、みんな超浮かれている。でも、読むとすごくきゅんとしますね。

穂村　晶子も牧水も、写真を見ると「誰が見ても文句なしの美男美女！」という感じではありませんが、歌は堂々たるものです。岡本《おかもと》かの子《こ》は、大正の頃に夫と愛人の二人ともと同居していて、それを認めさせてしまう何かがあったわけですから。そして、自著のタイトルが『わが最終歌集』(改造社)！　今の人間にはちょっとつけられないですね。

三浦　自意識が突き抜けている。じつは容姿は関係なくて、自分にすごく自信のある人が結局モテるんです。つまり、「ああ接吻」と書ける人がモテを制するのです(笑)。

他人の目線で世界を見る

穂村　僕の歌集に、たくさん付箋を付けてきてくださったのですね。ありがとうございます。

三浦　はい、好きな歌の載っているページに。例えば、『手紙魔まみ、夏の引越し(ウサギ連れ)』(小学館)収録の〈**フランケン、おまえの頭でうつくしいとかんじるものを持ってきたのね**〉。フランケンという名の犬なのかな？　何を持ってきたのだろう？　と、いろいろ想像が膨らんで、何度も読んでしまいました。

穂村　古い映画から着想を得た歌です。フランケンシュタインが、川に花を投げ入れて遊んでいる女の子と仲良くなるのですが、「キレイなもの＝川に投げる」と学習してしまった彼は、自分にとってのキレイなものである女の子を、川に投げ入れて死なせてしまうんです。

三浦　おお、切ない！　その哀しい美が、歌から溢《あふ》れていますね。それから、自選ベスト短歌集『ラインマーカーズ The Best of Homura Hiroshi』(小学館)収録の〈**ウエディングドレス屋のショーウインドウにヘレン・ケラーの無数の指紋**〉。ちょっと怖い感じもあれば、皮肉が効いている感じもあって、短い言葉の連なりのなかに、あらゆる感情が詰まっている。こういう歌を読むと、翻《ひるがえ》って小説はなんて不自由なんだろうと痛感させられます。

穂村　小説は、膨大な言葉を費やすことが前提となる表現ですから。でも、優れた小説は、それまで書かれたすべてのセンテンスがラストに鳴り響くようなところがある。その時に得られる感動は、やはり小説ならではのものだと思います。では、鑑賞という観点に立つと、短歌の魅力はどのあたりにあるでしょうか。

三浦　詠まれているのがなにげない日常だったとしても、その歌を通して世界が違って見えるところですね。世界をこんなふうに見ている人がいるんだ！　という驚きが、一番ビビッドに伝わるのが短歌の形式だと思います。

穂村　普段は、どうしても自分の性別・国籍・年齢といった属性からしか物を見ることができませんからね。つかの間、他人目線で世界を見ることのできる体験型エンターテインメントの側面があるかもしれない。

ミューズ問題、再び

穂村　先ほどの二首は、いずれもどこか物語的ですね。フランケンしかりヘレン・ケラーしかり、いわば「私」の外部にある存在が登場人物のような役割を担っていて、短い文章ながら、そこに物語的な広がりが生まれている。「私＝作者」と思われがちな短歌においても、私性が弱い部類かもしれないですね。読み手である僕のなかには、ウエディングドレスへの憧れはなくて、あるのは「ドレスに憧れる女性への憧れ」です。そこで出てくるのが、酒井順子さんとの対談でもお話しした「ミューズ問題」。僕の短歌は、「女性を神格化しすぎていて、人として見ていない！」という指摘を受けることがあって。

三浦　へえ。でも神格化の根っこにあるのは、「未知なる何か」への憧れでしょう。表現は、自分とは異なる存在への憧れから発動するという側面もあるから、別にいいのではありませんか？

穂村　宮崎駿《みやざきはやお》などの作品にも通じる話ですが、なぜ少女のように純粋とされる存在を設定しないと書けないのか。つまり、「なぜ、おじさんのまま短歌を書けないのか」と問われてしまう。

三浦　私は、男の人はむしろ、もっと他者に対して憧れの気持ちを抱くべきだと思います。自分に夢中すぎるんですよ、男性は。いつもいつも「俺が！　俺は！」ではなくてもいいでしょうに。

穂村　少女を設定することが、ある種の搾取だという批判を受けたことがあるんです。過剰な純粋さを背負わせることは、心のなかで対象に多くの負荷をかけていることと同じだ、と。

三浦　そうか……。創作の発想や原動力が自分以外の他者であるということは、悪いことではないように思えますが。私もどちらかというと、自分からものすごくかけ離れた存在――例えば男性とか、ド派手なライフスタイルが売りの叶姉妹《かのうしまい》とかの視点からものを考えてみるのが好きですね。「もし自分が○○だったら、世界はこういうふうに見えるかもしれない」と想像するのが楽しいので。

穂村　たぶん、少女は現実に存在するからでしょうね。いや、叶姉妹も現実にいるけれど、なんというか、彼女たちは非常に意識的というか主体的ですよね。一方、女性は、誰もがかつて少女であった。つまり、生身の人間として傷つきながら成長するプロセスには目を向けずに、超越的な少女性ばかりを繰り返し書くことを問題視されているのだと思います。

三浦　他者に憧れを投影したり、超越性をまったく付与したりしない作品は、無味乾燥で輝きを帯びません。かといって勝手なドリーム全開でも、「作者はいい気なもんだな」となる。塩梅《あんばい》が難しいですね。

「憧れ」と短歌、そして現実

三浦　もう少し穂村さんの歌の話を続けると、先ほど挙げた〈**眼をとじて耳をふさいで金星がどれだかわかったら舌で指せ**〉の格好良さは格別ですね。ときめくわー。

穂村　昔作ったとんがった歌の話

をされると、やっぱり恥ずかしいです。なにせ、ロックスターになった気持ちで書いている歌ですから。感受性の誤作動かもと思いつつ、いまだに夭折《ようせつ》するロックスターを「格好いい！」と思ってしまう自分がいます。

三浦　そうした憧れ路線だと、**〈月の夜の暴走族は蜜蜂のダンスを真似て埋立地まで〉**（『ドライ　ドライアイス』）も大好きです。憧れの暴走族感というか、『ホットロード』（集英社）感がある。

穂村　紡木《つむぎ》たくのあのマンガ、好きだったな。「十五歳、夏、いくつものテールランプを見てた」といったモノローグに痺《しび》れたものですが、それを読んでいる時、自分はもう二十九歳だった。「取り返しがつかない」という気持ちでいっぱいでした。

三浦　ははは。私はあの作品を初めて読んだ時、主人公たちと同世代でしたけど、「取り返しがつかない」と打ちひしがれました（笑）。舞台となった湘南にわりと近いところにある学校に通っていたのにもかかわらず、自分の生きる世界とあまりに違いすぎて……。大人になってから、冷静に読めた。

穂村　オタク的な人間は、後半生に賭けるしかないですよね。悲しいけど。前半生はヤンキーがモテるわけだから、どうしようもない。

三浦　今だって、同じ人類として生を受けたとはとても思えないＥＸＩＬＥ《エグザイル》の人たちが、私が一生経験することはないあれやこれやをしているかと思うと、羨ましくて、まばゆくて、「もう何も見えねぇ」って感じです。

穂村　うふふ。でも、三浦さんはどこかで、「本を読むことが、いろいろな経験を自分のなかに蓄積させてくれる」とお書きになっていましたよね。

三浦　そうとでも思わなければやってられませんよ。いや、読書が別人生を味わわせてくれるということに嘘《うそ》はなくて、実際にそう思っているんですけど……でも私だって、なれるものならＥＸＩＬＥになりたかった！

男には身体感覚がない？

穂村　僕の好きな三浦さんの小説

『秘密の花園』（新潮文庫）を読むと、詩的感受性がすごく高くて、あの作品からいくらでも短歌を切り出せるなと思いました。例えば、ペットボトルに口をつけて飲む時、「その茶には私の唾液が少しは混じっているだろう」といった描写がありましたよね。あれは物理的事実を書いているわけですが、言語化されるとすごくデモーニッシュな感じがします。

三浦　ありがとうございます。あれを書いた頃、私は二十五歳くらいだったので、まだ女子高生を憑依《ひょうい》させて書くことができていましたが、今はもう……（苦笑）。でも、憑依させる――つまり「自分以外の人間になる」というのは大事なことだと思っていて。「創作の発想や原動力が自分以外の他者である」という、先ほどの話に通じますね。

穂村　どうやったら他者になれるのでしょう？

三浦　穂村さんは、短歌でそれを実現しているじゃないですか。

穂村　いや、全然ですよ。例えば、友人に「部屋にフリースなんて無《ぶ》粋《すい》なものは絶対に持ち込みたくない！」という人がいるんですが、僕はその人の生活をまったく想像することができません。なぜなら、僕の冬の部屋着なんてフリースばかりだから。僕が書けるのは部屋中フリースの人のことだけなんです。

三浦　その方が、「フリースNGな人」になる過程を、いろいろと想像するのが楽しいと思うのですが。

穂村　三浦さんは、自分が身長二メートル・体重百二十キロの大男になったところも想像できますか？

三浦　はい。「自分が男性プロレスラーだったら」と、よく考えますね。でも、これまでの経験上、男性はあまりそうしたことを考えない傾向にある気がします。特に、異性の身体《からだ》や心の動きがどんなものか、女になりきって考える男性の少なさたるや！

穂村　男の人がそれをできるのなら、電車のなかであんなに足をバーンっと開いて座るわけがないですよ。あれは図々《ずうずう》しいというのは正確ではなくて、身体感覚自体がないからなんです。以前、スカートを穿《は》いた経験があるのですが、想像とぜんぜん違ってびっくりしたことをよく覚えています。女性は普通にズボンを穿きますよね。身体はもちろん、服装や動作を交換しただけでも、男性のほうがショックは大きいと思います。

表現における「型」と「評論」

三浦　歌人や俳人からなる「エフーディの会」に参加するようになって初めて知ったのですが、詩歌の世界では、実作をしているプロが「読者」でもあり、「評論家」でもあるのですね。集まると、お互いの作品を批評し合う文化がある。小説家同士が顔を合わせても、作品についての深い話はほぼしないから、びっくりしてしまって。

穂村　短歌は短いから可能なのでしょうね。批評するには、前提としてその作品を読んでいなければならず、さらには過去の類歌も知っていなければなりません。

三浦　同じ一首・一編でも、短歌と小説では、読むのにかかる時間が違いますものね。短いぶん、短歌は数を読むことができる。

穂村　基本的に「五七五七七」という「型」があるので、比較しやすいということもありますね。それと、短歌という表現には「純粋な読者」がほとんど存在しないため、詠み手自らがその役割を担っている側面もある。

三浦　そうは言っても、評論は簡単にできるものではないと思うのですが。

穂村　歌人はたくさんの歌に触れているので、頭のなかに膨大な数の歌がストックされています。それがあれば、仮に評論的観点を持っていなくても、論じ合うことができてしまうのです。ほら、テレビで体操やフィギュアスケートなどの競技を見ていると、僕ら素人が見ても区別がつかないような微妙な技の数々を、元選手の解説者が瞬時に見分けているじゃないですか。あれと同じです。

三浦　なるほど！　スポーツにおける「技」は、短歌における「型」と同じである、と。

穂村　だから小説は小説でも、ミステリの作家さんたちは、けっこう批評し合ったりしていません？

三浦　確かに、推理作家さん同士で楽しそうにお話ししている印象があります。

穂村　ミステリにも「トリック」という型がありますからね。過去の有名なトリックが頭に入っているから、それを軸に議論ができる。でも、恋愛小説家同士とかだと、作品について語り合うのは難しそうですね。

三浦　恋愛観には、その人の生き方や人生といったものが関わってくるから、議論の軸を据えようがないのかも……。でも、同じ恋愛ものでも、BL（ボーイズラブ）の世界では語り合ってますね。あ、BLにも作者と読者がなんとなく共有している型がある！　腑《ふ》に落ちました。

詠われないテーマの不思議

三浦　短歌作品の数の「膨大さ」は、作歌歴の浅い私レベルでも実感するところです。「詠まれていない題材ってあるのかな？」と思ってしまうくらい。

穂村　意外とあるんですよ。例えば、『万葉集』には、その当時からいたに違いない蝶《ちょう》の歌が存在しない。今なら「銀座で寿司《すし》を食べた」みたいな歌はないんです。理由は違っても避けられる題材がある。

三浦　「銀座で美味《おい》しいお寿司食べたよ、わーい」みたいなことを素直に詠うのはダメなんでしょうか。

穂村　まず、それを独創的に表現するのが難しいし、何より短歌の世界では、本当はお金持ちでも、そういうところは隠さなきゃいけないことになっているのです。でも、そんな〝お約束〟は変だし、その心がむしろ貧しいですよね。短歌には、そういう盲点がけっこうあるんです。例えば「夕暮れの厨《くりや》（台所）でほのかな性欲がきざした」といった歌はよくありますが、なぜか時間は必ず「夕暮れ」で、場所は「厨」で、かつ性欲は「ほのか」だったりする。「真夜中の寝室で激しい性欲が湧いた」という歌は、おそらく一首もありません。

三浦　いつも「ほのか」って嘘ですよね。

穂村　誰かがそういう歌を詠んでもいいと思うのですけれど。

三浦　そもそも、「女の人が台所で夕飯の支度をしている」というシーンをチョイスする感覚がすでに古い。「夕暮れ・厨・ほのかな性欲」というアイテムを備えた、元ネタとなるイデアのような歌が存在するんですか？

穂村　たぶん、みなが作っていくうちに「この感じ、いいよね」というような感覚が共有されていき、徐々に類型化していったのではないでしょうか。感受性の共同体ですね。

「盗んだバイク」あれば、その被害者あり

三浦　インターネットの普及以降、「小さな正論」みたいなことしか言えなくなっている気がして、窮屈さを感じています。変な自己規制が働くのか、たとえば、ある小説のなかで重大な事件が起こっているのにもかかわらず、主人公が「学生として通常どおり学校に行くべきか否か」を迷っているんですよ。いやいや、そこは普通サボるでしょ！　と。

穂村　ルール違反に対する風当たりがキツくなっていますからね。未成年の飲酒は言うに及ばず、「芸のためなら女房も泣かす」的な考え方も完全にＮＧ。

三浦　小説で、ちょこっと喫煙シーンを書いただけで指摘が入ることがありますからね。だから書き手も「いけないことだとはわかっていますが、小説なので〝あえて〟やっています」みたいなエクスキューズをいちいち入れてしまうのでしょう。短歌においても、そういうポリティカル・コレクトネス的な息苦しさを感じることはありますか。

穂村　自転車の二人乗りを詠《うた》った短歌が投稿されてきたのですが、それを新聞に載せたら「犯罪です」みたいな投書がきてしまった。また、尾崎豊《おざきゆたか》の歌の「盗んだバイク」のようなフレーズが持つ「中二病」的陶酔感に無条件に浸ることのできた時代では、もうないのでしょうね。こんな僕でさえ、今あの歌を聞くと「盗まれたほうはたまったものじゃないよ」なんて

考えがよぎるくらいですから。

三浦　あの歌は今、盗まれた人に思いを馳《は》せながら聴かなければならないのか……。

穂村　一九八〇年代に、荻原裕幸《おぎはらひろゆき》という青年歌人が作った〈**どこの子か知らぬ少女を肩に乗せ雪のはじめのひとひらを待つ**〉（『青年霊歌』）という歌がありました。当時はリリカルな歌という認識でいましたが、今の世では受け入れられないかもしれませんね。どこの子か知らぬ少女を肩に乗せようものなら、大変なことになりますから。

三浦　お縄かもですね。

穂村　でも歌としては、どこの子か知っている子より、知らぬ子のほうが圧倒的にロマンチックなんですよ。

三浦　そうですよねえ。窮屈ではありますが、時代が変わっていることも事実。価値観の変遷に鈍感だと、作品も作者も生き残れないのかもしれません。バランスが難しいですね。

「究極の短歌」をめぐって

穂村　価値観が変わったといえば、昔は歌の添削をすると喜ばれましたが、今は怒る人もいるから注意しなければいけない。新聞への投稿をめぐって、作者が「オリジナル作品を勝手にいじられた！」と訴えて、裁判になったケースもあるんです。

三浦　そんな大ごとに！　ちょっと助詞を直してもらうだけで、「こんなに変わるのか！」みたいな感動があって楽しいのに。

穂村　大学で教えていた時に、初めて短歌を作った男の子に「ここはこうしたほうがいいんじゃない？」とアドバイスしたら、「俺的に、それは違うんすよねー」と言われてしまったことがあります（苦笑）。かつて、短歌が文語メインだった時代には、こんなことはなかったはず。文語とは、いわば非日常の領域にある「ポエム専用ツール」です。「〇〇なりけり」みたいに書くのが主流だった時代、短歌は日常から距離のある表現だったから、一義的に「俺的なもの」にはなりようがなかった。

三浦　だから、他人に直されても気にならなかった、と。でも今は、文章と話し言葉にほとんど差がないですものね。

穂村 ええ。生な自己表現に近づいたために、添削すると「勝手に何してくれんの?」となってしまうわけです。そして、「俺的に違う」と言われてしまうと、こちらがいくら短歌としてより良い表現を提案しても、それ以上の説得は難しくなる。また、散文と韻文では、「読者」に対する意識もだいぶ異なるような気がします。三浦さんは、誰かを念頭に置いて小説を書くことはありますか。

三浦 あまりないですね。

穂村 じゃあ、「究極の小説」みたいなイメージはお持ちですか。

三浦 そんな大変なことは考えたこともないです。

穂村 短歌の世界の人たちには、「究極の短歌」のイメージがあるのです。千年以上かけて、無数の人間たちが神に向けて作り続けていながら、いまだに誰も作ることに成功していない究極の歌――いわば「神の短歌」があると考えている。極端なことを言えば、誰かがその究極の歌を詠んだら世界平和が訪れて、もう短歌を作らなくてもよい世界になるわけです。

三浦 まさに言霊《ことだま》ですね。

穂村 でも、その究極の歌を一〇点とすると、これまでに最高得点を取った人が一・四点みたいな世界なんです。柿本人麻呂《かきのもとのひとまろ》、藤原《ふじわらの》定家《ていか》、あるいは、式子内親王《しょくしないしんのう》みたいな神様に操を捧げた天才歌人が一・四点くらいで、現代を生きる我々は〇・二点くらいのところで競い合っている(笑)。

三浦 ……なんて気の遠くなるような話でしょう。とんでもない世界に足を踏み入れてしまったなあ。早くも撤退したい気持ちです(笑)。

(対談・二〇一六年十月四日)

どこの子か知らぬ少女を肩に乗せ雪のはじめのひとひらを待つ

萩原裕幸

清家雪子

漫画家

近代の詩歌人をモチーフとした漫画『月に吠えらんねえ』が、短歌界のみならず、広く話題となった清家雪子さん。同作の熱狂的ファンを自称する穂村さんが、清家さんの横顔から作品世界、文学テーマとしての戦争、その表現と世代観に迫ります。

※ご本人の希望で、清家さんのお顔がわからないように撮影しています。

せいけ・ゆきこ　漫画家。二〇一〇年、「月刊アフタヌーン」誌上にて、新海誠のアニメーション映画『秒速5センチメートル』の同名漫画化作品でデビュー。一三年から同誌にて『月に吠えらんねえ』を連載し十九年に完結。二十年より『月に吠えたンねえ』を連載中。本作は、萩原朔太郎や北原白秋、三好達治、室生犀星、与謝野晶子、斎藤茂吉、石川啄木、高村光太郎、正岡子規らの作品から受けた印象からイメージしたキャラクターが登場する、まったく新しい手法で描かれた詩歌人と近代日本の物語。

日本史研究から漫画の道へ

穂村　雑誌「月刊アフタヌーン」（講談社）で連載中（当時）の漫画『月に吠えらんねえ』（同。以下、『月吠え』）は、「近代□《しかく》（詩《し》歌《か》句《く》）街」という、詩人・歌人・俳人が暮らす架空の街が舞台で、主人公の萩原《はぎわら》朔太郎《さくたろう》をはじめ、登場人物はみな実在の詩歌人たちです。最初は「珍しいタイプのキャラクターマンガだな」くらいの気持ちで読み始めたのですが、二巻の途中くらいから「これはとんでもない作品だ！」となって、三巻まで読み進めたところで、近代日本の核にあるものを「韻文」というフィルターを通して総括しようとしていることを確信して、大きな衝撃を受けました。そんなとんでもないスケールのお仕事をたった一人で、しかもエンターテインメントとしてやっているのですから驚きです。念願叶《かな》って、こうしてお話できることに興奮しています。まずは、清家さんはどんな方なのでしょうか。もともとのご専攻は？

清家　日本史です。

穂村　文学ではないのですね。

清家　はい。日本史で大学院まで行って、そのまま研究者になるつもりだったのですが、研究よりも図書館でいろいろな本を読んでいるほうが楽しくなってしまって。でも院に上がると、その時間がなくなってしまった。そこで、「あ、私こっちじゃないんだな」と気づいて、漫画家を目指すことに。

穂村　それまでも漫画は描いていたのですか。

清家　はい。でも、あくまで自分のためだけのもので、人に見せるようなものではありませんでした。身のまわりの友達をキャラクターにした漫画などを、趣味で描いていただけです。

穂村　日本史は、近代がご専門だったのですか。

清家　いや、中近世です。だから、『月吠え』の舞台となる近代については、まったくの門外漢でした。それに、こうして近代文学をテーマにした漫画を描いてはいますが、以前はぜんぜん本を読んでいなくて、本格的に読み始めたのは大学に入ってからです。まずは日本文学を読もうと、古代から読み進めたのですが、途中で飽きてきたので、近代のものも読み始めて。そんななかで、特に惹《ひ》かれたのが近代の詩歌でした。

穂村　一般的に文学への入口は、小説をはじめとする散文であることが多いと思うのですが、清家さんの場合はそうではなかった。

清家　もともと、ワンセンテンスを読んで、そこから空想を膨らませるのが好きだったので、短詩向きの感受性だったのだと思います。それに振り返ってみれば、本をあまり読んでいない頃にも、詩への憧れはあって、子ども時代は「将来の夢は詩人」と言っていたくらいで。そうした素養があった上で、あらためて「出会ってしまった」という感じです。

「作品」をキャラクター化する

穂村　この漫画は、最初に但し書きがあるように、詩歌人本人ではなく、その「作品」をキャラクター化しているのが大きな特徴ですね。そして、その仕方の斬新なこと！　例えば、「コタローくん」こと高村光太郎《たかむらこうたろう》に帯同するのは、その詩集『智恵子《ちえこ》抄』でおなじみの妻「チエコさん」で、なんとキャタピラー付きのロボット仕様です。また、「ぐうるさん」こと草《くさ》野心平《のしんぺい》は、「蛙《かえる》の詩人」と呼ばれるだけに、そのまんま蛙の姿ですし(笑)。近現代の詩歌の知識があればあるほど、こうしたデフォルメを楽しめるわけですが、漫画の読者には、詩歌のことをあまり知らない人も多いのではありませんか。

清家　はい。なので「今の教科書に載っているかどうか」をひとつの基準にして、メジャーな人を中心に取り上げるようにしています。理想を言えば、登場する詩歌人の作品も読んでほしいのですが、そこは読者次第なので、好きに読んでほしいなとも思っています。でも、中には、私の漫画を読んで詩や短歌を始めたという人も。実は、私が穂村さんの作品に初めて触れたのは、近現代の日本文学者たちが多数登場する高橋源一郎《たかはしげんいちろう》さんの小説『日本文学盛衰史』（講談社文庫）ですから、同じように私の作品が原作に興味を持つきっかけになったら嬉しいです。

穂村　『日本文学盛衰史』も、作品をキャラクター化しているところがありましたね。

清家　でも私の場合は、「作品を」と言いながら、評論・日記・書簡など、作者にまつわる文字情報すべてをキャラクターのもとにしてしまっているので、そこが少しややこしいかもしれませんね。つまり、何のかんので本人のエピソードもかなり入ってしまっている。でも詩歌の場合は――特に一部の短歌作品には日記帳みたいなところがあって、作者の生活との密着が極めて強く、そこの切り離しが難しい。蛙みたいに極端なキャラクター化ができる人もいれば、「モッさん」こと斎藤茂吉のように、本人と地続きになってしまう人もいるのは、そういう理由からです。

穂村　それと気になっていたのが、登場する詩歌人の年齢やそれに伴うビジュアル設定です。これはどうやって決めたのですか。

清家　例えば、北原白秋《きたはらはくしゅう》と茂吉では年齢差はほとんどないのに、前者は若くて、後者はそこそこ歳のいったビジュアルです。茂吉の詩は、若い頃から後年までずっとトーンが一定ですが、対して白秋は、歳とともに作風が大きく変化していきます。私が惹かれるのは、白秋の若い頃の作品なので、自ずとキャラもそこに合わせたものになりました。

穂村　そうなると、互いの関係が微妙になりませんか？　つまり実際には同輩であっても、ビジュアル差があると混乱を招かないのかな、と。

清家　それを言うと、白秋や茂吉らと活躍した時期の異なる正岡《まさおか》子《し》規《き》が一緒にいる時点で、そもそもだいぶおかしな世界なんですけどね。これに関しては、描きながら、この時空の歪《ゆが》んだ世界自体も、物語設定に組み込んでしまうことにしました。

朔太郎を好きな〝ちょっと意外な〟理由

穂村　もうちょっと、清家さんのパーソナルなところを掘り下げさせてください。好きな漫画家さんは誰ですか。

清家　子どもの頃にずっと読んでいた手塚治虫《てづかおさむ》は別格とすると、大《おお》友克洋《ともかつひろ》さん、士郎正宗《しろうまさむね》さん、松本《まつもと》大洋《たいよう》さんです。女性なら高野文子《たかのふみこ》さん。

穂村　ちょっと意外ですね。強いて言えば、ものすごい情報量を圧縮するのに長《た》けた漫画家というところが共通点かな。その点では、清家さんも同じ系譜といえますね。では、好きな詩人は？

清家　本作の主人公でもある萩原朔太郎ですね。海外なら、ナチス収容所を生き延びたユダヤ系詩人のパウル・ツェラン。

穂村　小説家は？

清家　近代だと川端康成《かわばたやすなり》です。現代の作家はあまり読んでいないのですが、中上健次《なかがみけんじ》は全部読んでいます。

穂村　脈絡があるような、ないような（笑）。川端はどこが好きなんですか。

清家　主人公がだいたいダメな人なんですけど、そのダメさをあまり感じさせない描き方をするところです。それと太宰治みたいに、ダメな人の話を書いていて、作者の実生活もダメだと「ズルいな」と思ってしまう。その点、朔太郎はお母さんと暮らしていて、夜も十一時には寝ちゃうような生活を送っていて、意外とちゃんとしているんですよね。また、ダメな人系の作家って早死にしたりしますけど、朔太郎は享年五十五歳と、あの時代にしては長生きなほうなんです。作品ではめちゃくちゃやっていても、私生活でははみ出せない——そんな人が好きですね。

穂村　好きだけれど、作品に登場させていない詩歌人はいますか。

清家　たくさんいます。でも、萩《はぎ》原恭次郎《わらきょうじろう》や西脇順三郎《にしわきじゅんざぶろう》のように、好きが高じて、マイナーかもしれないけれど、たまに出してしまう人も。正直なところ「あの人も出したい、この人も出したい」状態なのですが、物語としてまとめなければならないので、そのあたりは自制するように心がけています。

北原白秋、『月吠え』に激怒？

穂村　じつにたくさんの詩歌人が登場するわけですが、読者に人気なのは誰なのでしょう？

清家　先日人気投票をやったのですが、一位はミヨシくん（三好達治《みよしたつじ》）でした。

穂村　えー、意外！

清家　コアなファンがいるので。で、二位が朔くん（萩原朔太郎）、三位がカワバタくん（川端康成）でした。

穂村　朔くん、ミヨシくんはともかく、カワバタくんはなぜなんだろう？　だって、出番の数と人気がまったく比例していないじゃないですか。

清家　しかも、四位は金田くんです。

穂村　……金田くんって、誰でしたっけ？

清家　言語学者にして石川啄木の親友・金田一京助《きんだいちきょうすけ》です。

穂村　ほんのちょっとしか出てないじゃないですか！

清家　熱烈なファンの方々により（笑）。

穂村　僕は六巻からの釈《しゃく》先生（釈迢空《ちょうくう》こと折口信夫《おりくちしのぶ》）の活躍が嬉しくて嬉しくて。眼帯が格好いいんですよね。できることなら、ご本人に見てもらって感想を聞きたいくらい。これは別に、事前に著作権継承者や遺族にデフォルメの許可を取っているわけではないですよね？　「蛙なんですけど、いいですか？」みたいに。

清家　していません。白秋がもしこの漫画を読んだら、烈火のごとく怒るかもしれないですね。自分のイメージにすごく敏感な方だったようなので。

穂村　こんなに格好良く描かれているのに怒るかなぁ？　僕だったらすごく嬉しいけど。……といったところで、いよいよ『月吠え』における最重要テーマ「戦争詩歌」の話に踏み込んでいきたいと思います。

韻文は「民衆の無意識」を吸い込む

穂村　近代の詩歌をテーマにしたことで、『月吠え』という作品は、「戦争詩歌」という大きな問題に直面することになります。

清家　でも、当初はそこまで深く考えていませんでした。準備期間の段階で、徐々にアイディアが膨らんでいった形です。正岡子規が「私」主体の文学を目指したように、近代文学というものは、まず個・自我の獲得から始まりました。でも、結局それは定着せずに、もとの共同体に飲み込まれていってしまった。その結果として戦争詩歌というものがあると思っています。

穂村　同じ戦争にコミットするにしても、散文は、その責任の在り方が等身大というか、所在が明確に「書き手」にあるように見えます。対して韻文という表現には、「詠み手」が自分を空っぽにして「民衆の無意識」を吸い込み、増幅する特質がある。ゆえに、責任の在り方がもうちょっと複雑です。

清家　詠み手が、図らずとも「時代の代弁者」になってしまう。

穂村　本作で言えば、北原白秋がその典型ですが、こうした傾向は大詩人・大歌人であればあるほど強まる。そして、大政翼賛《たいせいよくさん》に手を貸した詩歌人やその作品は、戦後批判の対象になるわけですが、「民衆の夢を叶えた」という意味では、近代詩の頂点はあのまがまがしい戦争詩だったとも言える、と。清家さんの漫画は、この重い事実をはっきりと表現されていますね。

清家　当時の文芸評論を読むと、「詩は今までマイナーだったけど、戦争では一番役に立っている」というようなことが書かれています。もっとも、詩が大政翼賛に与《くみ》したことは事実ですが、社会の要請に応えるという、芸術のひとつの責任を果たしただけとも言える。だから本作において、戦争詩歌を糾弾したいという気持ちはありません。もちろん戦争には反対ですが、作品においては、あえてそのベクトルには向かわず、「なぜ韻文が戦争にコミットすることになったのか」を問い直してみたかったのです。

穂村　僕も、その原理を知りたい。

清家　戦争詩以前にあるのが、「日本主義への回帰」という世の流れと、その過程で生まれた「愛国詩」です。芸術本意ではなく民衆のために、働く人たちのために詩を書こうという流れがまずあって、最初は反戦詩を作ったり社会主義寄りな思想を持った人たちまでもが、戦局悪化とともに「民衆に寄りそう」意識のもと愛国翼賛詩へとスライドしていった例もあります。「みんなのためになることをしよう」という、いわば社会責任のような感覚で書かれたものがほとんどだと思うのです。短詩形の表現は、雰囲気や文脈をみなと共有する文学なので、良くも悪くも、時代の空気を鋭敏に写し取ってしまったのでしょうね。

「空っぽで、巨大な天然」の功罪

穂村　『月吠え』のなかに、戦争と詩について、石川啄木と斎藤茂吉が口論するという、現実にはあり得ない場面が登場します。戦争短歌を書いた茂吉が、そのことを責める啄木に「あの時代を生きてもいないお前らに何がわかるか！」と激昂《げっこう》する。それに対して啄木は「オレだったらどんな局面にあってもそんな歌は作らなかった」と言い返す。啄木は第二次世界大戦よりずっと前に死んでいるわけですが、もし生きていたとしても、やはり作らなかったと思いますか。

清家　もし生きていたら、戦争の頃は五十代。文学自体を続けていたかな？　と思うんです。

穂村　文学をやめて何をやっているイメージですか。

清家　普通に教師などに収まっていそう。

穂村　実生活者になっている、と。

清家　書いているものを読む限りでは、積極的に戦争短歌は書いていなかった気がします。あるいは、左翼運動に突っ走って投獄される、みたいな方向にもいかなかったのでは。

穂村　啄木は、例外的に批評性をもった歌人だと思います。だから逆に、短歌をやっている人にはいまひとつ人気がない。歌人には、批評性があるものを生理的に好まず、大きな空っぽのある人、巨大な天然みたいな人を愛する性癖がある。理屈よりもパッションというか。でも、そうやって皆に支持される詩歌人であればあるほど、民衆の無意識を吸い込んでしまうので、時代が時代であれば、戦争に向かう空気をも内包してしまうことになる。

清家　そうした詩歌人たちの歌に共通するのが、ある種のキャッチコピー感です。多くの人に「私の物語」として受け止めさせる機能を持っているのですよね。

穂村　その意味では、本作の主人公である萩原朔太郎はひじょうに不思議な存在ですね。作中で、彼は戦争詩にまつわるまがまがしい存在に魂と体を狙われるわけですけれど、なぜその対象が、もっと空っぽで大きな器となり得る白秋ではないのか。そこに、この物語の最大の謎があるように思います。その秘密を伺いたいのですが、今はまだネタバレになっちゃいますね(笑)。

言語表現者は逃げられない

清家　戦争詩歌を今の目で見た時に、その文学的な評価はどうなるのでしょうね。

穂村　一般には、完成度はさほど高くないと言われていますが、稀《まれ》に、例えば茂吉にはけっこういい感じに書いている作品もありますよね。もっとも、そこに傑作があることのほうが困るのですが。いっそ、戦争詩歌がみんな駄作であれば、「あれは間違っていた」と言えるから心が安らぐ。

清家　それと、どこまでを戦争詩歌とするのか、ということもありますね。

穂村　軍歌のことも考えます。言うまでもなく、軍歌は歌詞とメロディから出来上がっています。そして、それが軍歌として、つまり戦意を高揚させるための曲として傑作であればあるほど、敗戦後に批判の対象になる。で、戦争に与してしまった作者は傷つくわけですが、同じ作り手側にあっても、作曲家と作詞家では受けるダメージの大きさに差がありますよね。言葉という浸透性のあるものを使って、具体的にメッセージを発してしまっているからか、やはり言語表現者のほうが傷が深い。これは戦意高揚を目的としたポスターなども同様で、仮にデザインや写真が秀逸だったとしても、写真家やデザイナーはそこまで傷つかないのでは。以前、あるグラフィックデザイナーの方とお話しした時、ハーケンクロイツをはじめとするナチスのデザイン性の優秀さを高く評価されていました。

清家　例えば、戦場を描いた絵画

は、見ようによっては反戦をテーマにしているとも取れるわけで、意味が限定されていないだけに解釈の逃げようがある。その点、言葉はどうにもならない。

穂村　もしあの戦争に勝っていたら、現代の詩歌はどんなものになっていたのでしょうね。戦時中の文学作品の位置付けって、負けたからこういう検証がなされていますが、勝っていたらどうなっていたんだろう……考えると怖い。

清家　勝った後に訪れる平和な時代に、どんな歌が生き残っていたのか。国威《こくい》発揚《はつよう》をする必要がなくなったら、意外とまた昭和初期のようなところに戻っていたりして。

韻文の特殊性と、戦争詩歌

穂村　漫画のなかで室生犀星が、「愛国」について「小説では書けなかったけど、詩では書けた」と言うシーンがあります。これは先ほども話題にのぼった韻文の特性によるものだと思いますが、こうした現象は日本語固有のものだと思いますか。

清家　海外の翼賛詩は従軍者が中心で、もっと叙事詩的になりますよね。

穂村　戦争という題材は叙事でなくては歌えない、でも日本には叙事詩がないから散文でやるしかない――そんなセリフもありましたね。

清家　私が勉強不足なだけかもしれませんが、知る限りでは、日本ほど「情」で戦争を歌う国はありません。

穂村　やはり日本語の問題なのかな。あるいは、日本人のメンタリティの問題か。

清家　そもそも俳句や短歌が、あの短さで多くの意味を伝達したり共有できたりすること自体、世界的に見れば異常な話です。それを可能にしているのが、日本語という高文脈型言語と、その使い手である日本人の、空気や行間を読むのに長けたメンタリティです。日本の詩歌は、「みんなやろうぜ」と一致団結する時にものすごく力を発揮するという良さがある一方で、戦時中のように、全体主義的な、悪い意味での団結に与する面もあるのが怖いですね。

穂村　共同体の濃度が特殊というか。それと、作品の中では「ひのもと」すなわち「日本」が女性に擬人化されていて、その弟分が戦争詩歌的なダークな部分として明確に構造化されているのがすごいなと思いました。

清家　愛国と戦争詩歌が地続き、背中合わせの関係にあると思ったので、ああいう描き方になりました。漫画にも書きましたが、いまは普通に国を愛することがすごく難しくなっていますよね。現代の日本には、愛国アレルギーみたいなものがありますが、戦前・戦中の人々はもっと素朴に愛国心を持っていました。彼らが戦争詩歌を書いたことを現代の我々の価値観で責めることはしたくないのです。私もあの時代に生きていたら同じように流されていたでしょうから。自我の目覚めや、共同体・全体主義との向かい合い方など、近代という時代が直面していた問題と韻文とのリンク――そここそが、このテーマを取り上げる上で一番描きたかったところなので、最終回までにどこまで掘り下げられるか、これからが頑張りどころです。

「歴史」がもたらした敗北感

穂村　清家さんは、最近の短歌などは読まれますか？

清家　はい、少しずつですが。『月吠え』で扱っているのは近代の詩歌ですが、その先にある現代のものも勉強しておかねばと思いまして。また、新聞の短歌投稿欄をよく読みます。生活に密接した短歌が多いので、一般の世界における「今の詩歌」が現れやすいと思うのです。

穂村　民衆の無意識が可視化されるゾーンですよね。

清家　どの新聞にも、いまだに新聞歌壇があって、日々投稿する人がいるというのは、やはりすごいことだと思います。

穂村　定型詩人が世界で一番多い国ですね。ああした投稿者の存在があるからこそ、短歌は生き長らえているとも言える。でなければ、よりマニアックなものになって衰退していたはずです。

清家　現代短歌では、もちろん穂

村さんの作品も大好きです。私にとっての短歌の最大の楽しみは、言葉や意味の飛躍にあるのですが、その点において、いつも興奮させられます。そうそう、穂村さんの歌からは「(読者に)読ませる」という意識を強く感じるのですが、そのあたりが、生活に密着した日記のような短歌と大きく違うところですよね。

穂村　それは僕が、短歌の影響を受けて短歌を作り始めたわけではないからかもしれませんね。最初にイメージしていたのが、大島弓《おおしまゆみ》子《こ》や萩尾望都《はぎおもと》の漫画のネームや、歌の歌詞だったので。

清家　もうひとつ気になっていたのが、穂村さんの作品のなかで、現代の時間軸のなかに子ども時代のものと思しき出来事や感情が挿入される歌が時折ありますが、最近は、その傾向がより強まっているように感じます。なぜでしょうか。

穂村　僕は、ある年齢まで、自分のなかに「歴史」は存在せず、「現在」しかありませんでした。つまり、超時間的に生きているのだと思い込んでいた。それが、三十代後半くらいの時点で、「自分も歴史のなかにいる」ということを急に認識できるようになってしまった。つまり、「自分も死ぬんだ」という現実に気づいてしまったわけです。その時に受けた敗北感が、僕を過去に向かわせているのかもしれません。

初読の衝撃を返してくれ！

清家　穂村さんの歌で好きなものはたくさんあるのですが、子ども時代の要素が色濃いものなら、『ドライ ドライ アイス』に収載されている〈**夕映えの砂場に埋めた最愛の僕のロボットの両手はドリル**〉。ドリル手のロボットって、戦隊もののドラマとかでも四番手、五番手あたりの存在ですよね。そ

夕映えの砂場に埋めた最愛の僕のロボットの両手はドリル

穂村　弘

孫悟空悟飯悟天の絶叫が一人のおばあさんの口から

穂村 弘

のチョイスだから醸し出せるわびしさ。

穂村 両手がドリルだと不自由ですよね。めちゃくちゃ役割が限定されるし。

清家 「ここぞ!」という時しか出番がない(笑)。きっと寡黙なやつなんだろうな、などと想像が膨らみます。それと、連作「バスクリン」(「歌壇」本阿弥書店、二〇一五年二月号)のなかの一首〈**孫悟空悟飯悟天の絶叫が一人のおばあさんの口から**〉もインパクトがありました。

穂村 これはリアル短歌ですね。野沢雅子《のざわまさこ》さんという声優の方を詠ったものです。彼女はかなり年配なのに、ご自身よりはるかに若いキャラクターの声を当てている。アニメ『ドラゴンボール』(鳥山《とりやま》明《あきら》)に至っては、孫悟空《そんごくう》・悟飯《ごはん》・悟天《ごてん》という、父・長男・次男の声を一人で喋《しゃべ》り分けているからすごいです。しかも、かなりの絶叫系。声量あるなー! という驚きが詠ませた歌ですね。

清家 「バスクリン」は、流れの妙も楽しめる作品だと思いました。入浴剤のバスクリンを詠った〈**あざやかな緑がどぶに流れててみつめてしまったのはバスクリン**〉がまずあって、間に何首か挟み〈**知りたくて探したけれど何故だろうウィキペディアに「どぶ」の項無し**〉と続きの歌が出てくる。あえて続けないところがミソというか、歌の順番にもとても気を遣われていますよね。

穂村 連作の場合は、特にそうですね。

清家 流れが大事といえば、『求愛瞳孔反射』(河出文庫)に収められた短詩「獣姦爆撃機」には悲しい思い出があります。「**獣姦だ!獣姦だ!/〇〇を獣姦だ!**」というフレーズが、「〇〇」の部分を変えながら繰り返される作品ですが、「これは最後、絶対にすごい一文が来るぞ！」と楽しみに読み進めていたのに、ページをめくったところでオチが先に目に入ってしまった……。初読の衝撃は一度しか味わえないのに！　あれは、いまだに悔やまれてなりません。

バスクリン色の諦念と絶望

穂村　バスクリンの歌で思い出しましたが、西洋への憧れや「いつか追い越してやる！」みたいな感情って、日本人のなかに長らく大きなものとしてあった。『月吠え』でも、「西洋の真似《まね》をするかつての日本人」の姿が象徴的に描かれていましたが、そういう感覚は戦前のみならず、戦後にもあった。それこそ、お風呂に鮮やかな色をつけるバスクリンなんて、素敵な生活を具現化したもののように見ていましたが、冷静に考えてみたら……やっぱり何か違う。で、僕は、そういう微妙なものを、なぜか歌のモチーフに選んでしまう癖があるのです。

清家　気になってしまう、と。

穂村　畳の上にカーペットを敷いて、その上に月賦で買ったステレオセットを置いて、スリッパを並べて……。昭和という時代には、そういう無理やりな感じがありましたよね。どうやっても、テレビの向こう側にある、ドラマに登場するアメリカの家みたいなものにはなりようがない。でも、そこににじり寄っていく——そんな感覚があった。バブル景気の頃には「だいぶ追いついたかも？」と思えたものの、それが弾けて以後、日本は、あの方向性ではアメリカに追いつかないということに気づいてしまった。その頃からですね、バスクリン的なものが気になってきたのは。そこには、戦争で粉砕されるのとはまた違った意味での、奇妙な絶望感みたいなものがあったような気がします。

あざやかな緑がどぶに流れててみつめてしまったのはバスクリン

穂村　弘

知りたくて探したけれど何故だろうウィキペディアに「どぶ」の項無し　穂村 弘

清家　団塊の世代の表現者が、安保闘争の時に味わった絶望感を強く刷り込まれているように、時代時代で、固有の絶望感があるような気がします。

穂村　清家さん世代にとっての絶望は？

清家　私はポスト団塊ジュニア世代ですが、バブルの頃は子どもで、教育が緩くなる直前で、苦労して受験し合格した大学を卒業する頃は就職超氷河期になっていました。何かに絶望するというよりも、明確な希望を持てなかった世代なのかもしれません。私は幸か不幸か現実逃避の癖があったので、そうした問題に直面せずに済んだ部分もありますが、私世代の人たちの詩歌には、どこか諦念や虚無感が漂っているような気がします。

穂村　ゆえに、リアリティの質もそっち寄りになっている。僕の若い頃は、自分たちの恋愛をキラキラしたもののように描くことは普通のことでしたが、今の若者からすると、それは狂ってるようにしか見えないらしい。俵万智さんの有名な〈**「この味がいいね」と君が言ったから七月六日はサラダ記念日**〉のような歌は、今の若い人たちからはまず出てこないでしょうね。時代の空気感というか風向きが違う。なんでもない一日も、自分たちが愛し合っているだけで記念日だ——と確信できてしまったわけだから。そりゃ、考え方だって根本から違ってきますよ。

清家　私は、そういう自己への信頼、そこから生じる自分独自の主義主張が希薄です。それがコンプレックスで、主義主張を持っている人がすごく羨ましいんです。

空想にすべてを投げ込んで描く

穂村　「主義主張がないことがコンプレックス」とおっしゃいましたが、作者が透明だからこそ、

『月吠え』は、これだけの批評性を持ち得たのではないでしょうか。

清家　表現者には、「自分を出したい」という気持ちが少なからずあると思うのですが、私は、その「自分」というものがよくわからないままに漫画を描いているところがあって。

穂村　「自分を出したい」という気持ちがまったくないのですか？

清家　子どもの頃から、そういう感情はすべて空想に投げ込んでしまうタイプだったので。

穂村　すごいですね。

清家　だから日記も書けず、SNSもうまく使えません。日常をつぶやけない。漫画などを介さない素の自分を発信する価値が見出せなくて。

穂村　では『月吠え』は、清家さんの人生や夢といったものが全部投げ込まれ、それが熟成発酵した結果なのですね。すごいなぁ。でも、ちょっと安心しました。それくらいじゃないと、こんなとんでもない作品は描けないと思います。今後の展開も気になるところですが、メインを張っていない詩歌人をフィーチャーすることで、いくらでも外伝が作れそうですね。もし現代の歌人を描くことがあったら、ぜひ僕も取り上げてください。「北原白秋みたいなモテキャラにしてくれ」なんていう無茶は言いませんので（笑）。

清家　でも、作品のイメージからすると、穂村さんもモテキャラ系だと思いますよ。というか、じつは描いてきたんですよ（穂村氏を描いたイラストを手渡す）。

穂村　わ！　かわいい……感激です。続刊も楽しみにしています。今日はありがとうございました。

（対談・二〇一六年十二月二十二日）

高原英理

小説家

小説・評論ほか幅広い執筆活動を続ける高原英理さん。穂村さんとは三十年来の親交とのこと。お二人はまだ知り合う以前、ともに同じ回の角川短歌賞に応募しておられたそうです。しかもその後、同賞第四十七回の受賞者は高原さんの奥様だったのです！　お二人にとってのレジェンド塚本邦雄・中井英夫との思い出をイントロに対話はスタートします。

たかはら・えいり　一九五九年、三重県生まれ。八五年、「少女のための鏖殺作法」で幻想文学新人賞を、九六年、評論「語りの事故現場」で群像新人文学賞評論部門優秀作を受賞。著書に『不機嫌な姫とブルックナー団』『うさと私』『歌人紫宮透の短くはるかな生涯』『エイリア綺譚集』『観念結晶大系』などがある。

「かばん」の仲間

穂村　高原さんと初めてお目にかかったのは、僕の第一歌集『シンジケート』（一九九〇年）が出る少し前でしたね。

高原　翻訳家で作家の西崎憲《にしざきけん》さんに紹介してもらいました。彼の所属していた「かばん」という短歌同人誌周辺に「穂村弘という天才的なヤツがいる！」と耳にしたことがきっかけでした。

穂村　短歌の世界では、フラワーしげるの名で知られている西崎さんですね。高原さんは、別名義で書いた小説「少女のための鏖殺《おうさつ》作法」で、雑誌『幻想文学』（幻想文学出版局・当時）が主催していた「幻想文学新人賞」（第一回）を八五年に受賞し、デビューされました。この賞の選者が澁澤龍彥《しぶさわたつひこ》、中井英夫の二人。でも、澁澤さんが八七年に亡くなられたため、同賞は第二回をもって終了。九三年には中井さんも亡くなってしまった。高原さんは、中井さんが世に出した新人の、最後の人たちのうちの一人ということになりますね。

高原　中井さんが見出してきた錚々《そうそう》たるメンバーと比べられると申し訳ない気持ちになりました（苦笑）。それとね、実は穂村さんが角川短歌賞に応募した頃、僕も同賞に応募しています。

穂村　え、そうなんですか？　初耳です。

高原　普段言いませんから、黒歴史なので……。落ちましたけど。

穂村　高原さんの奥さんは、歌人の佐藤弓生《さとうゆみお》さんですが、出会った頃の肩書きは詩人でしたよね。彼女は、僕ら二人が逃した角川短歌賞を二〇〇一年に受賞して、歌人として活動するようになった。

高原　で、現在僕ら三人はみな「かばん」にかかわる仲間である、と。そんな関係ですね。

中井英夫とのこと

穂村　高原さんの好きな歌人といえば塚本邦雄ですが、中井さんを通じて読むようになったのですか。

高原　ではなかったと思います。『幻想文学』界隈にセンスのいい本を教えてくれる人がいて、そのうちの何冊かが塚本だったように記憶しています。

穂村　短歌に興味はないけれど、塚本だけは読むという層がいます。ある美的な志向というか、言うなれば「幻想文学的な志向」を持った人たちにファンが多いのが塚本の特徴。

高原　学校で習ったものを別にすれば、短歌に初めて触れたのも塚本でしたし、明確に影響を受けた短歌も塚本のものだけ。角川短歌賞に応募したときも、塚本しか読んでいませんでした。

穂村　そりゃ、落ちるわけだ（笑）。高原さんのエッセイ集『アルケミックな記憶』（書苑新社）には、晩年の澁澤さんや中井さんと生身で触れ合った経験が綴《つづ》られています。特に中井さんとのエピソードが強烈で、読んでいてドキドキしました。

高原　まだ一度しかお目にかかったことのない頃に、夜中にいきなり「明日来ないか」という電話がかかってきました。「ちょっと予定があって……」と言ったら、「お前みたいな若造が何を言ってるか！」とえらく怒られた。中井さんに呼び出されたら、それがたとえ夜中であっても、「ははー、喜んで参ります！」と答えないといけなかったらしい。

穂村　でしょうね。予想はつかなかったのですか。

高原　中井さんは過去に編集者として働いていたわけだし、ある程度、社会性のある人だと思っていたもので。結局、頭を下げることにして、翌日はお家に伺いました。中井さんも酔っ払って電話したことを反省されていたのか、前夜のことは不問に付され、ことなきを得ました。

穂村　そのとき、高原さんはおいくつですか。

高原　二十五、六歳でした。中井さんに関しては、三島由紀夫《みしまゆきお》や澁澤、塚本といったあたりの芸術・耽美《たんび》主義者の流れで知っていたこともあって、もっとクールな人だと思っていましたが、けっこう感情を表に出す人なんだな、という印象を受けたことを覚えています。

評論家にはなれない？

穂村　高原さんの美質は、多岐に

わたるお仕事をしながらも、「好きなことだけをやる」という姿勢を貫かれているところにあると思います。また、作風も幅広く、激しいホラーを描く一方で、スイートな一面も持ち合わせている。そうした二面性が、『リテラリーゴシック・イン・ジャパン～文学的ゴシック作品選』『ファイン／キュート～素敵かわいい作品選』（共にちくま文庫）という二冊のアンソロジーによく表れていますね。そして特筆すべきは、両作とも散文だけでなく、韻文も選んでいること。短歌なら、前者には塚本と葛原妙子《くずはらたえこ》、後者には永井陽子《ながいようこ》と杉《すぎ》崎恒夫《さきつねお》の歌が収められています。

高原　前者には黒瀬珂瀾《くろせからん》と松野志《まつのし》保《ほ》も入れたかったのですが、紙幅が尽きてしまいました。

穂村　散文だけでなく、韻文をも見る目があって、かつ嘘のない批評性がある。そして、好きなものに殉じる純度も高い——これが僕が持っている高原さんのイメージです。それと評論に顕著ですが、「ここから先は自分には断言できない」というラインを明示されるのも特徴です。「俺はわかっている」という強引な身振りがまったくなくて、その潔癖さがいいな、と。

高原　潔癖というよりも、嫌いなものや関心の薄いものに対する防衛感が人一倍強いのでしょう。それらも含めて考えることができたら、自分は本当の「評論家」になれたのでしょうが、無理だった。好きなもの以外に時間を使う気がまったくない（笑）。

穂村　ご自分が評論家だという意識はない？

高原　いわゆる評論の仕事って、自分がやるとルーティン・ワークになりそうな気がする。だったら、小説なり詩歌なりのほうで無理をしていたい、という気持ちがあります。

穂村　でも、『ゴシックハート』（立東舎文庫）などの著作で、「ゴシック」という概念を評論的に書き、さらにアンソロジーを編むことでそれを具体的に示してみせた。少なくともゴシックに関しては、一つのゾーンを確立させたわけでしょ。

高原　でも、やっているのがほと

んど僕だけみたいな領域だったから、ブルーオーシャン（未開拓の市場）と言えるか微妙だし、切磋琢磨《せっさたくま》する同志もいなかったし……。

穂村　とはいえ、他ジャンルでゴシック的な嗜好《しこう》を持った人はたくさんいるでしょうし、それこそゴシック・ロリータの格好をしている女子たちなどは、それを言語化・論理化していないだけで、潜在的には同志なのでは？

高原　確かに、『ゴシックハート』の感想でよく頂くのが、「これまで言葉にできなかったことを言語化してくれて、ありがとう」というものでした。

穂村　ご自身の評論家としての成果を低く見すぎていますよ。僕は極めて重要な、歴史に残る仕事をされたと思っています。

波打ち際で踏ん張る

穂村　最新刊（当時）の『怪談生活～江戸から現代まで、日常に潜む暗い影』（立東舎）は、実話怪談のような内容ですね。これを読んで、僕も高原さんと同意見だったのですが、どんなにすごい怪異が起こる話でも、それが因果応報に根ざした人間界の法則に回収されてしまうと、興ざめしてしまう。それよりも、別世界の話が、自分のいる現実世界とスレスレの関係にあると思わせてくれるもののほうが気になる。

高原　怪異が科学的に解明されないような性質のものであったとしても、霊的には当たり前というか、「霊的当然」な話はつまらないんですよ。怪異の原因が「恨みを晴らすため」とわかるともう駄目だ（笑）。こっちには不可知なのだけれど、でも法則らしいものがあるような気もする、という、そんな話だと是非続きを聞きたいと思うわけですが。

穂村　自分の知らない整合性みたいなものが存在していて、その端っこに、「波打ち際」に触れているのが楽しい、と。

高原　短歌でも、この人の歌には何かある。それはわかるけれど、何があるのはわからない――。そういう部分が魅力になっていることがありますね。自分には計り知れない発想から書かれた歌に惹かれる、みたいな。

穂村　とても不思議なことが書かれている歌があったとして、それが「波打ち際」ギリギリでリアルなゾーンにいるときはときめくけれど、その境目を越えて、スピリチュアルなゾーンに踏み込んでしまうと途端に冷めてしまう、ということもあります。先ほどの「霊的当然」と同じで、そうなると全然ドキドキしなくなってしまう。

高原　「波打ち際」に立ち続けることは、生命にとって一番危険なことなのです。だから、遅かれ早かれ、そこを立ち去らざるを得ない。芸術というのは、そんな危ない状態を何年続けられるか、という世界であると思います。

穂村　そう考えると、漫画家の萩尾望都や山岸《やまぎし》涼子《りょうこ》は偉いですね。そうしたギリギリのところで、何十年もやっているわけだから。

高原　選ばれた天才ですね。そこで踏ん張ると、たいてい早死にするのに、彼女たちはいまだに現役ですから。

穂村　怪談というジャンルでいうと、水木《みずき》しげるはどうなんですか。

高原　あの方は、自分の「外」に異様なものを、それこそ怪談的なものを見出してきた人です。つまり、自身の〝変さ〟で勝負していない。モラル意識に顕著ですが、けっこうノーマルなんですよ。だから、こう言ってはなんですが、平凡、凡庸な感じ方で描いてきた人というイメージがある。でも、それゆえにあれだけ長く活躍できたのではないでしょうか。

穂村　高原さんはどんなスタンスで生きていきたいですか。

高原　僕は根が凡庸だから、水木しげる風がいいかな(笑)。

穂村　それで『怪談生活』なのか。この本は、水木しげるへの第一歩だったのですね(笑)。

夏眠から覚めれば秋は痛いので「生きたい」と言う練習をする

千葉　聡

かゆいところありまひぇんか、といひながら猫の頭を撫でてをりたり

小池　光

短歌を「外側」から楽しむ

穂村　対談にあたって、高原さんに「好きな短歌を教えてください」とお願いしていたのですが、歌集一冊分くらいの量が送られてきてびっくりしました。五つの括《くく》り（「古今短歌三十六首」「新撰二十四首」「塚本邦雄四十五首」「歌人・紫宮透《しぐうとおる》三十一首」「穂村弘七十六首」）に分かれていますが、やはり塚本邦雄の影響を強く感じました。単に代表歌を挙げたものにはなっていない。でも、現代の歌から選んだ「新撰二十四首」には、塚本や春日井建《かすがいけん》に混じって、千葉聡《ちばさとし》の〈**夏眠から覚めれば秋は痛いので「生きたい」と言う練習をする**〉という歌もあって、ちょっと意外に感じました。

高原　この二十四首には、身近にいる歌人の歌も選んだので。

穂村　千葉さんは、高原さんとも縁の深い「かばん」のメンバーですね。また、小池光《こいけひかる》の〈**かゆいところありまひぇんか、といひながら猫の頭を撫でてをりたり**〉は、高原さんのアンソロジー『ファイン／キュート』に収録されていてもおかしくない。

高原　やはり好きなのでしょうね、かわいいのが。考えてみれば、「かばん」のメンバーにもファイン／キュート系の人が多い気がする（笑）。しかし、改めて見直すと、渡辺松男《わたなべまつお》の〈**大空ゆ哭きたくなりて降る幹がつぎつぎ着地して杉林**〉のように、違う括りに入れてもよかった歌もありますね。詠い手が自分と同じ世界を見ている感じがしないというか、「こんな怪談あったな」みたいな不気味さがある。僕の中には、短歌をファンタジーの素材のようなものとして読む傾向がある気がします。もちろん、似た嗜好の歌人もいるとは思いますが、歌人なら、あくまで歌は歌として鑑賞するはず。やはり自分は、短歌を「外側」から

楽しむ人間なのでしょう。

架空の歌人の評伝

穂村　「歌人・紫宮透三十一首」という括りがありますが、これは？

高原　紫宮透は、僕がいま構想中の小説（二〇一八年に『歌人紫宮透の短くはるかな生涯』として立東舎より刊行）の登場人物で、要するに架空の歌人です。

穂村　この三十一首は「作中人物の短歌」として高原さんが書かれた、と。

高原　はい。でも、「歌人が主人公の小説」とは少し違う。紫宮透はすでに亡くなっていて、死後に出た「歌の解説集」の形をとった小説なのです。彼の遺《のこ》した歌から三十一首が選ばれて、それぞれに解説が付くのですが、「この歌を書いたとき作者は○○をしていた」といった評伝にもなっている。短歌には、そこから作者の人生を読み取りつつ鑑賞する側面がありますね。それを作品の中でやってみる、という試みです。

穂村　面白そうですね。

高原　夭逝した天才作家の評伝を親友が描く——という体裁で書かれた、アメリカの作家スティーヴン・ミルハウザーの小説『エドウィン・マルハウス』（河出文庫）をはじめ、海外には、架空の評伝や、存在しない本について書かれた書評集といった類の読み物がたくさんあります。

穂村　高原さんの『不機嫌な姫とブルックナー団』（講談社）も、小説だけど、作中人物の書いた音楽家アントン・ブルックナーの評伝が合間に挟み込まれるという構成でしたから、それをさらに押し進めたような作品になるのかな。ちなみに紫宮透は、いつの時代の歌人という設定なのですか。

高原　一九九〇年代に二十八歳で亡くなったということにしてあるので、生きていたら僕と同じくらいの歳ですね。

穂村　ということは、この三十一首は九〇年代までに書かれた作品ということになるわけですか。

高原　はい。なのでテイストが現代の歌とは異なるかもしれません。数百首ある未発表の自作短歌から、妻で歌人の佐藤弓生にマシなものを選んでもらい、そこからさらに自選しました。佐藤が特に良いと言ってくれたのは〈**しづけさに神来《きた》らざる朝まだき石めくものは思ほゆるかな**〉と〈**届かざる約束もみな軍属の少年たちは嘘を競ひて**〉の二首。

穂村　ボーイズラブ的な美意識というか雰囲気もある歌ですね。僕が好きなのは〈**したたるる顔したたるるしたたるる底ひよりモノクロオムの笑み**〉。文法が溶けてオノマトペに変容していくような感じが面白かった。これは写真を現像している場面？

高原　そんな感じだと思う……のですが、どういう意図があって作ったのか、あまり覚えていないのです（笑）。だから、自作歌に註《ちゅう》を付けていく小説とはいえ、結局他人として解説するのと大差ない気がします。僕が作るのは、「塚本邦雄直伝」みたいな歌ばかりですが、残念なことに今、そうした系統の歌はほとんど注目されていません。塚本的短歌の復権と言ったら大げさですが、その一助になったら嬉しいですね。

文学的地図が書き換わらない

穂村　先日、僕ら二人と西崎憲さんとで、幻想文学作家・歌人の山《やま》尾悠子《おゆうこ》について話すイベントがあったのですが、会場が恵比寿にあるシス書店という、澁澤龍彦・三島由紀夫的世界が二〇一七年現在、ぽっかりとそこに在るような空間で。壁に飾られている絵も合田佐《ごうださ》和子《わこ》や野中《のなか》ユリのもので、思いきりそっち系。改めて考えてみると、そうした画家たちは、我々やそこに集うお客さんにとっては大きなリスペクトの対象だけど、今の美術の世界では必ずしもそうではないのでしょうね。

高原　ファインアートの世界から見たら、違うのでしょう。もっとも、それは今に始まったことでも美術に限った話でもありません。三島由紀夫は、明治以降の日本文学の歴史からすると、ややイレギュラーな存在だった。日本の純文学は、江戸時代に主流だった空想的な物語性を一旦捨てて、当時の日常と事実性に立脚するところから始まったわけで、いわゆるリアリズムが基本でした。

穂村　そこに幻想・耽美的な作風で乗り込み、一時代を築いたのが三島だった。

高原　六〇年代、三島と彼の推薦する作家たちによるグループが純文学の世界で覇を競ったわけですが、三島の死後、それまで彼の存在によって抑えられていたリアリズムを主とした作家が再び台頭します。それ以降の純文学の主流は、中上健次を筆頭とするような作家たちによって担われることになるのです。

穂村　僕、中上はあまり読んでいませんね。

高原　この対談の前回のゲスト・漫画家の清家雪子さんは、中上の作品は全部読んでいるとおっしゃっていました。おそらく、そちらのほうが一般的な感覚なのでしょう。

穂村　僕の中には純文学的な常識が希薄なんですよ。「世間では大《おお》江《え》健三郎《けんざぶろう》のほうが倉橋由美子《くらはしゆみこ》より偉いんだ！」といったことをだいぶ後になって知る、みたいな（笑）。いや、もちろん薄々は知ってましたけど。でも、自分の中で、そういう地図がいつまでたっても書き換わらないところがある。とっくに地動説が常識になっているのに、自分だけ天動説の世界で生きている感じ。

高原　僕らは、六〇年代がそのまま続いているような現在を生きているのかな。

穂村　でも、それが好きなんだから仕方がありませんね（笑）。

塚本の片思い、地上性に惹かれる

高原　塚本・中井の世代までは、ヨーロッパ文化への憧れがすべてを決めているところがありました。でも、七〇年代後半から八〇年代になると、村上春樹に象徴される、アメリカンな格好良さが時代の主

届かざる約束もみな軍属の少年たちは嘘を競ひて

高原英理

流となっていく。両者の価値観には大きな隔たりがあります。穂村さんが面白いのは、感受性的には後者の人に見えながらも、塚本・中井の影響を公言されているところです。

穂村　僕は、いわゆる澁澤的なサークルの価値観の中では完全に傍流で、自分の中には谷川俊太郎《たにかわしゅんたろう》的な〝日向くささ〟があるように感じています。ほとんどの人にとって、塚本とは作風上、何の関係もないように見えるでしょうね。いわゆる塚本フォロワーが、その美意識を受け継いだのに対して、僕はまったくそうではなかった。

高原　では、塚本に受けた影響って？

穂村　ある定型に対するフェティシズムというか、言葉をモノ的に捉えるような感覚、でしょうか。

高原　穂村さんが塚本から学んだのは美意識ではなく、その構造だったということですね。

穂村　「美」の基準はまったく違いますね。だから好きな言葉も違ってくるし、表面的には別物に見える。それから僕は、塚本の片思いっぷりや地上性に強く惹かれるのですが、それもいわゆる塚本ファンの琴線に触れる部分とは異なる気がする。

高原　しかも、その塚本の片思いは成就する気配がない。そのせいでか、常に相手を乞い求める視線を感じます。

穂村　岡井隆《おかいたかし》にしても、寺山修《てらやましゅう》司《じ》にしても、いつも塚本のほうが相手をより好き――という関係性。岡井が歌集を出すと、塚本が言葉遣いの間違いなどを批判するのですが、怒られて苦笑いしている岡井のほうが、不思議と余裕があるように見えるのはそのためでしょう。また、『麒麟《きりん》騎手　寺山修司論』（沖積舎）に収められた、塚本から寺山への書簡も味わい深いです。いつも切手を無駄に貼る寺山に、「なぜ君はいつもそんな送り方をするのか！」とダメ出しをするところがあるのですが、「適切に手紙を処理すれば半杯分のラーメンが食える」みたいなことが書いてあって、塚本作品とのギャップの大きさに驚かされます。でも、愛とか友情を本気で信じていたことが伝わってきて、胸を打つんです。

穂村弘はリア充《じゅう》歌人？

高原　塚本邦雄の片思いっぷりと〝満たされなさ〟が話題にのぼりましたが、彼の強い影響下にある穂村さんの歌からは、逆に「リア充」（現実の生活が充実している様子）の香りが醸し出されているのが面白いですね。

穂村　脳内で理想の女性を作り上げて、その人が自分に向かって微《ほほ》笑《え》みかける——みたいなことを繰り返し書いていますからね。でも、それって本当に「リア充」なの？　だってリアルじゃないんですよ？

高原　村上春樹自身が彼の小説の登場人物のようにモテ男なのかどうか、本当のところはわからないのと同じように、穂村さんだって作っている部分はあるのでしょうが、少なくとも読者が受ける印象はモテキャラでリア充ですよ。そして、それが魅力でもある。

穂村　そうなのかなあ。

高原　例えば、大人気を得た新海誠監督のアニメ映画『君の名は。』に対して、「オタクの作り上げた自己満足話だ」と悪口を言っている人がいましたが、そんなことはどうでもよくて、最終的に見る人が「俺たちが見たいのはこの話なんだ！」と思える作品になっていればいいわけでしょう。フィクションの裏側にどんな理屈があったとしても、受け手には関係ない。それと同じで、穂村さんにとっては、ご自分の短歌に登場する女性は「脳内彼女」なのかもしれませんが、読む側は「そんな素敵な女性がいるんだ」と素直に受け取ってしまうわけです。

穂村　なるほど（苦笑）。

高原　ところが、穂村さんの歌論集『短歌の友人』では、ご自分からその方法に疑問を示しておられた。「自分の書く短歌では、もう時代は見えてこない」というような、諦念の滲《にじ》んだ文章が印象に残っています。この本を書いた二〇〇七年頃の穂村さんからは、ちょっと追い詰められているような感じがうかがえました。このとき、メタ視点でリア充な歌を作り上げることよりも、「等身大」を重んじる表現に皆の意識が向きつつあったことがショックだったのでしょうか。

ぼくのサングラスの上で樹や雲が動いているって　うん、いい夏だ

加藤治郎

穂村　僕は、若者が常に塚本を読む世界が続くものと思っていたのですが、現実はそうではなかった。今の若者にとって、塚本や春日井建といった歌人は関心の対象として大きくはありません。そうしたことも含め、まったく予想外の未来が到来したことに動揺していたのかもしれません。

塚本が通過儀礼だった時代

穂村　かつて「短歌研究」（短歌研究社）という雑誌で、世代別に歌人の人気投票をする企画が続いていました。その結果を見ると、二十歳代で一番人気があったのが塚本で、三十歳代以上におけるそれぞれの年代の一番人気は、斎藤茂吉だった。

高原　そこが違ってきたのだとすれば、新しい二十代が出てくると、彼らもまた必ず塚本の虜《とりこ》になるという流れが、ある時期から途絶えてしまったわけですね。いま同じようなアンケート企画をやったら、二十代の一番人気は穂村さんになるのだろうな。

穂村　それはわかりませんけれど、僕らの世代以降は口語短歌が主流ですし、少なくとも塚本的な、あんな美意識バリバリの人は選ばれないでしょうね。

高原　ネットを見ている限りでは、「穂村さんの歌を読んで短歌を始めました」という若い人はたくさんいますよ。

穂村　それは単純に、書店の短歌コーナーに置かれている率が高いからではないでしょうか。触れる機会が多いから、手に取る可能性も高まる。でも、若い詠み手の「作品に与える影響」ということでいうと、またちょっと別というか、正直わからないですね。いずれにせよ、塚本的な前衛短歌の「弟子たち」とは、バブル期に若者だった僕らが最後だったんだな、

と改めて思います。別の側面を見ると、浮かれた感じを平気で出せる世代というか。その感覚は、俵万智さんにも加藤治郎《かとうじろう》さんにも共通している。そうそう、今回高原さんにお好きな歌をたくさん選んできてもらいましたが、そのなかに加藤さんの歌もありましたね。

高原　〈**ぼくのサングラスの上で樹や雲が動いているって　うん、いい夏だ**〉ですね。

穂村　今の若者は、まず作らない歌だ(笑)。

高原　この歌などは、「懐かしい」という気持ちから選んでいるところがあります。ある種の文化記憶として。でも当時は、こういう歌がぬけぬけと、しかもごく当たり前に詠われていたわけでしょう？　感慨深いですね。

寝技系短歌の「地味な凄《すご》み」

穂村　先ほどの人気投票の結果から考えると、どこかで塚本から茂吉に宗旨替えするという現象が起こっていたことになりますね。

高原　自分に関して言えば、歳をとって「茂吉、いいなぁ」と急にわかる瞬間が訪れたわけではありません。彼の良さを知ったのも塚本経由で、解説集『茂吉秀歌「赤光」百首』（塚本邦雄著／講談社学術文庫）がきっかけでした。今回、好きな歌として挙げた茂吉の〈**とほき世のかりようびんがのわたくし児田螺はぬるきみづ恋ひにけり**〉も、この本で取り上げられていました。

穂村　「これぞ茂吉」という歌ではありませんね。

高原　塚本邦雄は、アララギの人たちが意識してこなかった歌を「こんなんありまっせ」と出してきて、「茂吉ってリアリストと思われているが、ぜんぜんそうじゃないんだぜ？　わかってんのかな!?」と目の前に叩《たた》きつけるような

とほき世のかりようびんがのわたくし児田螺はぬるきみづ恋ひにけり　**斎藤茂吉**

ことをする。すばらしいですね(笑)。あれが著作として残っている以上、この先短歌にどんな動向が現れるとしても、塚本から茂吉を学ぶ人間はいなくならないはず。

穂村　アララギといえば、「角川短歌」(KADOKAWA)の時評で瀬戸《せと》夏子《なつこ》さんが「穂村弘のアララギ化が云々《うんぬん》」と書かれていて、「え、なにそれ!」と思ったんですよ(苦笑)。真意はわからなかったけど、コンテストで選ぶ歌の傾向が、ある時から変わったこととかも関係しているのかもしれない。

高原　ああ、審査員としてね。

穂村　以前は女性歌人の歌やそこに現れる感性に惹かれていたのが、ある時から男性歌人の作品に魅力を感じることが増えた。例えば斉《さい》藤斎藤《とうさいとう》とか、永井祐《ながいゆう》とか。

高原　大きな変化ですね。なぜ?

穂村　僕はずっと「言葉の翼を広げて、高く飛ぶのが良い歌だ」という感覚を持っていました。そして、今橋愛《いまはしあい》、雪舟《ゆきふね》えま、盛田志保《もりたしほ》子《こ》といった人たちを推してきたところがある。彼女たちの歌を格闘技における飛び技のようなものだとすると、一方の斉藤斎藤や永井祐の歌などは、どちらかというと寝技や締め技、関節技みたいな印象。理想は前者にあったはずなのに、いつしか後者の持つ「地味な凄み」に惹かれるようになっていったわけです。そうした変化をアララギ化と言うならそうかもしれないけれど、その後も鈴木美紀子《すずきみきこ》、鈴木晴香《すずきはるか》といった歌人の歌を変わらず評価していますから、そう単純な話でもないと思ってはいます。

「セカイ系」短歌愛好者として

高原　初期の穂村さんって、歌のなかで時々エキセントリックな、思いもよらない変なことを言っていましたね。

穂村　今もそうです(笑)。三つ子の魂百まで。

高原　その感じの延長として、今橋愛、雪舟えまが好きだというのはわかる。でも、先ほどの男性歌人たちに、同種のものを感じているとは思えない。それは、穂村さんの本来持っている理念や美意識とは別の発想から、彼らに良さを見出したということになりますね。

穂村　そうですね。例えば僕は、枡野《ますの》浩一《こういち》の活動がずっと気にはなりつつも、どこかで自分にはわからないという感覚が拭えずにいました。彼は、いわゆる「言葉の翼を広げる」タイプの歌人ではありません。むしろ地を這《は》うような、あるいは地に潜るような作風です。しかし、斉藤斎藤や永井祐が出てきた時に、枡野さんとは違って、「これはわかるな」と思えた。つまり、これまでわからなかった面白さを、彼らの歌に見出すことができたのが大きかったのではないでしょうか。

高原　それは、評論家の視点ですね。一流の評論家というのは、直感的にでも、自分の文脈外にある作品の良さがわかる人です。

穂村　塚本にはそういうセンスがありました。清水房雄《しみずふさお》とか、意外な人の歌を褒めることがあって面白かった。逆に「これは好きそうだな」という作品を拒否することもありましたが。高原さんは、専門歌人ではないとはいえ、歌を作り、読んでこられたわけですが、これからの短歌に何を期待しますか。

高原　僕は塚本で短歌に開眼したあと、次に触れたのが、穂村さんや西崎憲さんの在籍する同人誌「かばん」周辺の人たちの歌で、そのまま現在に至っています。つまり、遠くの憧れである塚本と、自分の身のまわりにいる歌人しか知らない。間がないという意味では、「世界の滅亡」規模の大問題と、主人公の恋愛とが、中間の領域を無視して直結してしまっている「セカイ系」の構造と一緒です（笑）。そんな人間として望むところは、塚本の存在が忘れられることなく、その作品がこれからも読み継がれていくこと。そして、身近な歌人たちのファイン／キュートな作品を発見しつづけていくことです。

穂村　高原さんには短歌を我々とは異なる文脈から見て楽しめる目利きとして、すごく期待しています。そうした人の存在なくして、韻文の世界が広がっていくことはありませんから。

（対談・二〇一七年三月三十一日）

知花くらら

モデル・女優

出版社の内定を辞退して臨んだミスユニバース大会を経て、モデル、タレント、WFP日本大使として活躍されている知花くららさん。河《かわ》野《の》裕《ゆう》子《こ》さんと永《なが》田《た》和宏《かずひろ》さんの相聞歌に魅せられ短歌の世界へ。大学の先輩でもある穂村さんとの、やさしいしなやかな対話です。

ちばな・くらら　一九八二年、沖縄県生まれ。ミス・ユニバース二〇〇六世界大会第二位を経て、雑誌、テレビ、ラジオ、CMなどで幅広く活躍。二〇〇七年より、国連WFPのオフィシャルサポーター、一三年より同日本大使を務める。著書に『知花くららの『てーげーでいこう!』』、『くららと言葉』第一歌集『はじまりは、恋』などがある。

言葉、語学への興味

穂村　知花さんは沖縄のご出身とのことですが、何歳までいらっしゃったんですか。

知花　十八歳、高校卒業までです。上智大学に入学するために上京して、以来東京に住んでいます。

穂村　僕も上智なので、いわば先輩・後輩の関係になるわけですね。もっとも、僕が入学したのは知花さんが生まれた頃なので、かなり昔の話になりますけど（笑）。でも、沖縄から上智に来るのって珍しくないですか？　首都圏ローカルな大学だから、地方には知らない人もいると思うのですが。

知花　現役の時に、心理学がやりたくて上智の推薦を受けたのですがダメで、一浪したんです。その間に、もっと幅広く勉強したくなって国立志望に変えまして。英語と国語の成績が良かったので、言葉に関する勉強をしようと東京外国語大学を受けたのですが、センター試験の国語のテストで、記入したマークシートが全部ひとつずつズレていて……。

穂村　うわぁ。

知花　当然ダメでした。ショックから自室で泣いていると、母親が書類を持って「泣いている暇があるんだったら、願書を書きなさい！」。それが上智大学のものだったのです。結果的に、最初の希望どおり上智に行くことになったので、ご縁があったのかもしれませんね。

穂村　もともと言葉や語学に興味があったのですね。僕は英文科だったのですが、結局、英語が話せるようにはなりませんでした。イエズス会の学校だったので、先生が外国人の神父さんなのですけれど、よく「You know nothing!（お前は何も知らない）」と言われていました（苦笑）。一方、知花さんには語学適性があった。今は何語が話せるのですか。

知花　英語とフランス語、それにスペイン語を少し。大学在学中に、語学留学でフランスに十か月ほど滞在したのですが、そこで同時に英語の実践も学んだ形です。英語に関しては、「得意です」と胸を張れるほど堪能ではありませんが、仕事やＷＦＰ（国連世界食糧計画）日本大使としての活動でアフリカに行く時などにも役に立っているので、勉強しておいて良かったと思います。

ミス・ユニバースという転機

穂村　知花さんは、ミス・ユニバースに選出されたことでも知られていますが、やはりそれが世に出るきっかけになったのでしょうか。

知花　そうですね。ただ、正確に言うと「ミス・ユニバース二〇〇六世界大会」での成績は、総合第二位でした。その前に日本大会があり、そこでファイナリストの一人になれたら次に世界大会という流れだったのですが、その結果発表の日が就職先である出版社の入社日以降だったので困ってしまいました。

穂村　すでに内定していたのですね。

知花　はい。本当は編集者になりたかったのです。その会社の人事の方に「十日間だけ二足の草鞋《わらじ》を履かせていただけないでしょうか」とお願いをしたのですが、「君が勝たないと、誰が言えますか？」と言われてしまいました。さらに、「人生には『保険』がないほうがいいと思います」とも。それを聞いて「なるほど、確かにそうだ」と思って、ミス・ユニバースに専念することにしたのです。

穂村　僕は保険があるほうがいいと思うけどなぁ。アスリートみたいに会社に所属しながらできそうな気がするのだけど、ダメなのかな？　ミス・ユニバースのいる出版社なんて、超宣伝になるのに。しかも自社の社員をファッション誌の表紙に使えたらギャラも給料でまかなえるし、いいことしかない（笑）。

知花　内定を自分の都合で辞退させていただいた身なので、そんなことは言えません（笑）。もっとも、思い切ってその世界に飛び込んだからこそ、今の自分があるわけで、結果的には良かったと思っています。でなければ、こうして穂村さんと対談をさせていただくこともなかったでしょうし。

穂村　あるいは、編集者と著者の関係でお会いしていたかもしれませんね。

永田和宏さんとの出会い

穂村　短歌との出会いについて聞かせてください。

知花　もともと与謝野晶子が好きだったのですが、若い頃に読んだ時は、正直そこまで理解できていませんでした。でも、社会人になって読み返したら、ものすごくハマってしまった。その話を、雑誌の「読書遍歴を語る」といったテーマの取材でお話ししたら、編集の方が「今の歌人にも、素敵な方たちがたくさんいらっしゃいます。最近、私が読んで泣いたのはこれです」と後日、本を送ってくださって。

穂村　奇特な方がいるものですね。ちなみに、どなたの本だったのですか？

知花　河野裕子さんと永田和宏先生の『たとへば君　四十年の恋歌』（文春文庫）です。

穂村　永田さんと、その妻である河野さんの相聞歌を集めた本ですね。彼らの歌を介してのやり取りは、永田さんが乳がんになった河野さんを看取《みと》るまで続いています。

知花　喫茶店に持ち込んで読み始めたのですが、感動で涙も鼻水も止まらなくなってしまい……。短歌ってすごいな！　と。本格的に歌を詠むようになったのは、それからです。

穂村　だから知花さんは、永田さんの短歌結社「塔」との関わりが深いのですね。

知花　はい。私のラジオ番組のゲストに永田先生に来ていただいたのがきっかけです。

穂村　永田さんって、お話しすると絶対に好きになっちゃいますよね。明るいムードを醸し出していて、「いい感じ」度がとても高い。短歌はウェットなメンタルの人と相性がいいから、僕もそうですけど、歌人には内向的な雰囲気の人が多いのです。あんなに陽性な人は珍しいと思いますね。永田さんの作品のなかで、一番好きな歌は何ですか。

知花　**〈岬は雨、と書きやらんかな逢わぬ日々を黒きセーター脱がずに眠る〉**です。でも、とても一作には絞れません！　河野さんの**〈手をのべてあなたとあなたに触れたきに息が足りないこの世の息**

が〉も、読むたびに「なぜこんな歌を詠めるんだろう！」とため息が出てしまいます。

歌会は怖いけれど……

穂村　知花さんは今、ご自分でも短歌を作られていますね（二〇一九年にKADOKAWAより初めての歌集『はじまりは、恋』を刊行）。歌を読んで感動することと、実際に詠んでみることの間には、かなりのギャップがあると思うのですが、永田さんの歌に感動されてから、すぐに作ってみようと思われたのですか。

知花　作り始めて三、四年になりますが、実作するに至るまでには少し時間を要しました。最初は「始めました」ともなかなか言えず、こっそりと作っていました。

穂村　なぜ作っていることが知られるようになったのですか。

知花　永田先生にラジオ番組のゲストに来ていただいた時に、「実は作っているんです」とお話ししたのがきっかけです。さすがに自分の歌をその場に持っていく勇気はありませんでしたが、これじゃダメだと思って、後日先生にご連絡を差し上げて「読んでいただけますでしょうか？」とお願いをしました。正直、読まれている間は、ミス・ユニバース世界大会の時よりも緊張しました。

穂村　永田さんの反応は？

知花　「ほうほう、まあ悪くない」というような、ふんわりとした感じでした。

穂村　励ましなどはありました？

知花　「三年は続けてください」と言われました。それから、「歌会に行くと面白いよ」とも。いつか経験してみたいと思いつつ、まだ行くことができていないんですよ。歌会とは、どんなところなのですか。

穂村　やり方はいろいろありますが、基本的に、お互いの作品を批

岬は雨、と書きやらんかな逢わぬ日々を黒きセーター脱がずに眠る　**永田和宏**

評し合う場所ですね。参加者は、その場で歌を作ることもあれば、事前に作って持っていくこともある。あるいは、雑誌に掲載されたものなど、活字になった歌を批評するケースもあります。また俳句の句会のように、その場で歌を提出して、歌会の場で点数を入れ合うゲーム的なものも。自分の作品に点が入らないかもしれないし、否定的なことを言われることだってある。傷つく可能性がゼロではないので、怖いと言えば怖い場所かもしれません。

知花　勇気が要りますね。

穂村　短歌は比較的、等身大のことが書かれていることが多いので、それを否定されると、慣れていない人は傷つくことがあるかもしれません。泣いたり怒ったりして、帰ってしまう人も見たことがあります。作者名を伏せて批評し合うこともあるので、自分の先生の作品をボロクソに言ってしまうようなことも(笑)。そこが面白いところなんですけど。

知花　お話を聞いて、ますます怖くなりました……。

穂村　でも、良い意味での厳しさのある場所でもある。また歌会においては、社会的地位なども関係なく、会社の偉い人も学生も、歌を介して対等の立場になるところが面白いですね。いろいろな才能に触れられるし、クリエイティブな会話ができる場所でもあるので、臆さずぜひ参加してみてください。

チャリティーの経験から生まれた歌

穂村　知花さんの短歌を拝見していると、海外での体験や、その時の感情を詠った「海外詠」が多いのが特徴ですね。「短歌」（KADOKAWA）二〇一四年五月号に、「旅と、恋と」と題した連作短歌を寄せられていますが、〈**ぶらさげて子の体重ははからるる目盛りを見つめ**

手をのべてあなたとあなたに触れたきに息が足りないこの世の息が　**河野裕子**

「たからものみせてあげる」と小さき手にのせた楊枝のやうな鉛筆

知花くらら

る母のまなざし〉などは、明らかに日本での見聞を詠ったものではありません。同様に〈**「たからものみせてあげる」と小さき手にのせた楊枝のやうな鉛筆**〉も、やはり今の日本では考えられないシチュエーションが描かれている。「ボロボロのちびた鉛筆が宝物」という、僕らの親世代くらいまでが持っていたであろう感覚が、「今ある現実」として詠われているのが強く印象に残りました。

知花　これらの歌には、WFP国連世界食糧計画・日本大使としてアフリカに視察に行った時の体験が色濃く反映されています。

穂村　鉛筆といえば、〈**三菱の鉛筆一ダース後ろ手に渡せずにゐるバオバブの木の下**〉という歌もあります。「生きることの切実さ」においてあまりにもギャップがあるため、日本では普通にプレゼントすることのできる鉛筆が、アフリカでは渡すことがためらわれてしまう。

知花　そうなんです。渡すために持って行っているのに……。

穂村　こうした繊細で複雑な感情は、短歌のみならず、エッセイや対談などでも繰り返し語られていますね。例えば、エッセイ集『くららと言葉』（講談社）に出てくる、ザンビアのおばあちゃんとのエピソードもそう。仲良くなった彼女との別れ際、知花さんは別れがたくて思わず「またね」と言ってしまう。でも、それに対して彼女は「いいえ。あなたは、こんな小さな村へは二度と戻ってこないわ」と、まっすぐに現実を突きつけてくる。

知花　ハッとさせられましたし、すごくショックでした。軽々しく、あたかもまた戻ってくるような言葉を口にしてしまったことが、ものすごく恥ずかしくて……。

穂村　気持ちはとてもよくわかりますし、僕がその場にいたとしても、そう言ってしまうと思います。だって、そこで「さようなら、もう来ません」とは言えないわけだから。

知花　そうなんですよ！

穂村　生きることへの切実さの違いや、魂の純度の違いを目の当たりにして恥ずかしさを覚えることって、ありますよね。知花さんは、それをなかったことにせず、むしろ忘れないように、繰り返し言葉にされているのが立派だと思います。

「海外詠」の難しさ

穂村　「週刊朝日」（朝日新聞出版）誌上で、永田さんと対談の連載をされていましたね。

知花　「知花くららの『教えて！永田先生』」というタイトルで、二〇一六年の一年間、月一回のペースでやっていました（二〇一八年に『あなたと短歌』として朝日新聞出版より刊行）。永田先生に短歌のイロハを教わるという内容です。

穂村　海外詠といえば、一つの歌のなかで同じ言葉を繰り返す技法「リフレイン」をテーマにした回で、永井陽子さんの〈**ひまはりのアンダルシアはとほけれどとほけれどアンダルシアのひまはり**〉を取り上げていました。

知花　はい、私が最初に覚えた歌なのです。以前、スペイン・アンダルシア州の州都セビリヤに、フラメンコを習うために一か月ほど滞在したことがあるのですが、あそこのひまわり畑は本当に壮観で。この歌を読むと、無性にスペインに行きたくなります。

穂村　同じ連載のなかに、知花さんが海外で詠んだ歌として〈**カレーの中ゴーヤの緑を見つけたり象の暮らす国スリランカで**〉という作品がありました。こういうタイプの歌は「海外の日常や、お国柄について詠いました」というレベ

三菱の鉛筆一ダース後ろ手に渡せずにゐるバオバブの木の下

知花くらら

ひまはりのアンダルシアはとほけれどとほけれどアンダルシアのひまはり　永井陽子

ルで終わってしまうことが多いのですが、「ゴーヤの緑を見つけたり」「象」というフレーズや言葉が入ってくることで、壮大な森の風景が二重写しのように広がり、スケールが大きくなるところが魅力的です。そうそう、海外でいい歌を作るのって、実はすごく難しいんですよ。

知花　そうなんですか。

穂村　永田さんもおっしゃっていましたが、絵はがき短歌——つまり、観光案内のようなものになりやすいのです。また、海外にいることの興奮から感動の閾値《いきち》が下がり、何を見ても感動してしまう状態になっているのも困ります。作り手が先に感動している歌はダメなんです。ほら、「すっごい面白い話があるんだけど!」から始まる話は、大抵微妙じゃないですか(笑)。それと同じで、発信する側の感動や興奮をそのままぶつけられても、受け手は「いや、俺そこ行ってないし」「その夕日、見てないし」となってしまうわけです。

知花　む、難しいです……。

魂のレベルが……

穂村　『くららと言葉』において、大きな存在感を放っているのが知花さんのお母さんです。

知花　変わってるんですよ、ウチの母(笑)。

穂村　知花さんが中学生の時に「もしもあなたが有名になったり、お金持ちになったりしたら、その影響力で他の人々に何か貢献できることを覚えておいてね」と言われたというエピソードには、感動しました。しかも、そんなセリフをテレビのワイドショーを見ながら、さらりと言ってのけてしまうのだからすごい!

知花　「著名人の装い」のような特集が組まれていて、和服を着た女性の豪華な帯や高価な象牙の帯留めがアップで映った時に、「まあ、自分だけ幸せになってもね」みたいな調子で。

穂村　魂のレベルが高そうなお母さんですね。

知花　チャリティー活動に参加してみようと思ったのも、母のその言葉が心のどこかに引っかかっていたからだと思います。

穂村　もともと子どもの貧困問題などに関心があったのですか。

知花　子どもの教育や女性の権利といった分野に興味がありました。学生時代、上智大学の教育学科在籍時には懸命に論文を書いていたのですが、でも本当のところは文献からは伝わらない。私は基本的に「現場を見てみたい」と思うタイプなので、これは実際に行かなきゃダメだな、と。その後、国連WFPと出会い、現在に至ります。

穂村　僕は子どもが苦手で、それをどうしても克服できないんです。子どもに予想外のことを言われたりすると、うまく対処することができない。しかも、一瞬で本質的なことを摑《つか》み、それをストレートにぶつけてくるでしょ。

知花　わかります(笑)。

穂村　大人同士だったら気にも留めなかったり、気づかないふりをして流すようなことにも目ざとく反応して、しかも何度も何度も指摘してきたりする……。「そうだよ、そうかもしれないよ。でもさぁ、別にいいじゃん!」と大人気なくムッとしちゃったりするんですよ。知花さんと比べると、魂のレベルが低くてがっかりしてしまいます。

知花　そんな大げさな(笑)。

穂村　以前、狂言師の野村萬斎《のむらまんさい》さんと対談をした時にも、子どもの話になりました。外国で狂言を披露することがあるそうなのですが、馴染みがなくても、大人は「日本の重要な文化」としてパフォーマンスを見てくれる。でも、子どもはげらげら笑ったりするから、だんだんムカついてくるのだとか。身につまされる話だったので「その時はどうするんですか?」と思わず身を乗り出して聞いてしまったのですが、萬斎さん曰《いわ》く「どうしようもない」。あんなに訓練を積んだ方でも手に負えないんじゃ、僕なんか、もう諦めるしかないですね(苦笑)。

現実をすべて受け入れる

穂村　生きる上で、「人の役に立つ」という大きなミッションを持っているのは素晴らしいことだし、それが知花さんの歌に与える影響も少なくないはずです。人というのは、欲望に従う面を持った生き物ですが、その上に、それを超える意識のステージを置けるかどうかで、人生の豊かさが変わってくると思うのです。僕はそれに憧れているけれど、実現できぬまま今日に至っています。

知花　私の場合は、もう知ってしまったがゆえに、知らなかった頃のように考えたり、行動したりはできない――そんな感じなのだと思います。

穂村　貧困や戦争をはじめ、世界の厳しい現実を知ってしまった以上、それを知らないふりはできない、と。

知花　実際にアフリカの貧困地域に行くと、ゴミの上を駆けまわっている靴を履いていない子や、お尻が丸出しになっている子どもが、普通に目に入ってくる。その時に、自分の頭のなかが、いかにちっぽけな「常識」で凝り固まっているかを思い知らされ、大きなショックを受けました。アフリカでは、私の物差しなんてまったく通用しないのだ、と。

穂村　そんな時、現実とどのように折り合いをつけるのですか。

知花　そこに住む彼らにとっては、どうあってもそれが現実なので、良い悪いは別にして、とりあえず全部受け入れる――それしかないです。そうしないと、自分がそこに居られなくなってしまうかもしれないし、再び来ることができなくなってしまうかもしれない。私じゃ大した力になれないかもしれないけれど、何とかできることをやろう。いつもそんなふうに考えながら活動しています。

短歌における「良い」イメージ

知花　穂村さんは短歌だけではなくエッセイも抜群に面白くて、拝読していると「自分もこんなふうに書けるようになる日が来るのだろうか……」と、ため息が出てしまいます。短歌への入口は与謝野晶子だったのですが、初めて触れた現代歌人の作品は、穂村さんのものでした。『シンジケート』収録の〈**サバンナの象のうんこよ聞いてくれだるいせつないこわいさみしい**〉を読んだときには、「これが短歌？　いったいどういうことなの!?」と本当にビックリしたことを覚えています。また、『手紙魔まみ、夏の引越し（ウサギ連れ）』収録の〈**ハロー　夜。ハロー　静かな霜柱。ハロー　カップヌードルの海老たち。**〉は、短歌という表現の幅の広さを教えてくれた作品です。

穂村　ありがとうございます。でも、僕はいつも、他人の魂のレベルの高さに憧れていて、こうして褒めていただいている間も、それが途切れることはありません。今だって、知花さんという、ライフワークとして「人のためになること」を実践している方を目の前にして、やはり自分と比較してしまっています。仮に、目の前に比較対象がいなかったとしても、自分の理想とする在り方が常に意識されるので、やっぱり「僕は今、最善の状態ではないな」と、その落差にガッカリしてしまうのです。

知花　それはしんどいですね……。短歌はちょっとハードルが高いイメージがありますが、穂村さんの歌には入口がたくさんあって、何も知らない読者もすっと入っていける懐の深さがあると思います。それが、そんな絶えることのない葛藤の上に作られていることを思うと、不思議な気持ちになります。

穂村　短歌は「一瞬」の表現です。ごく短い瞬間であれば、良いことを書こうと思えば書ける。パラパラ漫画を構成する一枚の絵のようなものならば、大丈夫なんですね。だから僕は、意識レベルにおいては、ずっと良いイメージを浮かべながら歌を詠んでいるのです。短歌という表現自体が、それを許してくれるところがある。例えば、与謝野晶子のナルシスティックな感じもそこに繋がるし、知花さんが尊敬されている永田和宏さんの若い頃の作品の、青春ドラマの主人公にオーバーラップするようなところもそうです。そういうメンタルがない人は、そもそも短歌の世界に入ってこないでしょうね。

啄木は演歌である？

穂村　知花さんは、旧仮名遣いで短歌を詠まれていますね。なぜですか。

知花　格好良く見えるから、という軽い理由で始めてしまったものの、ちょっと後悔しています。本当に難しいし、大変で。

穂村　辞書を引く回数が百倍くらいになりますよね。

知花　そうなんです、泣きそうになりながら調べています（苦笑）。

穂村　わかります。旧仮名遣いには、もちろん規則性はありますが、ランダムなところもあって、とても難しい。有名な歌人でも間違えている歌があるくらいですから。ただ、間違えても気にせず堂々としている（笑）。誰かに「旧仮名を使ったほうがいい」と言われたわけではないのでしょう？

知花　はい。晶子が短歌の入口だったから、というのもあります。

穂村　晶子と同時代で、ほかに好きな歌人はいますか？

知花　好き……とは違うのですが、同時代ということで、今ちょっと思い出したエピソードがあります。私が高校生の時、うちの母が急に朗読会をしたいと言い出したことがあって。しかも、石川啄木を読みたい、と。

穂村　唐突に（笑）。

知花　その時に初めて啄木を読んだのですが、「なんてウジウジしている男なんだ！」という感想しか浮かんできませんでした。蟹《かに》がどうしたとか言ってないで、ちゃんと稼いできなさいよ！　と思ってしまって（苦笑）。読んでいくうちに馴染んできて、気づくとすっと声に出るようなところが素敵だなとは思うのですが、啄木というと、今でもその時の気持ちが蘇《よみがえ》ってきてしまいます。

穂村　啄木の歌は、やはりあのダメモードに歩み寄らないと読めないですよ。演歌とかもそうじゃないですか。寒さをこらえてセーターを編んでいる、とか、女は一人で生きてゆけない、とか、今じゃあり得ないし、ヤバイ。でも、そこに冷静に突っ込んでしまったら作品として成立しなくなってしまう。かつて親しまれた日本人のウェットなメンタルも、いまや遠くになりにけり、ですね。

短歌と客観性

穂村　知花さんは、これから詠んでみたい歌はありますか。

知花　すでにいくつか詠んでいますが、WFP国連世界食糧計画・日本大使として、いろいろな国や地域を訪れた時のことを、歌としてもっと残しておきたいという気持ちがあります。でも、たいていうまくいきません。普段、自分が主人公の歌を詠む時は、温度も空気感も「ああ、自分だな」と思えるのですが、海外でのチャリティー活動の経験となると、途端に視点が客観的になってしまいます。短歌として、それでいいのかがよくわからなくて。

穂村　海外詠の難しさについては、すでにお話ししましたが、その上、貧困の現場だったりすると、難易度はさらに上がるでしょうね。目の前の現実が過酷すぎる時、人は言葉を失ってしまうし、感情的にも「可哀想」といったところに限定されてしまいます。だから、誰が詠んでも同じような歌になってしまう。そうした限定・決定された状況と短歌との相性は、すごく悪いのです。

知花　永田先生と対談した時に、相談したことがあるのですが、先生は「いい子になっちゃダメなんだよ。立場を意識すると、スポークスマンの歌になってしまうから」とおっしゃっていました。だから、「見たまま、感じたままを詠みなさい」と。

穂村　伝えたいメッセージが先行しすぎると、それにはまる光景しか見えてこないですからね。でも、その場にいたら、やはり難しいと思います。いくらニュートラルに見ろと言われても、目の前に圧倒的な現実があるわけですから。

知花　だから滞在中ではなく、帰国してから詠むようにしています。写真もたくさん撮るので、それを見ながら。時間が経たないと、歌にするのは難しいです。そのまま歌にしようとすると、客観的になりすぎてしまって、自分の言葉にならない。

穂村　そうですね。一方で、客観的になるのも、この場合ひとつの正解だと思いますよ。自分を排することは、「見たまま」を正確に写すための手段でもあるので。しかし、こうして考えてみると、短歌は善なるものや、モラル的に正しいとされるものとは、必ずしも相性が良くない――つまり、本来的にはアナーキーな表現であることがよくわかりますね。

沖縄と家族

知花　本当は祖父についての歌を詠んでみたいという気持ちがあるのですが、難しく、保留中です。祖父は、沖縄戦での集団自決に直面し、かろうじて生き残ったという経験をしているのですが、それを歌にしようとすると、どうしても躊躇してしまうところがあります。

穂村　以前、「マームとジプシー」という劇団が沖縄戦をテーマに、『cocoon《コクーン》』（原作：今日《きょう》マチ子《こ》）という芝居を作る際の取材に同行したことがあります。基地反対の座り込みをしている人たちをはじめ、いろいろな方々のところに行きましたが「これは、そう簡単に言語化できないな」と思ったことをよく覚えています。知花さんが躊躇してしまうのは、基地問題をはじめ、沖縄の方たちにとって「戦争」が、いまだ現在進行形のものとして在り続けているからでしょうか。

知花　それもありますし、沖縄生まれの私にとっては生々しすぎるテーマなのだと思います。たった一度だけ、祖父と一緒に集団自決があった場所を訪ねて、じっくり話を聞く機会がありました。その時のことは、歌としてもちゃんと残しておかなくてはと思うのですが、対象となる人も場所も近すぎて、自分がどういうスタンスで詠めばいいのかがわからないのです。私の場合、どうしても沖縄の人たちの気持ちを背負ってしまうようなところがあるので、中途半端なことはできないぞ、という気負いもあるのだと思います。

穂村　家族の歌はないのですか。

知花　そういえば、家族のことを歌に詠んだことはないですね。

穂村　知花さんのエッセイ集で、強烈な存在感を放っているお母さんのことを詠んだら、絶対に面白いですよ。

知花　考えたこともありませんでした！　そうですね、詠んでみようと思います。

穂村　家族詠いいですね。知花さんの歌のテーマは、海外でのヘヴィな経験と、恋愛に関するものとに、二極化しているじゃないですか。振れ幅がかなり大きい。

知花　確かに。先日、とある短歌の賞に応募しようと、過去に作った歌をまとめている時に、自分でもそう感じました。

穂村　真ん中に「家族」を置けば、バランスが良くなるのでは？

知花　なるほど、いいことを教えていただきました。

穂村　知花さんがこれからどんな歌を詠まれていくのか、歌人としても、いち読者としても、楽しみにしています。

（対談・二〇一七年六月一日）

金原瑞人

翻訳家

五百冊にも及ぶ翻訳や書評・エッセイなどでもご活躍中の金原瑞人さん。演劇や歌舞伎、文楽、落語など幅広い守備範囲をお持ちの金原さんが短歌と出会ったのは、中学生のときに書写した全集『日本の詩歌』でした。早熟な「韻文愛好家」が投げかけた短歌の本質的質問とは？

かねはら・みずひと　一九五四年、岡山県生まれ。翻訳家、法政大学社会学部教授。児童文学や海外文学の紹介を精力的に行い、書評、エッセイでも幅広く活躍。著書に『翻訳家じゃなくてカレー屋になるはずだった』『サリンジャーに、マティーニを教わった』、訳書に『月と六ペンス』、『文学効能事典』ほか多数。

本の置き場所問題

穂村　金原さんは、二十代の頃から翻訳のお仕事をされているわけですが、これまでに何冊くらい訳されているのですか。

金原　ちょうど五百冊目を出したところです（二〇一七年現在）。

穂村　五百冊！　訳した本は、全部お宅にあるのですか？

金原　去年、出身地岡山県の瀬戸内市民図書館に寄贈しました。僕の訳した五百冊とその原書五百冊で、計一千冊。専用の書架も作ってくれて感激したのですが、いざ並べてみると、一千冊のボリュームって大したことないのですよね。

穂村　家にあるとすごい圧迫感ですけどね。

金原　そうなんですよ。置き場がなくなって困っていたところに、図書館から依頼があったので、まさに渡りに船でした。穂村さんは、書庫を借りたりしていますか？

穂村　今のところ借りずにやっていますが、ひどい状態で……いたるところ本だらけ。

金原　僕は安アパートを一室借りて、そこに放り込んでいます。

穂村　大学の研究室にも置けるでしょ？

金原　そこもすでに本でいっぱいです。カミさんには、絶対に本は持って帰ってこないでくれと、口を酸っぱくして言われています。でもねぇ、売ろうにも、僕が持っているのは雑本ばかりだから、まず売れないし。

穂村　だからこそ手放せないんですけどね。つまり、文豪の全集とかなら、手放した後に必要になったとしてもまた買えばいい。でも、雑誌とかの類は、また買おうにもなかなか売っていませんから。

金原　あと、普通に書店で買える本は、けっこうな確率で何度も買い直しています。持っているはずなのに、本の山に埋もれてしまって、まず見つからない。何度、同じ本を買ったことか……（苦笑）。

使える言葉／使えない言葉

穂村　僕は「かばん」という短歌同人誌に所属しているのですが、そういえばメンバーに翻訳家が多いのですよね。発行人の井辻朱美さんも、フラワーしげること西崎憲さんも、以前この対談にも出ていただいた高原英理さんの奥さん・佐藤弓生さんもそう。

金原 穂村さんもルイス・キャロルの『スナーク狩り』（集英社）を訳されていますね。

穂村 しかも絵がトーベ・ヤンソンでしょう？　憧れがあるからうっかり引き受けてしまったのですが、もう大変で大変で……ここ数年でもっとも苦戦した仕事だったと思います。あの作品は、「五七五七……五七七」の長歌形式で訳してみたのですが、そういうのも含めて「ここまでやってしまっていいの!?」みたいな翻訳ってありますよね。意訳や翻案に近いものとかを読むと、どこまでがOKなのか、不思議に思うことがあります。

金原 版権が切れているケースだと、かなり自由にやれてしまいます。例えば、「これは穂村弘版・不思議の国のアリスです」と言ってしまえば、それでOK。昔、平《ひら》井《い》呈一《ていいち》が訳したホーレス・ウォルポールのゴシック小説『おとらんと城綺譚』（思潮社）なんて、まさかの歌舞伎調でしたからね。

穂村 でも、そういう遊びができるのも、訳者の中にたくさんの引き出しがあるからですよね。金原さんも演劇、歌舞伎、文楽、落語……等々《などなど》、とにかく興味の幅が広い。

金原 芝居好きは、高校生の頃からです。岡山には「労演」という、演劇を招聘《しょうへい》したりする団体がありました。そこの会員になっていたので、新劇全盛の当時、東京の劇団の地方巡業公演をたくさん見ることができました。その後、浪人を機に十八歳で上京、寺山修司の劇団「天井桟敷」を初め、アングラ演劇の洗礼を受けます。アングラの人って、能や歌舞伎からちょくちょく、いろんなものを借りてきますよね。例えば、唐十郎《からじゅうろう》が舞台で本物の水を使うのも、元は歌舞伎の演出です。

穂村 それで、自《おの》ずと歌舞伎などの古典芸能も見るようになっていった、と。

金原 でも、だからといって僕が、『不思議の国のアリス』を歌舞伎調に訳せるかといえば、やはりできないと思います。〝active vocabulary〟と〝passive vocabulary〟という言い方が英語にあります。前者は「知っていて使える言葉」、後者は「わかるけれど自分では使えない言葉」を意味します。歌舞伎や文楽の言葉は、自分にとって後者なのです。わかるけれど、翻訳には使えない言葉。難しいものです。

誤訳をめぐる悲喜劇

穂村　ジャンルによってメンタリティの違いがあるような気がするのですが、翻訳家にはどういう人が多いと思いますか。

金原　自分で言うのもナンですが、基本的に気配りと思いやりがあって、社会性がとても強い人。真面目で責任感がある（笑）。

穂村　ああ、僕は確実にそういうタイプではないですね。絵本の翻訳をやってはいますが、普通の小説の原書を読み通せたためしがないし。

金原　あれ？　でも穂村さん、大学は英文科ですよね？

穂村　痛いところを突いてきますね（苦笑）。卒論はヘミングウェイだったのですが、和訳された文庫本を読んで書きました。情けない話ですが、授業で原書を一ページ訳してみた時に、十五か所くらい誤訳があったんですよ。これが本一冊となったら、とんでもない数になるわけで「こんなの絶対無理！」と思って、早々に諦めました。

金原　でもね、慣れれば減るんですよ。最初は百個の誤訳があっても、いずれはそれが一個くらいになる。

穂村　どのくらいまでが許容範囲ですか？

金原　個数の問題ではないですね。読んで、誤訳とわかってしまう誤訳をしないということが重要。この前、翻訳本を読んでいたら、それまで指輪の話なんて一切なかったのに「便宜を図ってやるから、その時は俺に指輪をくれ（give me a ring）」という文章が出てきて、「？」となったんです。で、考えてみたら、これは「電話をくれ」の意味じゃあないか、と。

穂村　そうか、「ring」の綴りが同じだから。見た瞬間に「指輪」と思ってしまい、そのまま行ってしまったのでしょうね。

金原　でも、話の流れ的におかしいじゃないですか。

穂村　僕も同じ間違いを犯しそうな気がするな。短歌的発想が働いて、イメージの飛躍で「これは指輪だよね!」みたいに。

金原　短歌じゃなくて小説ですからね、そういうのありませんから(笑)。この誤訳の最大の問題点は、誤りが、物語に影響を及ぼしてしまうことです。もっとも、僕も情けない誤訳をしそうになったことは多々あります。車だか列車だかで走っていると、平原の向こうに白い馬が一頭いた――というような一文があって、普通にそう訳したのですが、訳稿と原書との突き合わせをしてくれていた人から、これは「白い家」の間違いだと指摘されてしまいました。

穂村　「house」(家)を、「horse」(馬)に見間違えていた。

金原　でも、これはまだマシな誤訳です。遠くに見えるのが馬だろうと家だろうと、その後の内容に差し障りはなかったので。もちろん、間違えないに越したことはないわけですけれどね。

詩歌を書写する中学生

穂村　金原さんは、膨大な数の本を訳しながら、それとは別にたくさんの本を読んで、書評も書いて、さらには芝居も見ている。どうやって時間を作っているのか、不思議でなりません。

金原　本はね、電車の中で読んだり、教授会の最中に……なんて言ったら怒られるか(笑)。そうそう、趣味的な話で言うと、和本も好きで集めています。この対談の北村薫さんの回で、ルビ(ふりがな)の話をしていたじゃないですか。あれが面白かったので、今日はこんな本を持ってきました(鞄《かばん》から『民間救急醫法』という和綴《と》じの古書を取り出す)。これはイギリスの救急医療についての話を訳した明治時代の本なのですが、両ルビなのですよ。ルビは、今では普通右側にあるものですが、これは左右にそれぞれに異なるルビが付いている。例えば「創傷」という言葉なら、右側に「ソウシヤウ」、左側に「キヅ」といった具合です。文語と口語がせめぎ合っていた時代の、ひとつの証拠品として面白いかなと思って買いました。

穂村　こんなものにまで手を出されていたとは……。奥さんが本を持って帰ってこないでくれ、とおっしゃる理由がわかった気がします（笑）。とまあ、これだけ守備範囲の広い方なので、韻文を読まれると聞いてもまったく不思議ではないですね。ちなみに、金原さんの短歌との出会いは?

金原　中央公論社が出していた『日本の詩歌』という、毎月送られてくる全集が家にあって、中学生の頃に好きで読んでいました。それが最初ですね。

穂村　誰が取っていたのですか?

金原　親父《おやじ》です。親父は、小学校を出てすぐ働き出して、そのまま軍隊に入った人で、勉強をしたいという気持ちはありつつも、できなかった。だから子どもには……という気持ちがあったようです。

穂村　でも、いきなり詩歌はハードルが高くなかったですか?

金原　なんか面白いと思ってしまったのですよね。で、入学祝いでもらったウォーターマンの万年筆で、全集に載っている詩歌を書き写していました。

穂村　珍しい中学生だ。

金原　ですよね。恥ずかしいので、友達にも言ったことはありませんでした。

穂村　韻文については、かなり早熟だったわけですね。

短歌案内人との出会い

穂村　金原さんは、中学時代から短歌に親しまれていたそうですが、昔の歌人だけではなく、最近の若い人たちの作品もよく読まれていますね。

金原　そうですね。書評やエッセ

地表とはさびしいところ擦《こす》っても擦《こす》っても表だけだ、と凩が

服部真里子

夕暮れにまたがっている泣き終えた夕暮れがひだりの靴を履くまで　瀬戸夏子

イでも、よく取り上げています。

穂村　何かきっかけはあったのですか。

金原　二十七年前、高階《たかしな》杞一《きいち》の詩集『キリンの洗濯』（あざみ書房）の書評を書いたことがあって。その本で高階さんは、一九九〇年に日本現代詩人会が主催する「H氏賞」を受賞されました。書評を書いた縁もあって、編集者づてに「金原さんに会いたいと言っています」と連絡をいただいたんですよ。で、会いに行ったら、そこにいたのが、その六年後に第一歌集を出すことになる東直子さんだった。

穂村　彼女は、僕の所属する短歌同人誌「かばん」の仲間です。

金原　それから東さんとたまに会うようになって。ある時「最近、短歌で面白い人いる?」と聞いたら、十冊以上オススメの本を教えてくれたんです。それを読んで、当時の新しい歌人たちを知りました。そういえば、穂村さんも東さんに教えてもらった一人です。

穂村　東さん、ありがとう（笑）。

金原　もともと若い歌人に興味はあったんですけど、書店に行っても歌集って、あまり並んでいないじゃないですか。そんな情報に乏しいなかで、ガイドになってくれたのが東さんだったんです。

塚本邦雄とSF

穂村　新しい歌人といえば、最近だと「文藝」二〇一七年秋季号（河出書房新社）で、吉岡《よしおか》太朗《たろう》、大森《おおもり》静《しず》佳《か》、瀬戸夏子、しんくわ、鈴木美紀子、大井《おおい》学《まなぶ》らを、注目の新人として挙げられていましたね。短歌の最先端にいる、という共通点はあるものの、彼らの作風はまったくバラバラです。これを全部面白がれるというのがすごいなと思いました。

金原　あまり気にせず、それぞれ

面白く読んでしまいました。これは歌人に限らないのですが、常に新しい作家に惹かれてしまうんです。たぶん僕は、表現における〝新しさ〟に魅力を感じているのでしょうね。驚きを与えてくれるというのが、自分にとってとても大きいことなんです。（一一七ページで金原さんの好きな短歌を紹介しています。）穂村さんは、このなかで、特にどの人の作品に面白さを感じますか？

穂村　それぞれに魅力がありますね。例えば吉岡さんだったら、方言を取り入れたり、ＳＦ的なモチーフを使ったり、短歌の「外部」にあるものを引っ張ってくるところに惹かれます。

金原　僕が好きなのは、『ひだりききの機械』（短歌研究社）に収められた〈**南海にイルカのおよぐポスターをアンドロイドの警官が踏む**〉という歌。ＳＦ作家のレイ・ブラッドベリ、フィリップ・Ｋ・ディックを日本的に詠むとこうなるのか！　という爽やかな驚きを感じました。そういえば、「かばん」の発行人でもある井辻朱美さんも、昔はこういうテイストの作品を詠んでいましたよね。

穂村　彼女はもっとナチュラルに、そうしたアプローチをしていた気がします。そして、それをすごく評価していたのが、ＳＦ読みでもあった塚本邦雄です。井辻さんに〈**めぐりきて地球《テラ》にかへさむはろばろと星系を越えなみだぐむ風**〉という歌がありますが、地球を「テラ」と読んだことを、彼は褒めていた。でも僕ら世代は、漫画などで「テラ」という言葉にはたくさん触れているから、「あ、そこなんだ」と思った記憶があります。

金原　まあ、そうですよね（笑）。塚本とＳＦといえば、早川書房の「世界ＳＦ全集31」の月報に「科学《エス》の檻」というエッセイを書いてますね。

穂村　当時、短歌の世界で、そうしたＳＦ的な感性に反応できる人は珍しかったので、さすがだなぁと思いました。ちなみに、ブラッドベリの『火星年代記』と、アイザック・アシモフの『鋼鉄都市』（いずれもハヤカワ文庫ＳＦ）が彼の二大愛読ＳＦ小説だったそうです。

口語短歌の時代

金原　そうそう、穂村さんの短歌との出会いは塚本だったんですよね。

穂村　そうですね。僕は最初、北海道大学に進学したのですが、その時に一緒に住んでいた友だちが塚本の歌集をたまたま読んでいたんです。それを見た時に、「こんな世界があるんだ！」と衝撃を受けまして。まず、書いてある漢字が読めない（苦笑）。

金原　ああ、わかります。

穂村　でも、若者のある種の感受性として、読めないからこそ惹かれる、みたいなのってあるじゃないですか。だからこそ神秘的に思える、というか。

金原　そのお友だちは、短歌が好きだったんですか？

穂村　いや、特にそういうわけではなくて。彼は、ミステリ研究会の人だったんです。推理小説におけるダイイング・メッセージ（被害者が遺した犯人の手がかり）じゃありませんけど、ここに一種の美的な暗号がある、みたいな感覚で塚本の歌集を読んでいたのだと思います。

金原　韻文の謎に惹かれていた、と。穂村さんは、塚本を読んで、すぐ実作するように？

穂村　いや、「何かすごいぞ」とは思ったものの、自分が短歌を詠めるとは夢にも思っていませんでした。その後、上智大学に入り直した頃に、短歌がぐっと口語化する時代が到来します。偶然、図書館で読んだ林《はやし》あまりの作品にすごくびっくりしたことを覚えています。口語だし、わかりやすいし、とても塚本と同じジャンルとは思えない（笑）。

金原　これなら自分にもできるぞ、と。

穂村　誰かに習わなくても、口語の短歌なら書けますからね。ひとまず、五七五七七の形にすればいいので。それで書き始めたんです。だから、最初に実作があって、後から近代短歌を読んでいった感じです。

金原　で、一九八六年に連作「シンジケート」で第三十二回角川短歌賞次席に選ばれた。つまり、その時点ですでに、先生がいなくても、口語で短歌を書いて投稿し、評価されるような時代になっていたわけですね。でも、口語短歌が市民権を獲得する以前は、おそらくそういうことは不可能だったのではないですか？

穂村　だから短歌結社に所属する人が多かった。かつては、結社に所属している人が新人としてデビューするというのが普通でしたから。でも今は、賞の候補者一覧を見る限り、所属していない人のほうが多いくらいです。もっとも僕も、その後誰か好きな歌人ができたら入門しようという意志はあったんです。でも結局、「この人だ！」という人が見つけられなくて。

金原　塚本は？

穂村　自分は愛されないだろうな、という予感もありましたからね。好きなら片思いでもいいじゃないかとは思いつつも、やっぱり、できれば両思いになりたいですから（笑）。

断言性に惹かれる

金原　前から疑問なんですけど、明治以降、小説や詩は早々に文語から口語に変わっていきましたが、なぜ短歌だけは長いこと文語にこだわり続けたのでしょうか？　他の文芸ジャンルに比べると、短歌は口語化がだいぶ遅いと思うんですよ。

穂村　言文一致小説の嚆矢《こうし》である二葉《ふたば》亭四迷《ていしめい》の『浮雲』（第一篇）（金港堂）が一八八七年、萩原朔太郎の第一詩集『月に吠える』（感情詩社・白日社）が一九一七年、口語短歌を広めた俵万智の『サラダ記念日』（河出書房新社）が一九八七年刊なので、およそ七十〜百年のズレがあることになります。

金原　八〇年代まで待たなくても、その前に機会はあったと思うんですが。

いつもわたしがわたしの外にいてさびしい豆腐のみずも細く逃がして　**大森静佳**

蜩のこゑは水色　うっとりと米びつのなかに指を忘れて

鈴木美紀子

穂村　その間、何度もトライアルはありました。若山牧水にも北原白秋にも口語の歌はありますし。でも、「口語時代の到来」とまではならなかった。短歌の世界という「共同体」が、それを良しとしなかったのかもしれません。もっとも八〇年代当時も、口語化に対してブーイングの声はありました。その後の流れによっては、文語の時代が続いていたかもしれない。

金原　塚本・寺山修司・岡井隆といった重鎮たちが、文語にこだわり続けたというのも大きな重石《おもし》としてあったのかもしれないですね。

穂村　そうだ、金原さんの塚本との出会いは何だったんですか？　やはり、中学時代に読んでいたという詩歌の全集？

金原　もっと後ですね。寺山の芝居や著作を通して、だと思います。とはいえ、僕も穂村さんと同様に、最初は読み方がわからなくて敬遠していました。いつだったか、塚本の歌集の私家版を手に入れたことがきっかけで、本格的に読み始めたんです。革装丁のひじょうに凝ったやつで、確か百部とかの限定だった。そこで、彼の美意識に一気にやられたのだと思います。

穂村　彼はそういうのをいろいろ出していますからね。

金原　もっとも、文語で書かれた短歌は難しかったですが、口語で書かれた評論は読めたし、言いたいこともわかったので、そっちのほうが先に面白くなりました。『定型幻視論』（人文書院）という本に、藤原定家のことを書いた文章がありましたが、そこで彼が引いている定家や紀貫之《きのつらゆき》の和歌がすごく格好良くて。あと、塚本の言い切り方みたいなところにも感動を覚えていましたね。僕の好きな詩人・石原吉郎《いしはらよしろう》の作品にある、ある種の断言性みたいなものと通ずるところがあった。

穂村　曖昧なところのない書き方

をするんですよね。『断言微笑――クロスオーバー評論集』(読売新聞社)なんて本があるくらいで、塚本はとにかく全部断言してしまう。そこに引き込まれるか、辟易《へきえき》するかは、人によりますよね。

金原　ひじょうに格好良いし、憧れるけど、お友だちとしては付き合いづらそうではある(苦笑)。

穂村　そこに恐れをなして、僕は入門しなかったのかな(笑)。

「五七五七七」の謎

金原　質問続きで恐縮なのですが、短歌の「五七五七七」という形式について、前々から疑問に思っていることがあるんです。これが、そこまで絶対的であることの理由がわからないんです。よく「リズミカル」と評されたりしますが、素人からすると「そうかな?」と。日本語の歌にとって、短歌の形式はどのへんに必然性があるのでしょうか。

穂村　すごく本質的、かつメチャメチャ答えにくい質問ですね(苦笑)。だって、その疑問に答えられる人は、まだこの世に出てきていないのですから。でも、ある恣《し》意《い》的なルールであっても、それを守っていくうちに意味のようなものがぼんやり発生する、ということはあると思うんです。もっとも、他にもいろいろな歌の型が存在するなかで、なぜ短歌が一番長命なのか、サバイバルしてこられたのかはわかりません。俳句にも同様のことが言えると思います。

金原　そうなんです、それが知りたくて。

穂村　まあ、本当にそこに何か必然性のようなものがあるのかというと、正直「ないかも」と思ったりもするんです。キリンみたいな動物を見ると、あんなに邪魔そうな長い首を持って、どう考えてもサバイバル的に不便そうじゃないですか。それでも生き残っていたりするわけですから。

金原　じゃあ、たまたま?

穂村　偶然だと言われても驚かないです。でも、その答えは歌人を喜ばせないとは思います。

金原　答えを知りたくないんですか?

穂村　黄金律というか、そこに神

秘的な必然性があると、僕だって思いたいわけですよ。で、その謎を解明するというのは、確かに短歌をやっている人たちみんなにとって「夢」ではある。だから、そこにアタックする人はいるわけですが、あまりうまくいった試しがありません。そこに〝何か〟があるとは感じられるものの、その実態には触れることができないんです。

金原　なるほど、アンタッチャブルな領域なんですね。

穂村　この疑問には、僕なんかより、むしろ金原さんのように外国語に精通している方のほうが答えを出せるのではないでしょうか。短歌の内部にいる人間がいくら考えても、相対化することができないので。他言語におけるソネットの形式を理解している人や、バイリンガル的にたくさんの言語を血肉化している人のほうが、韻律のことを理解していそうな気がします。

「究極の短歌」問題、再び

金原　そうした短歌の謎や神秘性ということで思い出すのが、この対談の三浦しをんさんの回です。穂村さんが、歌人には「究極の短歌」のイメージがある、とおっしゃるのに対して、作家である三浦さんは、「究極の小説」なんて考えたこともない！　と驚かれていました。僕も、あの話にはびっくりして。

穂村　確かに、近代短歌以降は、自分の人生を日記のように綴るというイメージが強いので、僕の「究極の短歌が詠まれたら、世界平和が訪れて、もう短歌を作らなくてもよい世界が到来する」みたいなビジョンには、違和感を覚える人もいるかもしれません。でも、挽歌や恋歌といったパーソナルに思える表現にすら、そういう「究極」を求めるというイメージはある気がします。

金原　究極というのは、つまり「神」に向かって書かれている、ということでしょうか。

穂村　そうですね。それこそ、これまでたくさん話題に出た塚本邦雄的な感受性も、まさにそういうものです。また、塚本を見出した中井英夫には「小説は天帝に捧げる果物、一行でも腐っていてはならない」という有名な言葉がありますが、これなんかはまさに「芸術＝神への供物」という意思を象徴していますよね。

金原　すごいなー。

穂村　これらは、彼らが韻文的な感受性の持ち主だからこそ生まれた言葉だと思います。だって「一行でも腐っていてはならない」なんて気持ちで書いていたら、現実にはそうそう小説のような長い文章は書けませんからね。

金原　確かに、短い表現形態だからこその思考でしょう。

穂村　一字一句、少しも動いてはいけないというのは、韻文家の感覚ですね。唯一無二の正解がある、という感受性もしくは強迫観念。それこそが、短歌のイデア（本質）だと言えると思います。

特別な言葉への憧れ

穂村　翻って、金原さんは「究極の翻訳」は存在すると思いますか？

金原　ないと思っています。翻訳は、時代によって変わっていくことを避けられない。言い方は悪いですけど、読み捨てられ、使い捨てられていくもの。どうやっても古びる時は来るので、やがて読まれなくなる運命なんです。まあ、名訳というのは歴史的にはありますけどね。例えば、黒岩涙香《くろいわるいこう》がヴィクトル・ユーゴーの小説『レ・ミゼラブル』を、「噫《ああ》無情」と訳したのとか。それだって、歴史的な記録にはなっても、その翻訳が読み継がれていくということとはちょっと違いますからね。

穂村　そういうものなんですね。

金原　その「究極の」という感覚は詩人と呼ばれる人たちも持っていると思いますか？

穂村　少なくとも、金原さんのお

検診の列にならびぬだれもだれも進行性の〈時間〉を病みて

大井　学

好きな詩人・石原吉郎とかにはあるような気がします。彼の作品に見られるあの厳密さには、ひじょうに特異なレトリックがあって「あ、これはたった一つの〝何か〟を書こうとしているな」という感じが伝わってきます。

金原　確かに、そういう意味では短歌のイデアに近いものを感じますね。

穂村　彼は、戦後シベリアに抑留されたことがよく知られています。第一詩集『サンチョ・パンサの帰郷』（思潮社）などは、その苦い経験なくしては書かれなかったと思うのですが、それを乗り越えて詩に昇華させるには、どこかで神に向かう視点みたいなものが必要だったのではないでしょうか。

金原　僕自身は、石原の詩を、そうした戦争体験といった「背景」抜きに、純粋に作品のみで楽しめると思っているのですが、確かにそれは一理ありますね。では穂村さんが、そうした「神に向かう」ような視点を獲得されたのはいつ頃なのですか？

穂村　友だちが読んでいた塚本の本を、偶然目にした時ですね。つまり、短歌と出会った時。真っ白な紙の真ん中に一行だけ、歌があった。意味はよくわからなかったものの、僕はそこから何となく墓碑銘を連想したんです。墓碑銘って、考えてみたらすごいじゃないですか。その人の生涯を、たった一行で表す言葉なわけですから。普通の言葉じゃあり得ない。そんな特別な言葉への憧れは、それ以来、自分のなかにずっとあるような気がします。

詩歌コレクターのアンソロジーが読みたい

金原　そうか、穂村さんはそこまで考えて短歌を書いているんですね。そりゃ次の歌集がなかなか出ないわけだ。楽しみにしているんですけど。最近、学生に「穂村弘を知ってる？」と聞くと、「あのエッセイストの」って答えるんですよ。そんな状況を打破すべく、早く次の歌集を出してください。

穂村　頑張ります（苦笑）。僕からのお願いというか、希望としては、金原さんはたくさん短歌を読まれているので、ぜひアンソロジーを編んでほしいなと思います。

金原　歌集や詩集を読む時、面白いと思った作品にはどんどん付箋を貼っていくんです。で、最後まで読んだら、そこから厳選した作品をパソコンに打ち込んでいく。それがけっこう溜《た》まってきているので、できるといえばできるんですけどね。

穂村　あ、万年筆で短歌を書き写していた中学時代と変わっていませんね。実際、今日は好きな歌をいろいろ持ってきてくれましたし、すぐにでも作れそう。

金原　でもアンソロジーとなると、どこがどう面白いか、みたいなことをしっかり書かなきゃいけなくなるじゃないですか。それが僕は苦手だから。書評でも、この歌が好きなら、これも好きなはず、みたいな情報に逃げてしまうんです（苦笑）。自分でオリジナルの小説を書いたりできないのも、似た理由からかもしれません。翻訳ができるのは、原書という拠《よ》るべきものがちゃんとあるからなんでしょうね。

穂村　でも、拠るべきものにちゃんと寄り添えることが才能ですから。訳書五百冊記念とのことですが、ぜひ次は一千冊を目指して、これからも面白い作品をたくさん訳していってください。楽しみにしています。

（対談・二〇一七年九月五日）

好きな短歌＊金原瑞人

地表とはさびしいところ擦《こす》っても擦《こす》っても表だけだ、と風が　**服部《はっとり》真里子《まりこ》**

地表を擦る風という発想が面白いし、「表だけだ」という風の憮然《ぶぜん》たるぼやきも、この人ならではの感性。

夕暮れにまたがっている泣き終えた夕暮れがひだりの靴を履くまで　**瀬戸夏子**

夕暮れにまたがる、夕暮れが靴を履くという、視覚化できないイメージが、言葉ならではのおもしろさを感じさせてくれます。

いつもわたしがわたしの外にいてさびしい豆腐のみずも細く逃がして　**大森静佳**

塚本邦雄なら「世界の外に佇《た》つわれ」といってしまうところを、「わたしがわたしの外にいて」と語るやわらかさと、細く逃がす豆腐のみずがとても美しく響き合っています。

蜩のこえは水色　うっとりと米びつのなかに指を忘れて　**鈴木美紀子**

下の句を読んだときは、ため息がもれました。こういう表現に出会うと、小説なんかなくてもいいんじゃないかと思ってしまいます。

検診の列にならびぬだれもだれも進行性の〈時間〉を病みて　**大井 学**

現在を、だれもが進行性の〈時間〉を病んでいると捉える目の鋭さと、この表現の強さには、立ちすくんでしまいます。

文月悠光

詩人

十六歳で「現代詩手帖賞」を受賞した文月悠光さん。穂村さんとの出会いは文月さんが大学一年、上京直後のこと。「早稲田短歌会」で短歌を始めた後、穂村さんのアドバイスでエッセイも書き始めたそうです。歌と詩とエッセイと、それぞれの表現の仕組みや繊細な言葉の力が語られます。

ふづき・ゆみ　一九九一年、北海道生まれ。詩人。二〇〇八年、十六歳で現代詩手帖賞を受賞。二〇一〇年、第一詩集『適切な世界の適切ならざる私』で中原中也賞、丸山豊記念現代詩賞を最年少十八歳で受賞。著書に詩集『屋根よりも深々と』『わたしたちの猫』、エッセイ集『洗礼ダイアリー』など。NHK全国学校音楽コンクール課題曲の作詞も手がける。最新作にエッセイ集『臆病な詩人、街へ出る』(立東舎)。

モヒカン不良男子高校生の詩

穂村　文月さんと初めてお会いしたのは、いつのことでしたっけ？

文月　確か二〇一〇年、詩をモチーフにした「oblaat（オブラート）」というデザインレーベルの集まりだったと思います。

穂村　文月さんは二〇〇八年に十六歳で第四十六回「現代詩手帖賞」を受賞し、すでに詩人として活動されていたわけですが、現在のように、エッセイにトークにとお忙しくなる前のことですよね。

文月　はい。あの時、私は大学一年生で、北海道から上京してきたばかりでした。

穂村　詩は、いつから書いているのですか？

文月　十歳の時からです。最初は日記をつけていたんですけど、小学生の日常なんて、給食がおいしかったとか、男子と喧嘩《けんか》したとか、その程度の出来事がせいぜいじゃないですか。長い文章で、そんな毎日を説明するのがだんだん面倒になってきて。そんな折に出会ったのが詩だったんです。詩で書けば、ちょっと違う形で日々の思ったことを書き記すことができるのでは、と。それで日記帳の隅っこに書き始めたのが最初です。

穂村　初めて読んだ詩って、覚えていますか？

文月　教科書に載っていた谷川俊太郎さんの詩「いち」だったと思います。詩作のきっかけになったのは、小学校の図書室で手に取った、不良男子高校生の書いた詩が収められた本です。

穂村　それは不良の子の詩集ってこと？

文月　いえ、星《ほし》野《の》佳正《よしまさ》さんという学校の先生の書いた『くずかごの中の詩《うた》　都立代々木高校のある青春』（理論社）というエッセイ集です。その巻末に、モヒカンの不良高校生の男の子の書いた詩が小詩集形式で収録されていて。それを読んで、私も真似して書けるかもしれない、と。当時は、詩とはどういうものかわからず手探りで、自分の気持ちを端的に表してくれるツールみたいな感覚で書いていました。同時に、詩は哲学的な問答をするものだとも思い込んでいて、その頃の詩を見返すと、難しいことを扱おうとしていた形跡があります。

穂村　文月さんの初めてのエッセイ集『洗礼ダイアリー』（ポプラ社）に、初めて書いた詩の一部が引用されていますね。「死」をテーマにした詩。確かに、「死ぬって、どういうことだろう？」みたいなのって、むしろ小学生の時とかに真剣に考えますよね。

文月　そういうところも含めて、本が好きで、書くのが好きで――いわゆる文学少女でしたね。

「人と一緒に」という願望

穂村　文月さんは短歌も作られるんですよね。

文月　はい。でも、「詩人・文月悠光」とは切り離して歌を詠みたいので、短歌の時は違う名前で発表しています。

穂村　作り始めたのはいつ頃？

文月　ちゃんと作るようになったのは、在学していた早稲田大学の短歌会「早稲田短歌会」に入ってからです。毎週歌会があったので、それに参加するために作るようになって。

穂村　それ以前から読んではいたのですか？

文月　俵万智さん、東直子さんと穂村さんの歌は少し。ただ、詩もそうですが、私は、だいたい作るのと同時に読み始めるところがあるんです。つまり、人の作品をたくさん読んで、その蓄積の上で作るタイプではない。歌会の先輩たちが、折に触れて人の歌を諳《そら》んじるのを見て、「格好いいな」と憧れて。それから人の歌も読むようになっていきました。

穂村　でも、その選択は何だったんでしょうね？　短歌以外にも、たくさん文学系サークルはあるわけでしょう？

文月　地方出身者の私は、高校に同じような文学好きの友人がいなかったので、人と一緒に何かを書いたり、作品を読みあったり、批評し合ったり……みたいな文化にずっと憧れがありました。なぜ詩や小説のサークルを選択しなかったのかといえば、この二つは、書く人によってそれぞれ形式が異なるからです。

穂村　確かに、短歌には「定型」という基本があるから、それを軸に議論をしやすいという面はありますね。

文月　なので、「人と一緒に」を重視するなら短歌のほうがいいかな、と。あと、実はひいおばあちゃんが短歌を作る人で、北海道に住みながら、歌人として歌集も二冊くらい出しているんですよ。それも大きかったかもしれません。

穂村　へぇ〜。

文月　私からすれば「ひいおばあちゃんは与謝野鉄幹や晶子、若山牧水とかと交流があったんだ！　すごい！」と大興奮なのですけれども、親や親戚は皆関心がなくて、拍子抜けしてしまいました。

穂村　まあ普通そうですよね。僕の親も、僕のペンネームを長いこと知りませんでしたから。だから、家にかかってきた「穂村弘」宛の電話も切られちゃうの。そういう者はいません、って（苦笑）。

文月　当時は、ひいおばあちゃんの歌を読んでも、文語体ガチガチで何をどう詠んでいるのかすらわからなくて。短歌会に入って勉強すれば、あれを理解できるようになるかもしれない——そんな気持ちもありました。

物を書く側に行きたい

穂村　大学での専攻は何だったのですか。

文月　一応、教育学部の国語国文学科で、卒論は近代文学でした。

穂村　教育学部ということは、教員免許を持っているんですか？

文月　いえ、取りませんでした。入った時点で、他の学生と比べて自分は学校の先生に向いてないと実感したので。そもそも教育学部を選択したのも、夏目《なつめ》漱石《そうせき》の研究で有名な石原《いしはら》千秋《ちあき》先生の授業を受けたかったからなんです。だから、私にとっては文学部的な位置づけで通っていたところがあります。卒業後の進路はすごく悩みましたね。

穂村　『洗礼ダイアリー』には、僕も登場するんですよね。文月さんがエッセイを書くきっかけとなる発言をする人物として（笑）。

文月　富山県の北日本新聞主催で、穂村さん、石川美南さん、黒瀬珂瀾さんらプロの歌人と学生短歌会の面々が吟行をして、できた歌を公の場で批評するというイベントがあったんですよね。一泊二日の日程だったので、夜は一緒に食事をしながらお話しする時間もあって。その時に穂村さんから「詩だけではなく、エッセイも書いたほうがいい」とアドバイスをいただいたエピソードを書きました。ちょうど、講談社が主催するアイドルオーディション「ミス・iD」に、詩人として応募していた時でした。その結果が出る直前だったこともあり、「将来どうするの？」みたいな話になったのだと思います。

穂村　何年生だったんですか？

文月　四年生でした。

穂村　じゃあ、ちょうど岐路に立っている時だったんですね。結局、先生にもアイドルにもならず、就職活動もせず、文筆活動を続けて今に至る、ということでしょうか。

文月　はい、ほとんど成り行きで……。大学院進学も考えたのですが、書く仕事が増えて楽しくなっていたこともあり、まあ何とかなるだろうと卒業してしまいました。もっとも、「物を書く側に行きたい」という想《おも》いがすごく強かったので、大学院に行ったり、どこかに就職したり、地元に帰ったりしたとしても、結局はまた書くほうに戻ってきただろうなとは思います。まあ、新卒というのは大きな切符だから、ちゃんと有効活用したほうがよかったのでは？　なんてことも考えるんですけどね。会社員として働いたら働いたで、それを詩の表現に還元できたかもしれません。

「定型」への苦手意識

穂村　短歌は、今はどのくらいのペースで書かれているんですか？

文月　一年に一回、とある同人誌に書いている程度なので、「短歌を作っています」とは言い難し……なのですけれども。やはり、定型があることへの苦手意識が強く、作り始めた時からずっと韻律に馴染めない感覚があるんです。どうにも思うように言葉を操作できない。

穂村　詩では思うようになるのに。

文月　詩だと、一番上手《うま》く言葉を操れる、書きやすい型を自分で作れてしまいますからね。短歌に向いている人って、定型があることで、むしろ表現の引き出しが増えるタイプですよね。私の場合は、どうしても定型が制限と感じられてしまう。でも、その操作できなさ、不自由さみたいなものを感じながら言葉と格闘する体験がすごく新鮮で。だから短歌には、あえて苦手なことに挑戦しているようなところがあるかもしれません。

穂村　今は、短歌と詩を両方やっている人はすごく少ないですよね。どちらかのプロである場合は、特に。一方、昔の詩人はたいてい短歌をやっていました。

文月　確かにそうですね。

穂村　中原中也《なかはらちゅうや》も萩原朔太郎も宮《みや》沢賢治《ざわけんじ》も、有名な詩人はほとんど。明治・大正時代は、まず十代で短歌をやり、それから詩に移行するのが王道パターンだった。彼らの短歌を読むと、やはり詩のほうが上手いなと思うのですけど、十五歳とかの頃の短歌なのだから、そりゃ当たり前ですよね。彼らの短歌は詩に比べると、和歌における「もののあはれ」的な情緒におおむね集約されていってしまうところがあって、そこがちょっと窮屈そうに見えるのかもしれない。やはり、もともと豊かなイマジネーションの翼がある人は、詩の世界に行ったほうが、どこまでも羽ばたいていけるイメージがあります。

文月　両方やっているからよくわかりますが、じっさい、詩と短歌はかなり違いますよね。短歌を作り始めた頃は、ふだん詩で表現していることをもっと短い言葉に凝縮して言えるんじゃないかと、しばらく苦心してしまって。でもそれを狙っても伝わらないし、やはり詩で書くほうが合っていた。短歌を作るなら、短歌でしか表現できないことをやろうと考えるようになってから、作る歌も少し変わってきたような気がします。

日常を言葉で異化する

穂村　文月さんが別名で発表された短歌は、近作のほうが、短歌でいうところの、いわゆる「私性《わたくしせい》」みたいなものが出ていて面白かったです。初期の歌はボキャブラリーがおしゃれで、キレイな単語が主成分になっていますが、ここ一、二年の作品には「セクハラ」のような通俗的な単語も入ってくる。そして、そのことによって魅力的になっていると思いました。

文月　ありがとうございます。でも、本当にいつも「これで大丈夫なのかな?」と不安になりながら作っているんです。短歌は、ちょっとした言葉の選択によって成立している感じがあって、詩よりも厳密だから緊張します。

穂村　微妙な言葉の差異で、詩にもなれば、単なる日常報告になってしまったりもしますからね。例えば、何か対象物があって、それを「撫《な》でる」のか、「さする」のか、あるいは「触れる」のか——そのちょっとした違いで、ガラッと違う歌になってしまう。

文月　でも、私の短歌は、本当に日常で体験したことをそのまま詠っているだけだったりもします(苦笑)。

穂村　日常をテーマにすること自体は、短歌において極めて普通のことなんですけどね。僕自身も、韻律があるから短歌になっているけど、内容的にはごく日常の話みたいな作品に魅力を感じてしまうことがあるし。詠み手の目にした実景が、言葉によって異化(異質なものに変化すること)されるところに面白みやポエジーがあるわけです。もっとも、もっと素朴な形もあって、例えば高野《たかの》公彦《きみひこ》や小《こ》島《じま》ゆかりのような当代一流の歌人も、連作のなかには「焼き鳥うまい」みたいな、日常臭のする要素を入れてきますから。

文月　連作だと日常要素が入るのはなぜですか?

穂村　たぶん格好いい歌が並びすぎると、その格好いい〝味〟がだんだんしなくなってくるからです。読者の舌を一旦リセットさせるために、素朴に日常を歌った作品をあえて挟み込むのではないでしょうか。おそらく、斎藤茂吉の歌などから学んでいった技なのだと思いますけど。

「わかる」とは何か?

穂村　文月さんは、短歌の表現は自分に向いていないとおっしゃりつつも、歌作を続けられています。

どの辺に魅力を感じているのでしょう？

文月　あまりに瑣末《さまつ》すぎて、詩では扱いにくいような題材でも、短歌でならどうにか料理できる気がするんです。また、三十一音という枠があることで、詩ではできない言葉の省略や大胆な物言いができる。定型になかなかなじめない一方で、そのことによって、ダイナミックな表現が可能になるところには大きな魅力を感じています。でも作り始めたばかりの頃は、その短さにかなり戸惑いました。

穂村　「ここで魅《み》せたい」という地点に飛ぶために、十分に助走したいところですが、そのための距離が短歌の場合は短いですからね。

文月　あと、短歌と詩の違いといえば、歌会に行って驚いたのが、短歌の人たちは批評する時に構造的な読みをされるんですよね。詩だと「こういうイメージが素敵」とか「この一行が刺さる」とか、結構ふんわりとした感想になってしまうのですが、歌会だと、音の響きや句の切れ方をかなり緻密に見るので、ひじょうに新鮮でした。

穂村　そうですね。短歌ではそれが普通なんです。詩は、言ってしまえば五行でも百行でも良いわけでしょうが、ふだん短歌をメインに読んでいる僕なんかは、そのところをどう捉えていいのかわからなくて、混乱してしまうんです。仮に八行の詩があったとしたら、歌人はまず、その詩が八行である理由を最初に考えてしまうでしょうね。

文月　詩人にはたぶん、そこに「なぜ」はないですね。書いたらそうなった、という結果がすべてなので。

穂村　短歌はフォルムが同じだし、しかも題詠なら同じ言葉を入れるから、例えば題の処理の仕方とかで比較して優劣を付けることができます。詩の場合は、どうやって良し悪しを決めるんですか？　そもそも他人の詩って、読んで「わかる」ものなんですか？

文月　何をもって「わかる」と言っていいものか……（苦笑）。

穂村　例えば、詩人の中の詩人といわれる吉増剛造《よしますごうぞう》さんの詩を「わかる」と明言するのは勇気がいると思うんですよ。

文月　吉増さんの『黄金詩篇』（思潮社）などは、高校生の頃に読んで「格好いい！」と目を開かされる感じがありました。でも、格好いいと思うことを「わかる」と表現していいのかどうか……。むしろわからないからこそ惹かれる、明確な意味はわからないけれど不思議と説得されてしまう、といった詩句に魅力を感じます。

動く言葉、動かない言葉

穂村　前々から気になっているのですが、詩の一行一行というのは、「唯一絶対」の表現でなくても良いのでしょうか。つまり、俳句で言うところの「動く／動かない」というのはない？　例えば、句のなかに「肉まんを持つ」という言葉が出てきたとしたら、それが「肉まん」と「持つ」の組み合わせでなければならない必然性があるかどうか、ということです。「あんまん」や「ピザまん」もあるわけだし、同じ手にするにしても「触れる」や「摑む」みたいな動作の選択肢だってあり得る。いろいろな可能性があるなかで、「肉まん」「持つ」が最高の組み合わせでなければならない。それが「動かない」ということです。

文月　逆に、他の言葉で置き換えられる場合は、「動く」ということになるわけですね。

穂村　ええ。俳句では「動く名句はない」という人が多いだけあって、基本的に使われている言葉に代替可能性はありません。短歌は俳句ほど絶対的ではありませんが、それでもやはり「動かない」のを良しとする表現ではありますね。なぜなら、そこにポエジーの核心があるからです。その辺は、詩の場合どうなんでしょう？

文月　「動かない」ということは、その人にしかできない言葉の配列による表現であって、言うなれば、その人の生涯みたいなものとも密接に結びついている。そうした絶対性に憧れはあるものの、「動く＝ダメな詩」とは思わないです。人の詩を読みながら、「私ならここ、こう書くな」と思うこともあります。頭の中で自由に組み替えながら読むことも、詩の楽しみ方のひとつです。

穂村　短歌は、歌会などで批評し合うから、そうした「他の言葉の可能性」があれば、即突っ込まれてしまいます。歌を作る時、当然そこには無数の「言葉の可能性」が発生しているので、そこでどんな選択をするのか、それを厳密に、真剣に考えるのが短歌であり、歌会のような場なんです。

文月　なんてシビアな……。歌会って、「この言葉をいじったらどうか?」とか、他人の内臓を素手でいじくり回すような感じがあって怖いです(笑)。詩の世界では、その辺は踏み込んじゃいけないと思っている人が多いからか、具体的に言及されることはあまりありません。批評し合う以前に、詩人はそもそも集まること自体があまり好きじゃない節もあります。

穂村　その点、歌人は歌会だ吟行だ飲み会だと、集まるのが好きですね。まわりを見ても、ちょっとどうかと思うくらい(笑)。

詩的な短歌

文月　短歌と詩は、表現として異なる点が多いですが、むしろ違っているからこそ惹かれるところも少なからずあります。例えば、永《なが》田《た》紅《こう》さんに〈**思いきることと思いを切ることの立葵までそばにいさせて**〉という歌がありますが、これを初めて読んだ時、「切る」という言葉も手伝って、一輪の花が凛《りん》と踏切の警報機みたいに生えている風景が頭のなかに具現化される感じがありました。これは一行に収まる長さであることも関係していると思いますが。短歌は、その内容をまるで写真のようにパッと取り出して見せることのできる表現ではないでしょうか。詩でこの速度感を出すのは難しいので、短歌ならではの魅力のある作品として、強く印象に残っています。

穂村　なるほど。逆に、表現とし

思いきることと思いを切ることの立葵までそばにいさせて

永田　紅

サンダルの青踏みしめて立つわたし銀河を産んだように涼しい

大滝和子

て詩と近い匂いを感じる短歌はありますか？

文月　笹《ささ》井《い》宏之《ひろゆき》さんや雪舟えまさんの作品は、現代詩と親和性が高いので惹かれますね。あるいは有名な歌なら、大滝《おおたき》和《かず》子《こ》さんの〈**サンダルの青踏みしめて立つわたし銀河を産んだように涼しい**〉などは、比較的自分の知っている詩の姿に近い気がします。

穂村　「青いサンダルを踏む」とはせず、「サンダルの青」という概念を「踏む」としているところがポイントですよね。青いサンダルは誰でも普通に踏むことができるけど、サンダルの青を踏むというのは、ちょっと神秘的な行為にも感じられます。そこの転換によって人知を超えた視座へのスイッチが入り、「銀河を産んだように」という飛躍が可能になる。でも、このように構造を説明できるということは、ある意味、他ジャンルや他言語への翻訳が可能ということでもある。翻訳ができなければできないほど、短歌固有の表現という感じがします。その意味では、永田紅さんの作品のほうが短歌でしかできない表現をしていると言えるのかもしれません。

文月　短歌固有の表現ができるということと、良い歌を作れるということは、イコールなんですか？　私はそこはまた違うような気がするのですけれども。

穂村　別だと思います。実際、僕にはまったくそんな能力はありませんから（笑）。短歌の固有性に近づけないんです。しかも学ぼうにも、すごく学びにくいもののような気もしますしね。資質の問題ということでしょうか。

より上の次元へ、大きなものへ

穂村　詩歌を書く時と、エッセイを書く時とで、思考を切り替えることはありますか？

文月　いえ、特には意識していません。韻文と散文との間にあまり距離がないんです。

穂村　表現として、文月さんのなかでは地続きなんですね。そうそう、新しいエッセイ集『臆病な詩人、街へ出る。』も面白く拝読しました。「女性の自意識」をめぐる著作などで知られる作家・雨宮《あまみや》まみさんや、伝説的な編集者である二階堂奥歯《にかいどうおくば》さんらにも共通する、ある種の潔癖さのようなものが感じられました。ジェンダー（社会的・文化的な性差）に対する姿勢も、通ずるところがありますよね。残念ながら、お二人とも早世されてしまいましたが。

文月　そのお二人と並べていただけるなんて、畏れ多いですけれども、光栄です。

穂村　雨宮さんといえば、文月さんの本には、彼女が亡くなった日にTwitterで「雨宮さん」というワードで検索をかけた、というエピソードがありましたね。「雨宮まみ」ではなく、「雨宮さん」と敬称で彼女に呼びかける人の言葉だけを読みたいという、文月さんのふじょうにデリケートな意識が伝わってきて心打たれました。

文月　雨宮さんの死は、本当にショックで……。彼女のペンネームは、穂村さんの歌集『手紙魔まみ、夏の引越し（ウサギ連れ）』から取られているんですよね。

穂村　僕も一度しかお目にかかれないまま、亡くなられてしまったのが残念でなりません。文月さんの本の話に戻ると、最初のエッセイ集『洗礼ダイアリー』同様、本作もジェンダーへの意識や、あるいはつらい経験に関する文章になると、突然、書かれている言葉がこちら側に飛び込んでくるようなところがありました。文月さんがセクハラ的な言動にさらされた話や、雨宮さんの死に関する文章は、一行一行の緊張感が違っていた。悲しみや怒りを、その原因となる対象に直接ぶつけるのではなく、より上の次元の、もっと大きなものに結びつけようとする意思や使命感が伝わってきて、すごく感動しました。

表現と現実の狭間《はざま》で

穂村　エッセイへの、読者の反応はいかがですか?

文月　その読者の立場や視点によって、いろいろな反応があるのですが、中には「セクハラされて嫌な思いをしたなら、セクハラ相談室に行けば?」とか「しかるべきところに訴えれば?」というような感想をいただくこともありました。でも、なぜそういう発想になってしまうのか、私には解《げ》せなくて。

穂村　本来、「表現」というものは、「私はこういう体験をしました」という個別性・現実性を、もっと大きな、本質的なものへと転換する行為なわけでしょう?　それをまた元の個別性・現実性へと引き降ろしてどうこう言うのは、僕は最悪の反応だと思うんですけどね。

文月　エッセイを書いてみて驚いたのが、これを「表現」として捉える人の少なさです。もちろん、なかにはそういうふうに読んでくださる方もいましたが、個別性のほうに意識を引っ張られてしまう人が、思いのほか多かった印象があります。ある体験を書いたテキストと、私の体験との間にある距離を読者にどう示すのか、その難しさを日々痛感しています。

穂村　エッセイのようなジャンルは、敷居が低いから多くの人に伝わるという良い側面もあるけれども、一方で「書かれたもの」と現実とが安易に混同されやすい。それをいかにして峻拒《しゅんきょ》するかは、実は重要な課題だと思っています。

文月　切実にそう思います。

穂村　例えば〝子猫の写真集〟があるとします。そして読者に、この写真集についての感想を募ったとしましょう。その時に「この猫はオスですか?　メスですか?」「種類は?」「どこで拾ったんですか?」というような質問しか出なかったとしたら、それはおかしなことだと思うんです。だって、写真集は「作品」なのですから。極端なことを言えば、被写体がどういう猫であるかは別に問題にする必要がない。大事なのは、その写真を撮ったカメラマンの「眼差し」です。けれども、猫とかアイドルとか、被写体に魅力があったり、ファン心理が働くような対象であればあるほど、受け手の意識は「表現」に向かないんですよね。

文月　被写体自体にしか関心が向かない、と。

穂村　でも、本当に優れた写真家が撮ったら、まるで猫らしくない猫の表情を捉えることができたり、アイドルだって、過去に見せたことのないドキリとするような一瞬の表情を切り取れるかもしれない。それこそが「表現」であって、本当はそこを見るべきだと思うんです。受けとられ方にはジャンル差があって、例えば写真集ではなくて画集なら、そこまで現実の猫の話だけにはなりにくいみたいです。絵のほうが、どう描かれているかというまなざしやタッチに意識が向きやすいのかな。

ツボに刺さる言葉

文月　話は変わりますが、初めて穂村さんの歌を読んだのは高校一年生の時で、彬聖《あきらしょう》子《こ》さんの漫画『こいのうた』（小学館）に載っていた〈**終バスにふたりは眠る紫の〈降りますランプ〉に取り囲まれて**〉という作品でした。

穂村　主人公の利用するバス停のベンチに、その歌が書きつけてあるんですよね。

文月　出会いが少女漫画とセットだったこともあって、最初はすごくポップでキャッチーな歌人の方という印象でした。でも、歌集を何冊か読むうちに、それとは異なる面もたくさんあることがわかってきました。なかでも強烈だったのは、『ラインマーカーズ』に収められた〈**にょにょーんとピザのチーズを曳きながらユダとイエスのくすくす笑い**〉。短歌に和歌のような日本的イメージしか持っていない人は、「これも短歌なの!?」という驚きを感じるはずです。そして、詩で同じようなことを書いても、絶対ここまでの冒とく感は出ないだろうと思います。短歌と

終バスにふたりは眠る紫の〈降りますランプ〉に取り囲まれて

穂村　弘

いう短くて瞬間の表現だからこそ出てくる攻撃力、暴力性なのではないでしょうか。

穂村　ありがとうございます。

文月　『シンジケート』収載の〈**呼吸する色の不思議を見ていたら「火よ」と貴方は教えてくれる**〉も好きな歌です。「呼吸する色の不思議」そのものが、最終的に「貴方」という存在の輪郭を形作るように読めてくるのがすてきだな、って。私は、短歌を詠むときに「火」という言葉を多用してしまうのですが、それはたぶん、この歌のイメージが強くあるからだと思います。

穂村　ついつい、無意識に使ってしまう言葉ってありますよね。

文月　私は、他にも「車輪」や「冬」に関するワードに弱くって。

穂村　「車輪」がツボという人は初めてかもしれない(笑)。

文月　その言葉自体というよりは、車輪のフレームとか、くるくる回りそうなものが出てくる短歌が好きなんです。例えば、服部真里子さんの歌集『行け広野へと』(本阿弥書店)に収められている〈**光にも質量があり一輪車ゆっくりあなたの方へ倒れる**〉とか。あるいは「冬」なら、堂園昌彦《どうぞのまさひこ》さんの『やがて秋茄子へと到る』(港の人)収録の〈**太陽が冬のプールに注ぐとき座って待っていたこんな薔薇**〉。もしこれが他の季節のプールだったとしたら、そこまで好きになっていたかどうか(苦笑)。

穂村　選歌でも、本人はたぶん無意識なんでしょうけど、読む側は意外と選者の好む言葉に気づいてしまうんです。「あ、この人、また水滴の歌採ってる!」とか(笑)。

生きのびるための言葉、生きるための言葉

穂村　今後挑戦してみたいテーマなどがあれば教えてください。

文月　最近気になるのは、この社会で生きることと言葉の接点です。穂村さんのビジネスパーソンを対象にした短歌講座をまとめた入門書『はじめての短歌』(河出文庫)に出てくる概念「生きのびる」と「生きる」の違い、そしてそのための言葉について考えていました。

穂村　「生きのびる」は、社会的な

要請に応える——例えば、生活のために仕事をするとか、無駄を排して効率を求めるとか、そういうことですね。一方、「生きる」は、そうした「生きのびる」という社会が要請する強制力に抗《あらが》って、純粋に生きるみたいなイメージ。非効率で、無意味で、お金にならない。でも、後者に寄り添う言葉のほうが輝きがあって、詩歌の価値観にも近い。

文月　すごく面白い視点だと思います。でも私たちは、現実的には「生きるための言葉」だけ、あるいは「生きのびるための言葉」だけで生きているわけではありませんよね。実際には、その二つの言葉の世界を行き来しながら生きている。詩人や歌人というのは「生きるための言葉」を見つめて、ある瞬間を言葉によって固定する——つまり、詩歌という唯一無二の形にすることが使命です。しかし同時に今、「生きのびるための言葉」もさまざまな場面で、多くの人たちに必要とされていることを痛感しています。時々「私は〝生きのびるための言葉〟のほうが好きかもしれない」と思うこともありますね。

穂村　二つの言葉の、中間地点に立とうとしているのでしょうか。

文月　はい。早稲田大学短歌会で一緒だった平岡直子さんに〈**海沿いできみと花火を待ちながら生き延び方について話した**〉という歌があります。ここで詠われているような生きのび方なら、すてきだなと思うんです。「生きる」と「生きのびる」、つまり個人と社会だと、どうしても大きな対立が起こってしまう。とすれば、その中間として、小さな共同体のようなものを見つけて生きのびればいいのではないか。そうした選択肢を提示できるような表現ができたらと、模索しています。

（対談・二〇一七年十二月八日）

海沿いできみと花火を待ちながら生き延び方について話した

平岡直子

鳥居

歌人

「心のヒューズが飛んで、時間も音も遮断されてしまう」。鳥居さんの第一歌集を穂村さんは「真空状態」であると評しました。「天涯孤独のセーラー服歌人」として話題になった鳥居さんは、自らを「穂村さんの作品の一つだと言えると思います」と打ち明けます。

とりい　歌人。幼少期に孤児院・里親家庭・DVシェルター・ホームレスを経験。小学校に通えず拾った新聞で字を覚え、小説「エンドレスシュガーレスホーム」で路上文学賞。歌集『キリンの子　鳥居歌集』（KADOKAWA）で現代歌人協会賞。ラジオ「⅙の群像」（CBCラジオ）で文化庁芸術祭賞ラジオ部門大賞。舞台「真夜中の鉄腕アトム」（手塚プロダクション協力）で脚本とアトム役を担当。また、セーラー服姿の活動家として「多様な教育機会確保法」の成立・文科省の形式卒業者の受け入れに携わった。現在は公立中学校に通う中学生。

意外と普通？

穂村　僕は、現代歌人協会が主催する公募文学賞「全国短歌大会」の選者をしたことがあります。初めて読んだ鳥居さんの歌は、その応募作品でした。

鳥居　はい、穂村さんの選で、二〇一二年に佳作を頂戴しました。

穂村　名前も性別も年齢も伏せられて読んだわけですが、鳥居さんの〈**思い出の家壊される夏の日は時間が止まり何も聞こえぬ**〉という歌がすごく良くて、インパクトも大きかった。

鳥居　ありがとうございます。

穂村　後日行われた選評会に鳥居さんが来てくれて、初めてお目にかかったんですよね。その時も、トレードマークであるセーラー服姿で。でも、当時はその意図がよくわかっていなくて、「平日なのに、なんで女子高生が来ているんだろう？」と不思議に思ったことを覚えています。

鳥居　私の記憶はちょっと違っているんですけどね。選評会の前に手紙をお送りしていたので、なんとなく私のことを認識してくださっていたような気がします。選評会の後に、廊下でお話するチャンスがあって、確か「鳥居さん、意外と普通なんだね」みたいなことを言われました。

穂村　そんなこと言ってた？（笑）

鳥居　そうか、普通じゃダメなのか、落胆させたくない、と思って「私、全然普通じゃないです！　セーラー服着てるし」と話しました（笑）。

真っ暗だけど、見ている

穂村　その歌は、鳥居さんの第一歌集『キリンの子　鳥居歌集』（KADOKAWA）が出た時に、書評でも取り上げました。そこで僕は、この歌で描かれる、幸福な思い出

思い出の家壊される夏の日は時間が止まり何も聞こえぬ　**鳥居**

真夜中の樹々は切り絵になりすましもう友のない我にやさしい

鳥居

のある家が壊される時の心の有《あ》り様《よう》を「心のヒューズが飛んで、時間も音も遮断されてしまう」、すなわち「真空状態」であると評しました。この感想は最初に読んだ時に出てきたものだったのですが、歌集全体にもその感じは漂っていたように思います。例えば、友達が亡くなった時のことを詠んだ**〈真夜中の樹々は切り絵になりすましもう友のない我にやさしい〉**という歌。その死の衝撃から、詠み手の心が真空状態のようになっている様がひしひしと伝わってきます。「真夜中の樹々は切り絵になりすまし」というのは、普通の状態では出てこない言葉です。精神が特殊な状態に陥った時に、外界も変容して見えるというようなことが起こる。樹《き》が、「なりすます」という行動を取るはずはない。でも、ここでは悪意からというわけではないにせよ、どこか意図的になりすましているような感じがある。そうそう、この歌集の読書会が歌人たちによって催され、その模様が『『キリンの子』を読む』（現代短歌社）という本に採録されていますね。

鳥居　出版社の方が、読書会の予定がないことを可哀想に思って開いてくださったんです。

穂村　拝読しましたが、言葉や言い方こそ違っても、皆さん似たような感想を抱かれていたのが面白かったです。僕は「ヒューズが飛んだ」「真空状態」と書きましたが、水原紫苑さんはそれを「解離《かいり》」、大辻隆弘《おおつじたかひろ》さんは「離人症《りじんしょう》的《てき》」という言葉で評しています。あまりにも苦しい状態にある時、人は自分の心や意思とは関係なく、その状態から自分を守るために解離、離人の状態になる。あるいはヒューズを飛ばす。本当にヒューズが飛ぶと真っ暗になってしまい、何も見えなくなってしまうけれど、鳥居さんが特殊なのは、にもかかわらず、すごくしっかりと「見ている」ことです。心にある種のバリアを張って外界を遮断するのだけど、目だけは、目の前にあるすごく悲惨なものや残酷なものを凝視しているんですよね……って、なんか僕ばかり喋っていますね。

鳥居　すみません、ありがたくて、つい講評に聞き入ってしまいました（笑）。

戦場カメラマンのように

穂村　そのあたりの感想について、本人としてはどんな感じなのでしょうか。

鳥居　「客観的に見る」ことに徹しようとしている、ということは言えると思います。私は、自分が短歌を作る時のスタンスを「戦場カメラマンのように」と説明しています。監視カメラのようにただ映しているだけでは、迫力のある構図は作れない。だから対象に近づいていって、撮影しようとするわけですが、そこには危険もたくさんあれば、悲惨な現実も目の当たりにせざるを得ない。私の作歌は、焼《しょう》夷《い》弾《だん》が降りしきる中を走っていって、シャッターを切る感じに近いのだと思います。

穂村　それは、つらい状況を詠んだ歌以外でもそうなのですか？

鳥居　つらくない時でも、フラッシュバックは起こるんです。だから例えば、お母さんが優しかったな、というような温かい思い出を歌にする時でも、その過程で「ああ、もう母はこの世にいないんだな」ということが強烈に思い出されて、歌をつくる時はつらいです。

穂村　あと、個人的にすごく印象に残ったのが〈**孤児たちの墓場近くに建っていた魚のすり身加工工場**〉という歌です。魚関係の工場があるということは、墓場の近くにはたぶん海もあったと思うんです。普通の歌人は、この場合、「海」という言葉をつい出してしまいそうな気がします。ちょっと小高い丘の上に墓があって、そこから海が見える、みたいな光景をイメージするのでは。でも、そこで「魚のすり身加工工場」を出してくるところに、鳥居さんの個性と凄みがある。工場は、過酷な現実の象徴のようにも取れます。ど

孤児たちの墓場近くに建っていた魚のすり身加工工場

鳥居

んなにつらくても、悲しくても、徹底的に現実を直視するという意思はどこから生まれてくるのでしょうか。

鳥居　見たことのないものとか、自分とまったく別世界のことを歌にすることは難しいです。だから私は自分の知っていることを詠おうと思ったんです。

穂村　短歌の世界では、言葉から歌を作るタイプの人と、体験や出来事から歌を作るタイプの人がいます。鳥居さんは、基本的に後者ですよね。そして、自分が体験した過酷な現実を「書かねばならぬ」という強い使命感を持っている。もっとも、実際には言葉と出来事はくっついていて、はっきり分けられるものではありません。『『キリンの子』を読む』では、鳥居さんが言葉からアプローチしたであろう歌として、吉《よし》川《かわ》宏《ひろ》志《し》さんが〈**店頭に並ぶ切り身の魚らはドラキュラマットに血を吸われつつ**〉という歌を取り上げています。

鳥居　スーパーで働いた経験を詠った歌です。

穂村　「ドラキュラマット」は、パックの刺身や鮮魚の下に敷いて血液などのドリップを吸わせるシートのことです。ただ、名称としては一般的ではない。吉川さんは、鳥居さんが「ドラキュラマット」という言葉を知ることで体験が広がり、それが一首の中でうまく固定されたのでは、と分析しています。彼は、すごく言葉を大事にする人だから、鳥居さんのそうした側面も敏感にキャッチしていたのでしょう。

一人戦時下で運命に抗う

鳥居　私は、穂村さんの歌がきっかけで短歌の面白さを知った人間です。そういう意味では、鳥居は穂村さんの作品の一つだと言えると思います。

穂村　すごい、赤塚不二夫《あかつかふじお》とタモリの関係みたい。

鳥居　もう、本当にびっくりしたんですよ。「こんな面白い、魅力的なものが、この世の中にあったのか！」「なぜ誰も私に短歌を教えてくれなかったの!?」って。その時はDVシェルター（ドメスティック・バイオレンスや虐待の被害者を保護する施設）にいたんですけど、興奮して職員さんたちに「短歌って知ってます？」と聞いたら、「あー、なんか学校で習ったわ」みたいな反応で拍子抜けしました。

穂村　おそらく多くの人は、まず教科書で短歌と出会うのが一般的ですよね。で、そこでは韻文はよくわからないもの、自分からは遠くにあるものとしてまずインプットされます。だから、短歌をやる人はその後、少し時間を経てから「こんな面白い表現があるんだ！」と出会い直すことになる。

鳥居　私は学校に行っていなかったので、最初からすごく面白いものとして出会うことができたのかもしれないですね。遠回りしないで済んだ、という意味ではラッキーだったのかも……。でも、短歌を好きになるかならないかの差って、どうして生じるのでしょうか。

穂村　感受性の質の中に、短歌因子的なものを持っている人が反応する、ということは言えると思います。例えば、メタファー（隠喩）に強く感応する人と、そうではない人とがいる。

鳥居　前者が、短歌に惹かれるタイプですか。

穂村　それから、あるものを、わざわざ違う言い方をしなくてはいけない状況にあるかどうか、も関係してくるでしょう。ダイレクトには言えないとか、隠語でしか言えない、というような状況。例えば、言論統制のある戦時下とか、強制収容所での監視下に置かれた生活などはそうですよね。つまり、ある運命が、自分に本当に言いたいことを言わせない状況です。そうした「言いたいことを言えない」「けれども言わねばならない」という二重性が、優れた強度のある詩歌を生むという側面は絶対にある。

鳥居　個人的には、とても共感します。

穂村　今の日本は、そこまで言葉を制限される状況ではない。でも、鳥居さんは一人戦時下にあるから。過酷な状況とともに、強烈に「これは言わなくてはならない」と胸に抱いたモチーフがある。だから、詩歌という観点から見れば、非常にラッキーガールなんです。もちろん、想像を絶するような経験をしているわけだから、気安くそんなことは言えないのですけれども。でも、どんな表現ジャンルだったにせよ、必ず世に出た人だとは思います。

「ニューウェーブ短歌運動」という〝歴史〟

鳥居　短歌史的には、穂村さんは加藤治郎さん、荻原裕幸さんとともに一九九〇年代の「ニューウェーブ短歌運動」を推進した、とされています。やはり三人で集まって「革命起こそうぜ！」というような感じだったのですか？

穂村　リアルタイムでは、全然そうじゃなかったですけどね。現在から未来に目を向けると、そこには無数の分岐点があり、どちらの道を選択をするかで未来はどんどん変わっていきます。でも逆に、現在から過去を見ると、その偶然の連なりがまるで一続きの時間の流れのように見える。つまり、「歴史」として認識するわけですね。

鳥居　強いて言えば、何かきっかけのようなものはあったのですか。

穂村　荻原さんが一九九一年に「現代短歌のニューウェーブ」というタイトルで新聞の記事を書いたことでしょうね。そこで彼は、加藤さんと西《にし》田《だ》政《まさ》史《し》さんと僕の名前を挙げて、自らの世代を短歌におけるニューウェーブであると定義した。だから、運動として呼びかけたみたいなことではなくて、単に「新しい動き」くらいの意味で使った言葉だったわけです。でも、それが一人歩きした。

鳥居　塚本邦雄、岡井隆、寺山修司が中心となった「前衛短歌運動」もそうですが、運動というと三人のイメージがあります。

穂村　加藤さんは、そのことをちょっと意識していたかもしれないですね。彼は岡井さんの、そして荻原さんは塚本さんの弟子です。そういう連綿とした流れも手伝って、あたかも「短歌運動をしようぜ」と集合したように見えたのかも。でも、少なくとも僕は、そういう運動をしたという意識は薄いです。もっとも、前衛短歌運動の「短歌の未来を切り開いていこう」という革命家的なスピリットは、僕以外の二人には引き継がれていたと思いますけどね。

初めて買った歌集

鳥居　ともあれ、私も三人で革命起こすのに憧れがあるんですよ。

穂村　鳥居さんは、初めからある意志や使命感をもって「鳥居」と名乗り、セーラー服を着て活動しているわけで、確かに革命への意志はすごく伝わってきます。前衛短歌運動後の寺山修司や、それ以前の中城《なかじょう》ふみ子《こ》的な在り方に近いものがあるかもしれませんね。偶然性よりも、革命を必然として意識しているという意味では、鳥居さんがやっていることは「一人短歌革命」のようにも見えますし。でも、三人がいいならメンバーをあと二人見つけないとね。

鳥居　「一人短歌革命」（笑）。『少女革命ウテナ』（ビーパパス）みたいで嬉しいです。

穂村　もっとも、同レベルの強烈なキャラを持った人はなかなかいないかもしれないけど(笑)。組むか組まないかは別にして、世代の近い歌人では誰が好きですか。

鳥居　笹井宏之さんです。

穂村　うーん、じゃあ、組むのは無理だねえ。鳥居さんが短歌を始めた時、彼はもう亡くなって（二〇〇九年没）いた？

鳥居　はい。でも、笹井さんのお父さまに「鳥居さんには、宏之の魂を感じます」と言っていただけたので、現実ではお会いしたことはありませんが、友達だと思っています。

穂村　笹井さんの歌のどういうところが好きですか。

鳥居　彼はきっと穂村さんの大ファンだったんですよね。穂村さんに憧れて、穂村さんっぽい短歌を詠む人って山ほどいるかもしれないけれど、笹井さんはルーツは穂村さんでありながら、すごくオリジナリティのある作品を作っていました。実は、お金を出して買った初めての歌集は笹井さんのものなんですよ。当時はまだホームレスを脱却したてくらいだったので、千円以上する本を買うというのはかなり大変なことでした。

穂村　どの歌集？

鳥居　その時は、お金がなくて一冊しか買えなかったんです。なので、それを言ってしまうと、あの日選ばれなかった歌集が可哀想なので、内緒にしておいてもいいですか。

穂村　いいですよ（笑）。でも今にして思うと、ニューウェーブ短歌の流れが生んだ具体的な成果としては、笹井さんや斉藤斎藤さんらが世に出るきっかけになった「歌葉新人賞」があるかもしれません。

鳥居　穂村さんら、ニューウェーブ短歌のメンバーが主催していた短歌の賞ですね。

穂村　はい。次世代の才能を見つけたということにおいては、一定の意味はあったのかもしれません。

人が歌に託すもの

鳥居　そうそう、好きな歌人といえば、他に明《あか》石《し》海人《かいじん》がいます。

穂村　昭和前期に、ハンセン病と闘いながら歌を詠んだ人。短歌の世界では、「療養短歌」と呼ばれるジャンルに位置づけられます。当時のハンセン病は、不治の病で伝染すると考えられていたことから、患者は隔離され、差別の対象にもなっていました。

鳥居　穂村さんは「ある運命が、自分に本当に言いたいことを言わせない状況」が強度のある詩歌を生む、とおっしゃっていましたが、それとも似ているような気がします。

穂村　作者のそうした〝ギリギリ感〟というのは、短歌という表現と相性がいいんですよね。つまり、肉体的・精神的に極限状態に置かれていることが、作品に強度を与える。

鳥居　そんな過酷な状況下で〈**鬚を剃りシヤボンをつかひ背を流すなべて他界の記憶のごとし**〉のような歌を詠んだというところに、同じく施設で隔離されていた者として、私はぐっときてしまいます。

穂村　生前の海人唯一の歌集『白描』は二部構成になっていて、一部は病気を告知されてからのことをドキュメンタリー的に詠んだ歌がメインです。ところが二部では、そのような現実の描写が背景に引いていって、代わりに、すごく強度のあるメタファーが全面に出てくる。〈**シルレア紀の地層は杳《とほ》きそのかみを海の蠍《さそり》の我も棲みけむ**〉という歌のように。その頃の彼は、おそらく自分の死を覚悟していたはずです。つまり、命を賭して最後に挑んだものが、短歌の真髄である象徴表現だった――このことには、同じ歌人として感動せざるを得ません。『白描』の序文に「深海に生きる魚族のやうに、自らが燃えなければ何処にも光はない」という非常に有名な一節があります。深くみんなの心を打つ言葉を紡いだ人だからこそ、たった一冊の歌集で歴史に名を刻めたのでしょうね。

鳥居　海人は短歌を通して、隔離されている自分たちハンセン病患者たちの生活や心情を、療養所の外に伝えようとしました。おそらく彼は、自分たちの現状を知ってもらいたいという想いでいっぱいで、もうなりふり構っていられなかったのではないでしょうか。彼の残した歌や言葉からは、「伝えなければ」という強い意志と切実さを感じます。

穂村　そういう意味では、鳥居さんも過酷な幼少時代を歌にしているわけで、〈**爪のないゆびを庇って耐える夜　「私に眠りを、絵本の夢を」**〉（『キリンの子　鳥居歌集』）など、海人と通ずるものがあります。

鳥居　光栄です。海人の歌は、遺書という感じもしますよね。戦時中に特攻隊の人たちが、それまで詠んだことのない歌を残そうとしたように。手紙とか形あるものだと消えてしまいそうだけど、歌な

髯を剃りシャボンをつかひ背を流すなべて他界の記憶のごとし

明石海人

ら、これから先もずっと残るのではないか――自分の意志を残したいと強く願う時、短歌は詠まれるのではないでしょうか。確かなものが欲しくなった時に、人は短歌にすがるのかもしれません。

命なき者たちへの想い

鳥居　ちょっと突拍子もないお願いをしますが、穂村さんにはぜひボカロ（ボーカロイド）の曲を作って欲しいです。

穂村　え、どういう意味？　ボカロって、メロディと歌詞を入れると、機械の歌声で再生してくれるソフトのことですよね……。僕の声で、ではないでしょ？

鳥居　作詞は穂村さん、歌は大好きな初音《はつね》ミクさん（バーチャル歌手）の声でお願いしたいです。きのう突然、「あ、それだ！」と思いついたんですけど……穂村さん引いてますか？

穂村　いえいえ。すごくエモーショナルな詞を、命のない、すなわち機械の声で聴きたいと思う気持ちは何となくわかります。あの心理って何なんでしょうね？　感情が豊富な言葉だからこそ、むしろ命がこもった声で聴きたくない時って、あるんですよね。僕にはうまく言語化できないのだけれど、命がないことに何か快楽性があるのでしょうか。

鳥居　死んでいる人のほうが好きだな、と思うことがあるんです。

穂村　言われてみれば、先ほど挙げてくれた好きな歌人はみな故人ですね。

鳥居　生きていない人のほうが、安心して好きになれるんです。生きている人が相手だと「ファンなんです！」と伝えても、拒否されるかもしれないじゃないですか。生身の歌手ではない初音ミクさんが好きな理由の一つには、そんな感情も関わっているような気がします。

穂村　僕は恋愛を始め、人間関係がうまくいかない時に、自分の中のフェティッシュな感覚が膨らんでいくのを強く感じることがあります。例えば、文通するだけの恋人が欲しいとか、言葉の通じない外国の人とつきあいたい、というようなことを考えたりする。つまり、何らか制限のある関係性のほうがうまくいくのではないか、といった逆説を考えてしまう。ボカロの話も、それに近いものがあるかもしれないですね。

鳥居　でも穂村さんは、生身の人間が苦手な人でも大丈夫な気がします。何でだろう？　不思議（笑）。

短歌の筋肉

穂村　「現代短歌」（現代短歌社、二〇一六年一二月号）に掲載された鳥居さんと岡井隆さんの「二人五十首」がすごく面白かったです。この企画は、何かギャップのある組み合わせの二人が、交互に五十首詠み合うんですよね。ちゃんと相手の歌を読んでやっている感じがあって、そこがとても良かった。お二人の年齢差もいい感じに効いていましたね。

鳥居　もう本当に楽しくって！　どこかでこの時のやり取りを「バドミントンみたいだった」と例えたのですが、岡井さんって見た目はおじいちゃんですけど、短歌の筋肉がムキムキで、もう超人とやり合っているみたいなんですよ。おじいちゃんどころか、短歌の筋トレを何十年とやってきたものすごい人なんだな、と感服しました。

穂村　岡井さんは『キリンの子』を読む』の中で、鳥居さんのことを「歌を知り、歌を書くことによって、この辛い人生を、なんとか生き継いでいる」と書いています。そして面白いのが、その有り様を「一つ一つ仕事をこなすこと（中略）によって、一日一日を越えてゆく、超高齢者の生き方とどこか似ている」と続けていることです。ここで言う「超高齢者」というのは、つまりご自分のことなんですよね。あなただってつらくて死にそうかもしれないが、私だって高齢でギリギリだぞ、みたいな謎のライバル意識が見え隠れしている（笑）。年齢も状況も大きく異なる相手に、自分と通底する何かを見つけて、同じ土俵に立とうとするのが非常に岡井さん的だなと思いました。

鳥居　対等に向かい合ってくださっていることは、ひしひしと感じました。

穂村　岡井さんは、歴史や時間の積み重ねを信じないという態度を、すごく徹底されている歌人だと思います。つまり、そうしたものの結果としてある「自分」を信じていない、というか。だからこそ、はるかに年下の鳥居さんとも対等になれるし、書くものがいつまでも刺激的なのではないでしょうか。

エネルギーを注ぐべき場所

鳥居　せっかくの機会なので言っておきたいのですが、短歌のために、もっと私を活用してほしいんですよ。そもそも私が作歌を始めたのだって、短歌の面白さをもっと広めたかったからです。自分の言葉に説得力を持たせるために、歌人になったようなものですから。

穂村　短歌を広めるのって難しいですよね。例えば短歌の本なら、歌とその解説が交互に並んでいるようなものがわかりやすいので喜ばれますが、本当はそういうことをやりたくないのが歌人でもある。歌のみで通じないことは、僕たちにとって敗北を意味しますからね。でも、短歌だけがぎっしり詰まった本はハードルが高いという一般の読者の気持ちもわかるんです。

鳥居　説明しきれないほどの広大な思いを凝縮させて、歌だから表現できていることもありますよね。

穂村　提供したいと思っているものと、求められているものとの間にズレがあるんですよね。まあ、もともと人間の読者を第一に考えていないジャンルだから、しょうがないのかもしれません。歌人の多くは「歌は神に捧げるもの」というイデアを持っていて、そこに向かって表現を研ぎ澄ませていこうという意識があるので。

鳥居　穂村さんは、積極的に他ジャンルの人と交流を持たれているように見えます。それって、「短歌を広げる」というベクトルに寄与する活動の在り方ですよね。

穂村　ぜんぜん違うジャンルの中に、ごく薄い濃度で短歌が入ってくると、よく読んでもらえるという実感は確かにあります。結果的に僕は、そういう働きをしているのかもしれませんね。でも、短歌好きを増やすことは狙ってできるものなのかな？　とも思っていて。

鳥居　入り口として「短歌マンガ」や「短歌アニメ」がもっとあったらいいと思うのですが、どうでしょうか。

穂村　マンガやアニメの影響は大きいから、可能性はあるでしょうね。とはいえ、そうしたメディアミックス的なやり方も、必ずしも当たるとは限りません。どんなに「ヒット間違いなし」な要素を詰め込んでも、それが潜在的な短歌ファンに必ず受けるかといえば、やはりそう単純なものではない。だから結局のところ、自分の好きなところにエネルギーを投入するのが一番いいのではないでしょうか。工夫を凝らしたのにうまくいかないと、失敗の打撃も大きい。でも、「これが一番好き」と言えるところに向けて頑張っているなら、仮にその努力が報われずに終わったとしても、無駄だったとは思わないはずですから。

新日常系歌人

穂村　鳥居さんのこれからのテーマはどうなっていくのでしょうか。

鳥居　「新日常系歌人」みたいなところですね。

穂村　新日常系？

鳥居　アニメ用語でして。登場人物たちの平穏な日常生活が物語の中心になっている作品を「日常系」と言います。それに対して、「新日常系」とは、登場人物たちは一見すると穏やかな日常生活を送っているように見えて、実はその背景は、生きていくこと自体が困難な環境だったり、人類が既に滅亡した後の世界だったりします。最近だと『けものフレンズ』（けものフレンズプロジェクト）、『少女終末旅行』（つくみず）。戦時中の厳しい生活を描いた『この世界の片隅に』（こうの史代《ふみよ》）などが、これに当たると思います。「新日常系」が注目されたのは、原発事故や震災以降の、平穏な日常が崩れ、多くの人々が不安と恐怖を感じた頃からとも言われています。なんでもない日常が、いかにかけがえのないものであるかを、切実に痛感させてくれるような幸せを描いたものに、私は惹かれます。

穂村　鳥居さんが幸せになったらどうなるんですか？

大根は切断されて売られおり上78円、下68円

鳥居

鳥居　え……？

穂村　絶望ありきであるなら、幸せになったらその前提が崩れるわけですよね。その場合はどうなるのかな、って。

鳥居　『少女終末旅行』の中で「絶望と仲良く」というフレーズが出てきます。家族や故郷を失った私が今後、幸せに生きていくことは、もちろんありうるし幸せになりたいとは思うのですが、こんな世の中ですし単純な幸せにはならないだろうな、と思うんですよ。

文語を使うことのリスク

穂村　近作の「bibliophile」（「短歌研究」二〇一七年二月号）は、ちょっと相聞歌のようなテイストがありましたね。

鳥居　本を恋愛対象、性的対象として書いたものです。私は、あまり人間との恋を詠むことはなくって。恋愛について書くと、すぐに「恋に生きた女流歌人」とか言われがちで、それがイヤなんですよ。

穂村　この連作では文語・旧仮名遣いになっていましたが、これはなぜ？

鳥居　いつも異端児とか異色とか、そういうふうに見られがちだったので、正統派感を出したかったんです。歌人としての成長や、別の側面を見せることで、鳥居は不幸な生い立ちを詠っているだけじゃないんだぞ、と示したかった。

穂村　文語を導入すると、短歌という表現からの要請や圧力が強まるんですよね。例えば、この連作の中に〈**余白より文字はしづかで青杉の翳のさやげる季節に入りぬ**〉という歌があります。確かに「余白より文字はしづか」という言葉へ至るロジックは鳥居さんのものだと思うのですが、同時にこれは短歌が要請してくる表現でもある。本来は、余白より文字のほうがどう考えても雄弁なので、

「文字より余白はしづか」となるほうが自然です。でも短歌の共同体においては、その当たり前なことを表現として許さない。となると、この二択があったら、多くの歌人は「余白より文字はしづか」を選ばざるをえない。つまり、他の人が書く可能性のある言葉を無意識的に選んでしまうというところに、文語を使うリスクがあると僕は思います。

鳥居　穂村さんは、たぶん以前の私の歌のほうが好きですよね。

穂村　これだけを読んで判断するのは難しいです。でも鳥居さんには、いい意味でそういう共同体のセオリーを知らないまま作ってきた部分があって、その自由さも一つの長所であったことは間違いないと思います。

鳥居　最後に、何かアドバイスをいただけますか。

穂村　『キリンの子　鳥居歌集』に、**〈大根は切断されて売られおり上78円、下68円〉**という歌がありますよね。

鳥居　はい。八百屋さんでのアルバイト経験から生まれた歌です。

穂村　磁石を砂場に突っ込めば砂鉄がくっついてくるし、文房具箱に突っ込めばクリップがくっついてくるかもしれません。鳥居さんの魂もその磁石のようなものだと思います。つまり、磁力があることが大事で、それを向ける先が何であるかは、実はあまり関係ない。「八百屋」に自分を突っ込んだ結果、前述の思いがけない歌が生まれたように、対象物が変われば、おのずとそれに合った形でのアウトプットが生まれるはずです。だから、むしろ突っ込み先を変えるほうが良くて、磁力そのものの分析や、文体の結びつきについて考えるのは、もう少しだけ先でもいいように感じます。いずれは必要なことだと思いますけど。もともと稀有《けう》なものを持っているのだから、それを意外なところに突っ込み続けていけば、まだまだ良い歌ができますよ。それこそ幸せな状態とか、恋愛について書いたらどうなるのか、とか。まだ突っ込んでいないところはいろいろあるわけですからね。

鳥居　ありがとうございます！

（対談・二〇一八年二月十九日）

朝吹真理子

小説家

芥川賞受賞作のタイトル『きことわ』をきっかけに、「韻文的資質を持った小説家だと思う」と切り出す穂村さん。歌の読み解きを「和歌の解剖のようでおもしろかった」と語る朝吹さん。小説の言葉のリズムから、恋愛しない自由、表現における虚実まで、お二人ならではの対話が広がります。

あさぶき・まりこ　小説家。一九八四年、東京生まれ。二〇〇九年、「流跡」でデビュー。二〇一〇年、同作でドゥマゴ文学賞を最年少で受賞。二〇一一年、「きことわ」で芥川賞を受賞。他に『TIMELESS《タイムレス》』（新潮社）、『抽斗のなかの海』（中央公論新社）。

韻文的感受性とリーダビリティ

穂村　朝吹さんは、純文学と言われるジャンルの書き手であり、その中でも、特に韻文的な資質を持った作家だという印象があります。例えば、芥川賞受賞作の『きことわ』（新潮社）は、「貴子《きこ》」と「永遠《とわ》子《こ》」という二人の女性の物語だからこのタイトルなわけですが、実際に読まない限り、それはわかりません。でも、「きこことわこ」とはせず、「きことわ」としたところに、詩的なものへの志向を感じるんです。

朝吹　あれは仮の呼称だったんですけど、いざ作品ができあがって本タイトルをつけようとしたんですが、そのままでいいような気がして。読まないとタイトルの意味がわからないけど、なんとなく音の響きがいいな、って。

穂村　そうした言葉における「音の響き」を重視する傾向の作家は、韻文的な感受性が強いのかなと。

朝吹　でも、自分が韻文に寄って文章を書いているという自覚が強くあるわけではないんです。

穂村　いわゆるエンタメ小説の文体というものがあって、例えば、ビジュアルを記述するような文体ですね。それは、読者に言語を意識させず、できるだけ透明であることを望みます。つまり、リーダビリティ（読みやすさ）を重視する。対して、朝吹さんの小説のベクトルは、小説に書かれているものが、どこまでも「言語でできている」ということを読者に強く意識させる文体に思えるんです。

朝吹　詩は、リーダビリティが低いということですか？

穂村　多くの読者にとっては、そうだと思います。実際、読まれていませんし。もちろん、良い悪いの話ではありませんけれど。

朝吹　そうなのかなあ。私には、本当によくわからない……。リーダビリティって言葉のリズムとの相性もあるような気がします。それにどんな文章でも、誤読する可能性を孕《はら》んでいるから、読みやすさのことを考えると、文章って何だろう？　とどんどんわからなくなります（笑）。それぞれの作品ごとにしっくりくるリズムがあると思っています。

穂村　言葉の多義性を抑えたほうが、リーダビリティは高くなりますよね。言葉の意味の分岐が少ないわけだから、読者も迷わない。エンタメ小説の文体がまさにそれで、いわば、現実の似姿を目指すわけです。でも、韻文やその感受性を持った純文学小説では、むしろ多義性こそが大事です。つまり、似姿のトレースは拒否すべきものになる。今みんなが現実だと思っているものを覆そうとするという意味においては、韻文は無意識の革命かもしれません。朝吹さんもまた、そうした作家の一人に思えるんです。

小説に合ったリズムを探す

朝吹　リーダビリティについては、正直よくわからないのですが、文章のリズムが自分に合う、合わない、ということはよく感じます。私の場合、言葉や漢字の難しさより、書かれている文章のリズムのほうがリーダビリティに大きく関わってくる気がします。

穂村　朝吹さんのリズム感覚に合う文章を書く作家って、どんな方がいらっしゃいますか。

朝吹　山下澄人《やましたすみと》さんの小説はすごく好きです。改行がとても多い文章で、私にはまったくないリズム感なのですが、でもとても気持ちよくて、ずっと読んでいたい。子どものやる馬跳びみたいに改行が跳ねていく躍動感があって、しかもすごく豊饒《ほうじょう》な文章。山下さんは、iPhoneで小説を書かれているのですが、スマホで書いているとすぐ改行したくなるのだそうです。そのリズムが本当に自然で、改行によって物語がどんどん推進していく感じに魅了されます。

穂村　ご自身で小説を書く時も、文章のリズムは意識されますか。

朝吹　はい。リズムは大事にしていて、音読しながら文章を書きます。謡曲をきくのが好きなのですが、物語がリズムに奉仕しているように感じられるところが面白いんですよね。心地良いリズム、居心地悪いけどなぜか惹かれるリズム、その相性は人によって違うと思うのですが。

穂村　ということは、そのリズムは作品ごとに異なる？

朝吹　物語の道行《みちゆき》がそのつど異なるので、それに合わせて、自ずとリズムも変化する気がします。

穂村　リズムというのは、僕は作家単位で持っているものなのかと思っていました。遊びで文体模写をする時には、「この作家はこういう感じ」というように、その人の文章やそのリズム感をイメージしますよね。確かに、同じ作家でもリズムの変化はあると思うけれど、それは初期・中期・後期みたいな、大きな括りでの違いとして捉えていました。

朝吹　もちろん書いている人の好むリズムも関係すると思います。作品数の多い書き手の小説を読んでいると、確かに「あ、この感じは初期っぽいな」と、何となくわかったりすることもありますよね。きっと「作家ならではのリズム」「作品ならではのリズム」の両方があって、見方次第で、そのどちらかが際立ってくるのかもしれません。

和歌との出会い

穂村　朝吹さんは、これまで韻文とはどのようなつきあい方をされてきたのでしょうか。

朝吹　中学生くらいの時に、寺山修司の短歌は多少読んでいました。でも、短歌よりも先に好きになったのは和歌です。きっかけは大学に入って、中世和歌を研究している先生と出会ったことです。「情緒」「雅《みやび》」というような言葉で歌を理解することに対して、その先生はすごく批判的でした。三十一文字から成る一首が、どのような文法で出来ているか、一語一語がどういう歴史的背景を持っているかをよく調べてから解釈しなさいと。まるで、和歌の解剖を習っているみたいで、おもしろかったですね。短歌を読むようになったのは、もっと後になってからですね。現代詩は、最近は北村《きたむら》太郎《たろう》の詩をよく読んでいます。

穂村　お父さん（朝吹亮二《あさぶきりょうじ》）も詩人ですよね。ご自身で詩を書くことはありますか。

朝吹　詩は大好きなんですけど、むしろ好きすぎて読む一方です……。憧れが強すぎるせいか、畏れ多くて書きたいとも思わないですし。短歌は、数年前に穂村さんと東直子さんと三人で吟行をした時に作ったのが最初で、今のところ、それが最後です。

選句の難しさ

穂村　俳句は？

朝吹　一時期、知り合いの句会に参加していたことがあります。またおじゃましたいと思いつつもなかなか。印象に残っているのは、私が〈**初めて見る桜だねあーぺっぺん**〉という句を提出した時のことです。

穂村　「あーぺっぺん」とは？

朝吹　句会中の合評でも、やはりそれが議論の的になりました。どなたかが「あー」は詠嘆で、「ぺっぺん」は三味線の音じゃないかとおっしゃられて、みんな「あー、なるほど」となったんですが、「私の飼っている猫の名前です」と明かしたら怒られました。

穂村　わからないじゃないか、と。

朝吹　はい。そりゃそうですよね（笑）。猫の名前をひらがなにすると、音の響きも面白い感じになるし、いいなと思って。作句は、土地への挨拶をしたり、定型のリズムがあったり、あるいは「かな」とか「や」を使った「切れ」の美しさをなんとなくじゃなく、理解するのが難しかったです。でもそれ以上に、句会で選句することの難しさに呆然《ぼうぜん》としてしまいました。

穂村　短歌もそうだけど、長くやっている人ほど脳内データベースが発達しているから、選句や選歌が有利になるんですよね。瞬時に頭の中で検索が行われて、類句・類想みたいなものがばーっと出てくる。どんな句を作っても「それなら、過去にこういう句があります」と言われてしまう大変さはありませんでしたか。

朝吹　でも、それを知るのは楽しくもあって。例えば、「桜」を『新編国歌大観』（KADOKAWA）で調べると、それはもう膨大な数の歌が出てきますよね。同じ「桜」であっても、時代によって詠み方も、付随する言葉も様変わりするということを学べたのは、すごく面白い経験でした。

わからないけれど惹かれる歌

朝吹　話は変わりますが、十七年ぶりの新しい歌集『水中翼船炎上中』（講談社）がついに刊行されましたね。おめでとうございます。

穂村　ありがとうございます。

朝吹　装幀《そうてい》もすごく美しいですね。一首読み終えたあとの余白があって、穂村さんの短歌は、いつも、わかることよりわからないことが多いので、驚いて、しばらく余韻が続きます。

〈**超長期天気予報によれば我が一億年後の誕生日　曇り**〉は短歌っていろんな時間を三十一文字に籠《こ》められてすごいなと思いました。時間の摑めなさを実感する。この一億年という数字の想像しがたさ。曇りなんだって笑いました。具体的な天候だけど、曇りってそもそもはっきりしない空です。

〈**春のプールの夏のプール秋のプール冬のプールに星が降るなり**〉も好きです。毎日夜空に星が光っていることをこんなふうに描けるのだと、はっとしました。水の張られたプールだけじゃなくて、真冬の水が抜かれているすがた、同時に季節が何年もうつろってゆく感じがします。なんなら十年くらいが一首のなかで流れた気がする。

〈**サランラップにくるまれたちちははがきらきらきらセックスをする**〉もすごい。意味がわからない。ＳＦの無菌室のイメージもわくし、電子レンジのなかでくるくるまわりながらすべすべのものがまぐわっているイメージもある。読んだ人によって違う光景が浮かぶ気がします。さっぱりわからないのに、美しい光景で好きです。

〈**クリスマスイヴの鮨屋に目を閉じてB−29の真似をする父**〉は珍しくよくわかって、切なくて、時間の無常迅速さを、一冊のなかで何度も感じました。

超長期天気予報によれば我が一億年後の誕生日　曇り

穂村　弘

春のプール夏のプール秋のプール冬のプールに星が降るなり

穂村 弘

恋愛がわからない

穂村　朝吹さんの長篇《ちょうへん》小説『TIME《タイム》LESS《レス》』の主人公の女性「うみ」は、恋愛感情を持たぬまま、ただ「交配する」という約束のもとに高校時代の同級生と結婚します。恋愛を、むしろ積極的に「したくない」とする感情が丁寧に描かれているところが強く印象に残りました。一方で、恋愛以外のパートナーシップが、多様な形で存在しているのも面白かった。

朝吹　「恋愛はしなければいけないものなのか？」という疑問が常々あって。恋愛する自由があるように、恋愛しない自由があると思うんです。「好きな人いる？」といった会話って、特に学生の頃は、ほとんどコミュニケーションツールですからね。

穂村　〝恋話《こいばな》〟ね。

朝吹　そもそも恋愛というものが、いまだによくわかっていないところがあると思います。恋話による繋がりみたいなものが本当に苦手でした。いまはちょっとは変わってきたけれど、でも、学生時代、「恋愛をしない人」は世の中にいないと思われているフシがあった。なぜみんな、そんな簡単に人を好きになったり、好きじゃなくなったりするのか。そして、その相手を、何の疑問もなく「異性である」と選べるのがふしぎ。

穂村　僕にとっては恋愛はずっと貴重品で、モテなかった高校時代は「このまま自分を好きになってくれる人が現れず、ずっと一人だったらどうしよう？」という不安に苛《さいな》まれていました。それ以来、恋愛は憧れですね。

朝吹　でも、恋愛をしたくないと思っている人も一定数いると思うんですけど。

穂村　ええ。どこかで「恋愛＝良いもの」という感覚を刷り込まれるんでしょうね。同時に、そう思えないのは何かが欠けた人間、みたいなイメージも植えつけられる。もっとも、恋愛に近づけなかった僕からすると、朝吹さんのそのクールさは、目の前にごちそうがあるのに「食べたくない」と言っている人のように見えて憎らしいんだけど(笑)。これも刷り込みのせいでしょうか。

朝吹　そんなことを言いながら、穂村さんはすごく人に好かれているじゃないですか(笑)。

穂村　好かれたいから好かれるように振る舞ってしまう。良いことかどうかわからないんです。僕は、人を見た瞬間「この人の中で僕は何点になるかな」と常に考えてしまう。でも、世の中の人々全員に対して好印象・高得点を維持するのは不可能です。だからつらい。いっそのこと、他人の思惑を歯牙にもかけぬ振る舞いができる人になれたらいいんですけどね。そんな傍若無人な人、個人的には関わり合いたくないけど(苦笑)。

読めない時計と入り混じる時間

穂村　新作のタイトルはなぜ『TIMELESS』に?

朝吹　長い間、時計を読めなかったことが大きく関係していると思います。作品の内容に、直接的に関わってくるわけではないのですが。あ、『水中翼船炎上中』に、〈**おとけいのかおがよめないおともだちひとかたまりにあつめられてる**〉という歌がありましたね。小学生時代の私は、まさにそのタイプで。他のみんなは、十五分間の休み時間だから、何分になったら次の教室に移動して――と逆算して考えることができるのに、自分はどうしてもできない。

穂村　『TIMELESS』は、タイムスリップもあるし、時間が普通の流れ方をしない小説ですよね。じゃあ、今の時間の対する感覚はどんな感じですか。

朝吹　今でも捉えがたい、不思議な存在だと思っています。例えば私は、時々「お父さんを産んだ」というような感覚を覚えることがあるんです。もちろん、そんなはずはないことはわかっているのですが、そうした視点で父親をみている瞬間がある。道を歩いているときにも、急いでいるときは今の時間しか見えないけど、ほんとうは時間がたくさんの筋になって同時に流れていると感じることがあります。

穂村　時間って、ある客観的な規則性に従って直進するものという前提があります。それは不可逆で、必ず死に向かって、着実に一歩一歩進んでいる、と。しかし、そうした現代の共通認識も、時計を読めるようになる前の子どもとか、それ以前の時計のない時代の人たちには通用しないわけですよね。ならば、時間もほんとうは不可逆ではないのでは？　と思えてくるんです。

因果律と整合性

朝吹　時間の不思議といえば、以前ある女性と初対面ですごく意気投合して、人生に一度あるかないのかのすごいホテルの部屋に泊まっているからおいでよ、と言われて、遊びに行ったことがあります。そこは五十数階の超高層階で、窓の外に雲があるように見えて、その部屋で電気もつけず、ただ雨粒を眺めながら何時間もおしゃべりをしました。私には、その時の会話が、今もあの場所で続いているように思えるんです。いつまでも過去になってゆかない感覚です。

穂村　そういう描写って、短歌にも出てくるし、僕自身も書くことがあります。現実的にはどういうことなのか……。

朝吹　ありますよね。まぁ私が「そうだ」と思っているわけだから、それも「ほんとうの時間」なんじゃないかなと思います。

穂村　我々は今ここにいるけれど、実は過去のあらゆる時点に存在した自分も同時にここにいる、みたいな考え方ってありますよね。あるいは、もうずっと昔に死んでしまった祖父母が、今も自分と一緒にいるように感じられる、とか。そういう感受性は確かにあるのだけど、僕はそれを詩的なふわっとした感じではなくて、もっと厳密に、理屈の立つ形で捉えたいという気持ちが強いんです。例えば、A地点からB地点に行くにあたって、どう行って、どこを曲がって、歩数はこれくらいで、時間はこのくらいかかる――そういう身体的なリアルさを覆すようなもう一つの現実感を求めてしまう。

朝吹　例えば、同じような時間帯に、全然違う場所で、私は母の声を聞き、母は私の声を聞いたという経験があるんですけど、それって私たち親子の間では普通のことなんです。そういったことに、ことさら整合性を求めない。え、何分ごろ？　とかくわしく聞かない（笑）。かといって意味づけもしなくて、そうか、と受けとめるだけなんですが。でも、穂村さんはそうじゃないということですか？

穂村　その小さな奇《き》蹟《せき》を新しい現実として定着させたくなるというか。僕はすごく整合性を重視するし、そのシチュエーションを限定して、再現性を求めると思います。因果律で物事を考えているんでしょうか。

朝吹　私は、因果律をそれほど信用してないかもしれません。あと思い込みで互いに声が聞こえても誰かに失礼があるわけではないので（笑）。

穂村　時代によって変わり得るものではありますね。じゃあ、そのお母さんとのエピソードみたいなものは、ランダムに起こる現象なんですか？　何の理由もなく、ある時たまたまそうなっただけで、特に理由や条件みたいなものがあるわけではない？

朝吹　そこに大きな宇宙の法則があるのかどうか、ということですか？　私は不思議を不思議のままにしたいのかもしれないです。

穂村　整合性を気にしないところにそれは起こる、みたいな感じなのかな。

「無《む》垢《く》な日本で」について

穂村　昨年（二〇一七年）、「無垢な日本で」で第六十回短歌研究新人賞を受賞した小《お》佐《さ》野《の》彈《だん》さんの授賞式に行ったら、朝吹さんもいらっしゃっていてびっくりしました。

朝吹　彼は、穂村さんも同人である「かばん」のメンバーなんですよね。実は小佐野さんは、小学校時代の一つ上の先輩で、演劇クラブで一緒だったんですよ。当時私は男子が苦手だったのですが、彼は優しくて、会話もすごく面白かったから仲良くなれた。なんの話をしたのかまったく覚えてないんですが、すごく楽しい時間を過ごさせてもらいました。一年半にわたって文通もしていたんです。そしてそれは、私にとってすごく大事な時間だったな、と思います。

穂村　それ以降、つきあいはあったんですか。

朝吹　いえ、中学一年生以来の再会が昨年のことで。Facebook《フェイスブック》経由で連絡が来たんですよ。それで今、短歌を作っていること、台湾でお仕事をしていること、オープンリーゲイであることを知りました。

穂村　オープンリーゲイという言葉は、小佐野さんから聞いて初めて知りました。ゲイ（男性同性愛者）であることを誰に対しても公表している人のことですよね。

朝吹　「無垢な日本で」は非常に物語性の強い連作で、歌の中にひとりでいるよるべなさが織り込まれていて、裸の感情が描かれているように感じました。

穂村　読み進めるに従って、そのまなざしが、タイトルにもなっている「無垢な日本」というものにフォーカスしていくような印象を受けました。ここで言う「無垢」というのは、恋愛といえば異性愛で、異性愛の帰結は結婚で、結婚したら子どもが生まれて――みたいなことを普通とする感覚のこと。そして、そこに他の可能性があるとは一切考えが及ばない、いわばマジョリティ（多数派）の思考のことですよね。心の痛みを伴った、アイロニカル（反語的）なタイトルだなと。

作者の体験を反映する歌

穂村　「無垢な日本で」を読み解く鍵となるのは、やはり彼のゲイとしてのスタンスや視点でしょう。例えば、**〈金色の信玄公は踏みつけるわたしを棄てた故郷の駅を〉**という歌。察するに、「わたし」の故郷では、性的な多様性はあまり認められていなかったのではないでしょうか。そして、**〈東京はやっぱりいいね人間が赤や黄色の羽根持ってゐて〉**。いろいろな色――いわばレインボーカラーはL

GBT（性的少数者）などの象徴です。つまり、多様な人々の住まう東京という街を知ったことで、少し呼吸が楽になったのでしょう。とはいえ、日本という、多様性に寛容とはいえない国の性的規範は、まだまだ自由には程遠い。

朝吹 **〈どれほどの量の酸素に包まれて眠るふたりか　無垢な日本で〉**は、まさにそんな気持ちを詠った作品だと思います。

穂村 **〈胸元に青いたしかな傷を持つあなたと父の墓石を洗ふ〉**の「あなた」は、同性の恋人のこととして読めます。この歌の悲しみが胸に迫る、という感想が選考の中でも結構ありました。墓石の中の人、すなわち父の側からすると、妻と一緒に参ってくれれば歓迎するが、男の恋人と一緒なら歓迎しないということがあり得るんじゃないか、と。

朝吹 この歌には、彼の友達の間でも賛否両論あったそうです。君はオープンリーゲイなんだから、家父長制の象徴である父の墓石を洗っちゃダメだろう、むしろ蹴るくらいじゃないと、なんて意見もあったとききました。歌を詠むときに墓石を洗っている光景がでできたのであれば、それにしたがって書いていいのでは？と思います。思いと行動に矛盾を孕んでいるのも普通だと思うんです。

穂村 そうですね。父の墓石と家父長制がどの程度イコールなのかもわからないですよね。

朝吹 彼が家父長制を否定したいかどうかは歌からはわからない。「お父さんに認めてほしい」という気持ちがあるから洗ったんだろうなと。小佐野さんからきいて、すごく面白い話だと思いました。

言語表現と倫理観

朝吹 「無垢な日本で」のように、作者の生き方や感情、パーソナル

金色の信玄公は踏みつけるわたしを棄てた故郷の駅を

小佐野 彈

亡き母の真赤な櫛で梳きやれば山鳩の羽毛抜けやまぬなり

寺山修司

な体験が反映されているであろう短歌がある一方で、そうではない作品もありますよね。例えば、第五十七回短歌研究新人賞を受賞した石井《いしい》僚一《りょういち》さんの「父親のような雨に打たれて」では、父親の死が詠われています。でも現実には、作者の父親は存命で、祖父の死を父親の死として書いていた。そのことに対する強い批判があったと聞いて、短歌には、「ほんとうのこと」を詠まなければならないという暗黙の前提があることを知らなかったので、驚きました。

穂村　ずっとくすぶり続けている問題ですね。例えば、寺山修司は短歌の中で幾度となくお母さんを死なせていますけど、現実には彼よりも長生きしています。彼らの世代がそうした虚構の歌をたくさん作っていたにもかかわらず、何十年後の今でも、「短歌における現実性」の問題が浮上してくるわけですから。これは、「文体」とセットで考える必要があると思います。寺山と石井さんの文体は、根本的にかなり違っています。例えば、寺山の〈**亡き母の真赤な櫛で梳きやれば山鳩の羽毛抜けやまぬなり**〉という歌を読んで、「ほんとうのことだ」と思う人はいませんよね。だって、抜けやまぬほど梳《す》いていたら、山鳩《やまばと》は暴れて逃げるに決まっているもの（笑）。つまり寺山の文体は、そもそも虚構性の上に成り立っている。対して石井さんの〈**遺影にてはじめて父と目があったような気がするここで初めて**〉は、近代以降の、日記のようにあったことを律儀に書くリアリズムの延長線上にある文体です。それは性質上、基本的に「事実を書く」ということとセットで展開してきた歴史がある。

朝吹　一目でそこにフィクション性が見て取れないと、「ほんとうのこと」という前提で読まれてしまうわけですね。

穂村　小説でも、私小説と、虚構性の高い小説の文体とでは、読み手側の意識も違ってくると思うんです。人の生き死にの問題を扱う時などは、特に。例えば、現実には被災していない人間が、そうした内容を私小説の文体で書くと、抵抗を感じる人がいても不思議じゃない。そうした倫理観が、言語表現の限界を規定していることには時々絶望を感じますが、如何《いかん》ともしがたいんですよね。

小説の中での〝リアル〟

穂村　石井さんの歌は、「泣ける」というところでも読めてしまうから、読者は裏切られたと感じてしまうのでしょう。寺山のお母さんが死ぬ歌を読んでも、単純に「泣ける」とは感じないじゃないですか。人間一般を意識した、大きな意味での「母と子」の表現だから。また同じ虚構でも、人の生死や、震災のような人がたくさん亡くなった出来事などに関わることだと、そのジャッジがすごく厳しくなっていくのだと思います。そこに文章の特殊性がある。だって、音楽を聴いたり彫刻を見たりして「これは、どこまでがほんとうなんですか？」と聞く人はいませんからね。

朝吹　実際に死んだのは祖父だけど、その死を、祖父と孫（自分）の関係からではなく、父（祖父）の死を子（父親）がどう思ったのか、という視点から捉えたかったとしてもNGなんですか？

穂村　原理的にはOKだと思います。大きな「父と子」の物語ですね。朝吹さんは、自分の家族や友達がしたことに基づいて小説を書くことはある？

朝吹　はい。たくさんではないですけど。

穂村　現実の出来事と、すごく虚構度の高いものとが織物のようになっていくわけですよね。ご自分の中に、その際のルールみたいなものはありますか。

朝吹　小説にとってのほんとうといえるようなものを探しつつ書くのを心がけています。

穂村　つまり、その小説内においての「リアル」を追求するわけですね。

朝吹　はい。そこがうまく行っていれば、実際のエピソードも、実際には存在しないエピソードも等価である、という考えです。その小説の中で「ほんとうのこと」として存在する事象を成立させるための言葉やリズムがあって、それによって物語が支えられているという意識が強いです。

時間の順接性に抗う

穂村　小説の評価で、「人間が書けているか」どうかを重視する傾向が昔からありますよね。これは僕の勝手な解釈ですが、その根底には、「死」という価値観の共有があると思うんです。誰もがいずれ死すべき運命にあるということから逆算して、「人はこういう時には、こうなるべきだ」という考えが共同体の中で体系化されている。そして、それにそぐわない行動は「おかしい」と感じやすいのだと思います。

朝吹　短歌にも、そうした評価の傾向はあるのですか？

穂村　短歌のリアリズムは、時間の〝順接性〟を基本的に疑わないところがあります。人の生きる時間は不可逆で、皆必ず死ぬ。近代以降に発展した短歌は、その摂理に対して従順な態度で記述していくことが最良であり、それが面白い短歌を作る一番の近道である——ということになっている。

朝吹　だから、父の死を詠むなら、それは必ずほんとうのことで、自分の父のことでなくてはならないわけですね。そうじゃないと、時間の順接性に逆らうことになってしまうから。「死」が作品の在るべき姿を規定しがちなのは、短歌も小説も同様なのですね。正直私は、もっと自由でいいと思うのですけれども。

穂村　僕も、ずっと抵抗感を持っています。見方によっては、時間は不可逆でもなんでもない。なぜなら脳内では、つまり想念の中では、時間なんて平気で進んだり戻ったりするものですからね。その自由さを取り込めれば、もっと面白い形式の短歌が生まれ得ると思っています。朝吹さんは、「死」についてはどのように考えていますか。

朝吹　昔から、すごく近くにあるという感覚があります。小さい頃から、父親と母親が自分より先にいなくなってしまうということが恐ろしくて、それは今でも変わりません。

穂村　僕はすでに母親を亡くしているのですが、入院中、その寝顔を死に顔だと思う練習をしていたことがあって。必ず目を覚ますから安心して練習できたんだけど、本当に死んだ時、いよいよ練習の成果を試そうと思って死に顔を見たら……絶対的に練習の時とは違っていて、頭が真っ白になってしまった。

朝吹　すごくいい話ですね。うちの母は、私の祖父が亡くなった時に「すごく楽しそうで、幸せそうで嬉しい」と言って、その死に顔を写真に撮っていました。その後、母はよく「元気な時のおじいちゃんと、死んだ時の晴れやかな顔したおじいちゃんの両方を思い出す」と言っています。普通、故人を偲《しの》ぶ時って、元気な時の姿を思い出すものじゃないですか(笑)。死に顔を楽しく、懐かしむように思い出すのって、すごいなと。でも両方を思い出せるというのは、何だか豊かな感じがします。

穂村　「死」や「恋愛」など、どんなに共通認識があると思っている事柄にも、実は大きな個人差があるということですね。そうした多様性を確認できて、ちょっと安心しました。いろいろでいいんだな、って。

(対談・二〇一八年四月十二日)

小澤實

俳人

お互いの最新句業と最新歌集を読み込んで臨んでいただいた俳人と歌人の対話です。それぞれの好きな作品を素材に、短歌と俳句の表現の違いや資質、短詩形文学の未来までざっくばらんに語っていただきました。果たして、歌人と俳人では、どちらが二枚目意識が強い？

おざわ・みのる　俳人。一九五六年、長野県生まれ。俳句雑誌「澤」主宰。読売新聞・東京新聞の俳壇選者を務める。句集に『砧』『立像』（俳人協会新人賞）があるほか、第三句集『瞬間』で二〇〇六年に読売文学賞を受賞。著書に『俳句のはじまる場所――実力俳人への道』（俳人協会評論賞）、最新刊に『名句の所以　近現代俳句をじっくり読む』（毎日新聞出版）。

俳句の「短さ」の中で

穂村　小澤さんとは、短歌と俳句が一緒に論じられるような企画ではよくご一緒しますが、こうして二人でじっくり対談をするというのは、実は初めてですね。

小澤　そうなんです。とても楽しみにして来ました。

穂村　小澤さんの近作を楽しく拝見しました。面白い作品がたくさんありますが、例えば、「足跡」という作品の中の〈**蜃気楼温泉玉子すすりけり**〉（「俳句」（KADOKAWA）二〇一七年六月号）はすごく好きな句です。以前は、こういう句の読み方は、初句の「蜃《しん》気《き》楼《ろう》」で一旦切れて、その次に来る「温泉玉子すすりけり」との間には時空間的に大きな距離がある——つまり大きく隔たった言葉同士がぶつかり合うところに面白さがある、というふうに理解していました。でも、小澤さんに伺ったら、「え、違うよ」って。そこまで宇宙の果てと果てみたいに離れているわけではなくて、言うなれば、物事と「その背景」のような関係性なんだと教えてもらいました。だからこの場合は、「温泉玉子をすすっている場所＝蜃気楼が名物の土地」というような読み方をするわけですよね？

小澤　はい。俳句は五七五しかないから、短歌と違って二つの場所や時間を詠めません。だから、「蜃気楼が見えるところで温泉玉子を」という句にならざるを得ない。

穂村　この句の舞台は、具体的にはどこなんですか？

小澤　フィクションの句ですけれど、富山の辺りのイメージですね。一度本物の蜃気楼を見てみたい、という憧れから作った句です。

穂村　僕がなぜそういうふうに思ってしまったかというと、「二物衝撃」とか「取り合わせ」という言

蜃気楼温泉玉子すすりけり　**小澤實**

葉を先に覚えたからなんです。ものすごく異質な言葉が一つの句の中にパッケージングされていて、それらが遠いもの同士であればあるほどいい、と思っていた。

小澤　もちろん一句の中で、言葉を駆使してどれだけ飛躍できるか、という勝負をすることもあります。でもこれは、そのまま素直に読んでもらっていい句ですね。

俳句の原則をズラしたい

穂村　俳句でいちばんよくわからないのが「切字《きれじ》」なんです。「や」「かな」「けり」あたりが一般的でしょうか。僕は、「〜や」と名詞にくっつく単純な形くらいしか思いつかないのですが、小澤さんの句を見ると〈**風船の紐を握るや痕つくまで**〉（「澤」二〇一八年六月号）のようなものもある。「切字」は、どこで使ってもいいのですか？

小澤　その箇所を強めたい時や、響きを良くしたい時は、どこで使ってもいいです。

穂村　僕だったら、初句が五文字でぴったり収まる場合は「や」は入れないけど、四文字なら一文字足りないから入れよう、と安易に考えてしまいそう。初句が「カブトムシ」なら入れないけど、「クワガタ」だと一音足りないから「クワガタや」にしちゃえ、みたいな。でも、それじゃダメですものね。

小澤　ダメじゃないですよ。

穂村　え、いいの!?　「切字」って、もっと深遠なものだと聞いていたんですけど。例えば、小澤さんの〈**春の雲怒りて眼寄りにけり**〉（「澤」二〇一八年七月号）という句。まず「春の雲」が背景的に提示され、その後に仏像の表情と思《おぼ》しきものが詠まれている。前後が響き合うような形になっていますが、この間には切字はありませんね。最後に「けり」がありますが。

小澤　「春の雲」で切れています。

穂村　同じ連作中の〈**新緑や吊橋を吹き上がる風**〉のような「や」のある句と比べると、やはり切字があるほうが、より強く切れていますよね？

小澤　強く切れてはいるけれど、「春の雲」の五文字で切れる時も、それにかなり近い強さではあると思う。「や」ほどには決まらないけれど、それに近い強さはある。きっちり上句が五字詰まっていて、かつ名詞である場合は、十分それで切れます。この句に関しては、「春の雲眼怒りて寄りにけり」にすればもっと切れが明らかに読みやすくなるんですけどね。

穂村　それなら「あ、ここで切れているんだな」というのがわかって、「春の雲」が背景だということがよりわかりますね。でも元の句だと、俳句を読み慣れてないと「春の雲が怒って寄り眼《め》になっちゃったなのかな、シュールな句だな」と思ってしまうかもしれない。でも、その危険を冒してでも、やっぱりこの語順がいい？

小澤　それがベストかどうかはわかりませんが、そうしたかった。「春の雲眼怒りて〜」は、名詞と名詞が接すると、そこに切れが生まれるという俳句の原則からすれば正しい。でも、それをちょっとズラして遊んでみたかったんです。

ぐわんぐわんする句形？

穂村　語順といえば、**〈ラーメンの煮干にほふや花の昼〉**（同）も面白かった。この句は、まず「ラーメンの匂いがするぞ」というところから書き起こしていますが、初句に「花の昼」を持ってきても作れますよね。この辺の判断は、どうすれば適切にできるようになるのでしょう？

小澤　うーん、いろいろ試してみて据わりのいいものを——ということでしかないんですけどね（笑）。

穂村　僕だったら、「花の昼」のほうが初句っぽいから、考えずに上に置いちゃう気がします。いきなり「ラーメンの」と始めるのは勇気が要るなぁ。

小澤　俗の極みから行って、おもむろに雅な「花」が出てくるところを楽しみたいんです。

穂村　そのほうが面白い句になるのは、完成形を見ればわかるんですけどね。で、そういう俗と雅という相反する言葉同士をぶつけることで生まれるポエジーは理解できるんです。一方、**〈宗祇の墓にもっとも近き蟬の穴〉**（『澤』二〇一六年十月号）は、ある情景を「室町時代の連歌師・宗祇《そうぎ》の墓に一番近い蟬《せみ》の穴」と言語化することでポエジーが生まれています。それはわかるのですが、なぜ〝一番近い蟬の穴〟なのかがわからない。

小澤　僕は宗祇への憧れがあるんですけど、蟬が僕の代わりに彼の墓の近くに居てくれている、というイメージなんです。

穂村　あ、そういう意味なんですね！　宗祇を好きな蟬がいて、それが俺だ、みたいな感じ。意外でしたが、納得しました。あと、**〈灼け墓に水をかけたり洗ふなり〉**や**〈ぎんやんま飛ぶわが頬をかすめたる〉**（同）は、水やぎんやんまの動きの大きさが伝わってくる句です。そして、これらは動詞＋《プラス》動詞みたいな句ですけど、俳句って、こんなにダイナミックなぐわんぐわんする句形でもいいんだ!?と驚きました。

小澤　俳句は「一句一動詞」とも言われていて、確かにセオリーとしてはそうなんです。句が安定するから。一句の中に動詞を二つ以上使うと、全体のバランスの取り方が難しくなる。

穂村　短歌でも、「動詞は多くても三つまで」などと言われます。もちろん例外はたくさんあるんですけど。これも長さの違いゆえ、なのでしょうね。

俳句精神とボキャブラリー

穂村　好きでついつい詠んでしまう言葉ってあると思うんですけど、逆に嫌いで、作品に出さない言葉ってあります？

小澤　あるとは思うけど、すべてのものに美を見いだすのが俳句の精神なので、嫌いなものはないんですよ。和歌が「雅なもの」を重んじたのとは対象的です。けれども、近代短歌には、あらゆるものを詠もうという、俳句の精神に似たものを感じます。

穂村　歌人は好みによってボキャブラリーが偏る傾向があると思います。小澤さんが好きでつい作っちゃうのは何の句ですか？　食べ物の句は多い気がしますけど。

小澤　多いですね。食べ物に感動して作句するというのは、僕の主宰する「澤」全体でも多いです。

穂村　あと、お酒の句もたくさん

ありますね。俳人は飲まなきゃいけない決まりとかあるんですか？

小澤　わりとありますね（笑）。「置酒歓語《ちしゅかんご》」とは、水原秋櫻子《みずはらしゅうおうし》門の俳人石田波郷《いしだはきょう》の有名なことばです。酒を間に置いて俳句について楽しく話し合わなければならない、というような意味になります。あ、そうそう、嫌いな言葉というのとはちょっと違いますけど、ポリシーとして商品名は使わないですね。でも穂村さんの短歌にはよく出てきますね。〈**カルピスと牛乳まぜる実験のおごそかにして巨いなる雲**〉（『水中翼船炎上中』）とか。

穂村　「カルピス」は使わない？

小澤　「乳酸菌飲料」とするかなぁ。商品名は、坪内稔典《つぼうちねんてん》さんのように好んで使う俳人もいるけれど、僕は使いたくないですね。

穂村　省略形の言葉は？「コンビニ」とか、「デパート」とか。

小澤　許容はしますけど、「コンビニ」じゃなくて、できるなら「コンビニエンスストア」と言いたい。

穂村　「ローソンのおでん」は？

小澤　「コンビニのおでん」にしますね。省略形は使いたくないけれど、さすがに「コンビニエンスストアのおでん」じゃ変だもの。それに、万物にあまねく感嘆するのが俳句精神なので、特定のコンビニエンスストアの味方はできません（笑）。あと思いつくのは、最近「食う」と書くときに口偏を付けた「喰《く》う」を使う人が多い。新聞への投稿でもよく見かけますけれど、あれは好きではないですね。

穂村　どう違うんですか？

小澤　なんか下品な感じがしてしまって。「共喰い」とか「人喰い鮫《ざめ》」とか、季語の「薬喰《くすりぐい》」などの場合には口偏が付いていてもいいんですけど、人が普通に食べる時には変な気がする。その字を使うことで、いたずらに過剰な味を付けるのはどうかと思います。

穂村　なるほど、俳人は歌人に比べ、言葉の選択により厳しいのかもしれないですね。

短歌は二次元、俳句は三次元

穂村　小澤さんは、短歌を作りますか？

小澤　昔、作ったことがあります

いなびかり北よりすれば北を見る

橋本多佳子

けど、僕は恋愛していないと短歌は作れないなぁ。そういう情熱がないと、とても最後の七七までたどりつけないと思う。短歌は刺激的ですね。

穂村 では、詩は?

小澤 高校生の頃、ガリ版刷りで詩集を出したことがあります(苦笑)。

穂村 僕、中学の時のポエムノートが出てきて、ある時人前で朗読したら、「今と変わらないですね」って言われて、ショックでした。では、短歌と俳句の違いって、どういうところにあると思いますか。

小澤 俳句は短歌に比べると、圧倒的に短いです。それで思念を詠むのは不可能です。ものを核に詠む形が中心になる。ものが読者の中で連想を広げる。それが詩型の個性になっていると思います。

穂村 短歌は女性的、俳句は男性的と言われることがありますが、女性の俳句が短歌的に感じられるというようなことはないですか。

小澤 それほどないですね。

穂村 橋本《はしもと》多佳《たか》子《こ》の句を読んで、短歌っぽいなと感じたことがあります。例えば〈**いなびかり北よりすれば北を見る**〉(『紅絲』)とか。「作中主体=本人」と感じられるからか、馴染んだ感覚ですんなり入ってくる。僕には、短歌は二次元的、俳句は三次元的に感じられるんです。そういう意味では、どこかフラットな印象のこの句は、短歌的と言えるかもしれない。僕が俳句を難しいと思うのは、次元の数が多いからなんです。解釈の選択肢の多さに混乱してしまうんですね。

短歌の二枚目意識

穂村 俳句と短歌って、似ているところもあるけど、違いもありますよね。例えば、どちらにも結社があって、句会・歌会といったみんなで詠み合う場所もある。でも、俳人にとっての句会と、歌人にとっての歌会とではちょっと性質が異なる気がします。まず、回数が違うと思うんです。俳人って、かなりの頻度で句会をやるでしょ。

小澤　確かに、三日に一回くらいやってる。というか、そうじゃないと句ができない。

穂村　歌人も、よく寄り集まると言われていますが、歌会の頻度はそこまで多くないと思います。僕は年に一、二回しか歌会に出ませんし、一番出ていた時でも、月に一、二回がせいぜいでした。あと、短歌のほうが密室で作るようなイメージが強いかな。

小澤　歌人も吟行はしますよね。

穂村　でも俳人と違って、そこで作歌するのをメインにしている人はあまりいないと思うし、「吟行は苦手」という人も多いですね。あらかじめ題が決められている「題詠」が苦手な人も少なくないですし、やっぱり内発的なモチーフのほうが上位にあるから、フットワークが重くなるのかも。

小澤　真面目な感じですね。

穂村　俳句も真面目だとは思いますよ。でも、その質が違うというか。「多作多捨」って俳句の言葉だと思いますけど、まさに反射神経が問われようなイメージがあります。「俳句スポーツ説」っていうのもありました。

小澤　俳人の波多野爽波《はたのそうは》ですね。「とにもかくにも理論より実行。練習に練習を重ねること」と実践論を説いた人。爽波の句会に行ったことがありますが、彼が『ホトトギス雑詠選集』（高浜虚子《たかはまきょし》選）を読み上げて、句会出席者全員でその書き取りをするんですよ。それで、どこまでちゃんと理解しているかがわかるから、って。

穂村　まさに千本ノックだ。あと歌人は、俳人よりも二枚目意識が強い気がします。

小澤　面白い視点ですね。

穂村　歌人は昔から二枚目ふうに振る舞うことにてらいがない。「俺はそんな二枚目じゃないから、こんな格好いい歌は詠めないな」なんて恥ずかしがる人は、そもそも短歌をやらない。もっとも最近は、枡野浩一とか斉藤斎藤のように「自分の顔や体重に見合った歌を作らなくちゃダメだ」と言う歌人も出てきたから、その限りではないかもしれませんが。

小澤　現代俳句でも二枚目風に作る人が多いような気がする。一方、さっき名前の挙がった爽波には**〈だから褞袍は嫌よ家ぢゆうをぶらぶら〉**（『波多野爽波全集』第二巻）という句があって、これなんかは全く逆方向の句です。

穂村　これは爽波が誰かに言われたセリフ？

小澤　「褞袍《どてら》」だから、奥さんに言われている感じがしますよね。自分のだらしないところを面白がって、そこに俳味を見いだしている。三枚目路線の面白さがある句です。

作中主体は誰か？

小澤　短歌と俳句の違いといえば、叙情の量は短歌のほうが多いですよね。以前トークイベントでご一緒した時、穂村さんの挙げる名歌に「美し」という、いわば主観的な言葉が生きているものが多くて、それが短歌の特徴の一つだなと思いました。

穂村　与謝野晶子の**〈清水《きよみづ》へ祇園《ぎをん》をよぎる桜月夜《さくらづきよ》こよひ逢ふ人みなうつくしき〉**（『みだれ髪』）をはじめ、近代短歌には、特にそうした傾向が強いです。

小澤　俳句でも「美し」は使うんだけど、なかなか成功しないし、名句と言えるものもほとんどない。やっぱり俳句だと、長さの制約もあって、「美し」という言葉が芸術に昇華されるまで行かず、表現としては「甘え」で終わってしまうことが多いのかもしれない。

穂村　現代短歌は、戦後に俳句から多くのエッセンスを輸入したこともあって、近代短歌のように、そうした主観的な言葉に思いを託す感じは少ないと思います。直接的な感情表現を避けようとしたり、〝モノ〟に語らせようとしたりする傾向が強い気がしますね。

小澤　でも僕は、自分が、つまり作中主体が句に直接手を下しているように作りたいという気持ちが強くて。

穂村　短歌のほうが、作品の中に「われ」とか「わが」という言葉が出てくる頻度が高いですよね。だから作中主体の強度は短歌より俳句のほうが弱いものなのだと思っていたのですが、そうでもない？

小澤　と思いますけどね。

穂村　じゃあ、例えば小澤さんの**〈ズボンのベルト抜き猿打ちぬゐのこづち〉**（『澤』二〇一六年十一月号）の作中主体は？

小澤　僕は長野県のある所に句会指導に行っているのですが、その辺りには猿が出て、いろいろな悪さをするそうなんです。猿が家の中に入ってきて、わが物顔で冷蔵庫の中のものを食べていたりとか。これは、もし僕がそういう状況に出くわしたら、どんな行動を取るだろう？　と考えながら作った句です。つまり想像ではあるけれど、作中主体はほぼ自分と重なります。

穂村　面白いですね。もっと漠然と、第三者的な視点の句だと思って読んでいたのですが、なるほど、これは小澤さんのベルトだったんですね（笑）。でも、その長野県通いのことを知らない読者は、句を完全には理解できないのでは？

小澤　俳句は、作品の背景を読者と共有していなければならない、とは必ずしも言えないと思います。背景はわからないかもしれないけれど、僕はそう詠みたかった。

俳句における文語と口語

穂村　「作者＝作中主体」は俳句全般に言えることなのでしょうか？　それとも小澤さんの句がそうだということ？

小澤　俳句全般に言えることだと思います。正岡子規《まさおかしき》以来、もっと言えば芭蕉以来、作者の人生・境涯に根ざした句を詠んできました。それ以来の伝統が、今でも強く生きていますからね。前衛俳句の高柳重信や赤尾兜子《あかおとうし》のような人たちはちょっと違うでしょうけど。

穂村　例えば、重信の〈**船焼き捨てし／船長は／／泳ぐかな**〉（『蕗《ふき》

ズボンのベルト抜き猿打ちぬゐのこづち

小澤　實

神護景雲元年写経生昼寝

小澤實

子《こ》』）は、作中主体が「船長」ですものね。

小澤　でも僕には、その船長は、高柳の顔をしているように思えるんですけどね。

穂村　なるほど。俳句と短歌は、ジャンル的にはお隣さん的な間柄ですが、こうして話を聞くと、わかっていないことばかりだなと痛感させられます。僕には「わからない名句」というのが結構あって、それでよく「これがわからないのだから、僕には俳句は無理だな」と思ってしまうんです。例えば、飯田蛇笏《いいだだこつ》の〈**芋《いも》の露《つゆ》連山《れんざん》影《かげ》を正《ただし》うす**〉（『山廬集《さんろしゅう》』）は有名な句ですけど、どういう意味で、どの辺によさがあるのかよくわからない。

小澤　芋畑に立派な葉っぱがあって、そこに露がある。かなたには連山があって、その影が居ずまいを正しているように感じられる、という感じですかね。露——すなわち水滴、そして連山。極小の近景と、極大の遠景とのバランスが取れていて、均衡しているところが素晴らしい。

穂村　うーん、そうか、何となく感覚的にはわかるんですけど、「連山影を正うす」という言葉と自分との間にすごく距離を感じます。もちろん、昔の句だからというのもあるのでしょうけれど。

小澤　大正期の作品ですからね。俳句の文語性が強かった頃の句だと思います。

穂村　でも俳句って、短いからか短歌ほど「文語か口語か」を意識させない作りになっていますよね。先程、「一句一動詞が基本」というお話がありましたが、用言が多く使われていなければ、文語か口語かはあまり気にならないわけで。

小澤　動詞がない句だってありますからね。ほとんどが名詞で出来ている句は、ほぼ口語と同じようなものとして読めてしまう。例えば、僕の句で言えば〈**神護景雲元**

年写経生昼寝〉（『瞬間』）とか。

穂村　だから俳句の場合は、短歌が口語化によって激変したというような現象が起きていないのか。

小澤　「切字」も捨てませんでしたし、鎌倉・室町時代の連歌からほとんど変わらず現代まで来ているとも言えます。その意味では、俳句はアナクロニズム（時代錯誤）的なところのある詩だと思いますね。

〝憧れ〟は大事

小澤　穂村さんの新しい歌集『水中翼船炎上中』、非常に面白く読ませていただきました。そうそう、この歌集の中に俳句が一つ入っているのに気づいたんですよ。

穂村　え、俳句？

小澤　〈**「なんかこれ、にんぎょくさい」と渡されたエビアン水や夜の陸橋**〉です。「エビアン水や」の「や」が、切字になっています。これは中七《なかしち》（五・七・五の中の七音）で切って、下五《しもご》に名詞を置くという俳句の形です。十数音を字余りとして上五《かみご》に使っていると読みました。「にんぎょくさい」に夏の季節感を感じるので、それもまた俳句っぽいですし。

穂村　思い出しました。これは確かに切字を意識して作った歌です。俳句では、「や」の位置を上五でなく中七などに下ろすことがありますよね。あの技が格好いいなと思っていて、短歌でまねしてみたんです。俳句への憧れというか。ちなみに、小澤さんの句には、終止形を外して終わるパターンがけっこうありますよね。例えば〈**ぎんやんま飛ぶわが頬をかすめたる**〉とか。あれは俳句にはよくある形なんですか？

小澤　割とありますね。

穂村　格好いいですよね。俳句への憧れといえば、塚本邦雄は〈**ほほゑみに肖てはるかなれ霜月の火事の中なるピアノ一臺**〉（『感幻樂』）という短歌を書いていますが、あの上句のスタイルは確か、横山白虹《よこやまはっこう》の〈**ラガー等《ら》のそのかちうたのみじかけれ**〉という俳句に触発されたはず。

小澤　白虹の代表句ですね。

穂村　塚本に憧れていた僕ら世代はこぞってまねをしたんですけど、なかなかうまくいきませんでした。

小澤　これからでも遅くないです、ぜひやってください(笑)。

穂村　憧れるのは大事ですよね。それで表現の幅が広がることもあるから。

触感とノスタルジー

小澤　穂村さんの歌集の話に戻ると、〈**ブラウン管にぺたっとつけた足の裏　みんみんみんみんみんみんみん蝉が**〉では、すごく懐かしい気持ちになりました。「ブラウン管」は、僕らが子どもの頃の、あの分厚い箱状のテレビですよね。自分も、あの画面のところに足をつけて涼んだよなぁって。それから、〈**大晦日、もうとれそうな歯をねじる、こんなに、こんなに、こんなに、こんなに、こんな**〉も、強烈に子ども時代を喚起させる歌です。子どもの頃、抜けそうな歯を自分で取ろうとした経験は誰でもありますよね。最後の「こんなに」が続くのは、すぐ取れるかと思った歯が意外にもしぶとくて、四回目のねじりでようやく弾《はじ》け飛んだ――という動作の一種の省略ですが、この箇所のリアリティには魔術的なものを感じました。ぺたっと足をつけるのも、歯をねじるのもそうですが、今回の歌集の重要なキーワードに「触感」があると思います。目の力ではなくて、手とか足とか、体のいろいろな部分で世界を捉えていく感じがあった。

穂村　ありがとうございます。

小澤　〈**それぞれの夜の終わりにセロファンを肛門に貼る少年少女**〉は、今はもうないみたいですけど、いわゆるギョウ虫検査の歌ですよね。でも、その言葉自体は使わない。これは俳句における「隠し題」という技法を思わせます。題を隠すことによって、歌がエロチックで美しいものになっているし、何より肛門でセロファンを感じている歌なんて、前代未聞じゃないでしょうか。

穂村　確かに。見立てとしては麻《あさ》倉遥《くらはるか》の〈**トンネルの肛門めがけ突き進む新幹線は坐薬の白さ**〉という歌があったけど、それくらいかな。

小澤　〈**魚肉ソーセージを包むビニールの端の金具を吐き捨てる夏**〉は、歯でソーセージの包装を開封しているわけですけど、これもある意味、舌とか唇の触感が詠われた作品と言えるかと思います。「開封する」と直接的に言わないところが見事ですよね。一番肝心なところは書かれていないのに、どちらかというと些事《さじ》である「ビニールの端の金具を吐き捨てる」という行為によって、それを表現してしまっている。こういうテクニックは俳句でもまねてみたいのですが、やはり音数が少ないと正確には捉えられないので難しいです。即物的に詠んでいるのだけど、その奥にある荒々しい心境のようなものが引き出されてくるところにも魅力を感じます。

短詩形は視覚優位？

小澤　**〈ふとももに西瓜の種をつけたまま畳の上で眠っています〉**も、かわいくて好きな歌です。太ももでスイカの種を感じ取っているわけだから、これもある意味、触感の歌と言えなくもないですよね。この歌は、俳句の本歌取りかな？　とも思ったんです。「澤」の仲間である椎《しい》野《の》順《じゅん》子《こ》の句集『間夜《あいだよ》』（ふらんす堂）に、**〈太腿に西瓜の種や昼寝覚〉**という句があるのですが、これは偶然でしょうか。

穂村　偶然ですけど、確かに似ていますね。触感の話ですが、短歌は初心者ほど視覚寄りの歌を作る傾向があると思います。次いで聴覚があって、嗅覚や味覚や触覚あたりになると、機能させる度合いがだいぶ弱くなる気がします。

小澤　穂村さんは、どの感覚が一番強いのですか？　やはり触覚？

穂村　いえ、僕は視覚が強いですね。過度にビジュアル寄り。でも、悪いことばかりじゃなくて、そういう歌は初心者をはじめ、多くの人に親しみを持ってもらいやすいんです。韻文を読み慣れていない人がなぜ短詩を読めないかといえ

太腿に西瓜の種や昼寝覚

椎野順子

ば、「脳内に絵が浮かばない」ということが大きい。飯田蛇笏の〈**芋《いも》の露《つゆ》連山《れんざん》影《かげ》を正《ただし》うす**〉のような句を僕がうまく読めないのも、絵が浮かばないからなんです。でも、僕の歌から触感を感じ取ってくれたということは、ビジュアルに依存しない表現も多少はできるようになってきたということなのかな。少し自信がつきました。ちなみに俳句だと、どの感覚が優位なのでしょうか。

小澤　俳句も、やはり視覚が強いんじゃないでしょうか。

穂村　やはり人間は、圧倒的に視覚情報に依《よ》る生き物なんでしょうね。あと感覚的なものといえば、オノマトペも難しいです。もちろん、聴覚寄りのものであれば理解できます。例えば雨が「ザーザー」とか、蛙が「ゲロゲロ」とか。でも、雪が「こんこん」になると聴覚とは別の次元になるし、「ムラムラ」のような内発的なものであった場合、解釈に幅があって途端に難しくなる。俳句なら、篠原《しのはら》鳳作《ほうさく》の名句〈**しんしんと肺碧きまで海のたび**〉における「しんしん」なんかは、僕には非常に高度な言葉です。孤独な感じとか、雪が降っている情景なのかとか、いろいろなものを想像させられます。

小澤　含みが多い。でも、その複雑さが同時に面白く、豊かなところでもあるんですよね。

表現における世代間ギャップ

穂村　最後になりますが、俳句の現状を小澤さんはどのようにご覧になられていますか。

小澤　俳人協会の年齢構成を見ると、五十代以下の俳人が極端に少なくて、七十代・八十代で支えているのが現状です。そこで最近では、改革検討委員会で若い人のための俳句賞や評論賞を作ったり、句会を用意したりといった活動をしています。

穂村　バラエティ番組「プレバト!!」（毎日放送）の俳句コーナーも人気があるし、傍目《はため》には人気ジャンルというイメージですけれども。愛媛県松山市で毎年夏に開催される、高校生を対象にした俳句コンクール「俳句甲子園」も盛り上がっていますよね。

小澤　面白い高校生俳人はたくさんいるのですが、それが大学に入ると激減してしまうという問題があって。なかなか続かないんです。短歌のほうではいかがですか？

穂村　ざっくり言えば同じような状態ですね。また、上の世代と下の世代が断絶しているような気がします。これは一九八〇年代以降、急速に進んだ口語化による影響が大きい。文体そのものが大きく違ってしまっているうえに、文化や風習のようなところでもかなり乖《かい》離《り》が進んでいます。例えば、歌壇という共同体に入るには、ある年齢までに歌集を出さなくてはいけないという漠然とした空気があります。でも今、若い人たちには経済的な余裕がないので、自費で歌集を作るのはなかなか難しい。そうするとインターネット上で作品を発表したり、みんなで作った冊子を文学フリマ（文学作品の展示即売会）で売ったりといった、横のつながりが主流になっていきます。歌壇の偉い人に本を送って読んでもらうという、上下関係や謹呈文化は維持が難しくなっています。

小澤　その辺は俳句より短歌のほうが進んでいるかもしれない。俳句の世界でも、結社誌を毎月出す経済的負担がものすごく大きいんです。それがもし電子書籍化できたら、すごく身軽になると思うのですが、今の段階でそっちに踏み切ったら、上の世代を切り捨てることになってしまうし……過渡期にいる難しさがあります。短歌は、若い世代は若い世代で、独自にやっていく感じになりそうですか。

穂村　その傾向は感じています。俳句における季語とか、切字に対する感覚のような、絶対的な共通の基盤がないですからね。俳句は、百年後でも今の形を保っていそうな気がしますが。

小澤　個人的には、今の俳句の形が続いてほしいと思いますが、どうなるかはわからないですよね。季語は残ると思いますが、切字は難しいかもしれない。短歌のように、口語が入ってくる可能性もあるでしょう。

穂村　なるほど。短歌と俳句の違いや共通点がよく見えてきた気がします。ありがとうございました。

（対談・二〇一八年九月六日）

保阪正康

ノンフィクション作家

昭和史研究の第一人者である保阪正康さんとの対話は、昭和天皇の御製《ぎょせい》（和歌）の変遷をめぐる話題からスタートします。激動する時代が短歌にどのような影響を与えてきたのか、確固たる「歴史観」が、昭和と平成という時代と歌との係りを解剖していきます。

ほさか・まさやす　ノンフィクション作家。一九三九年、北海道生まれ。「昭和史を語り継ぐ会」主宰。昭和史研究の第一人者として、ノンフィクション、評論、評伝などの著書多数。二〇一七年『ナショナリズムの昭和』で和辻《わつじ》哲郎《てつろう》文化賞を受賞。著書に『昭和の怪物　七つの謎』『天皇陛下「生前退位」への想い』など。二〇一八年、第七十二回北海道新聞文化賞（学術部門）を受賞。近作に、『昭和史七つの謎と七大事件　戦争、軍隊、官僚、そして日本人』（角川新書）。

御製から読み解く昭和天皇

穂村　いよいよ平成が終わり、新元号になります。このタイミングで昭和天皇にも改めて注目が集まっています。今年（平成三十一年）の一月には、昭和天皇が鉛筆で御製を推敲《すいこう》したとされる罫紙《けいし》と、その歌を当時の側近である徳川義寛《とくがわよしひろ》侍従長が写し取ったとみられる毛筆の書が見つかったことが新聞で大きく取り上げられました。

保阪　毛筆の書は、歌の相談役であった歌人の岡野弘彦《おかのひろひこ》さんから助言をもらうため、徳川さんが昭和天皇のお歌を清書したもののようですね。宮内庁が発表している昭和天皇の御製は約八百首ですが、実際に詠まれた数は一万首に及ぶという話です。僕は、これらを丹念に読み込むことで、昭和天皇の心情が汲《く》み取れるのではないかと考えています。

穂村　すごい数ですよね。歌を書くことを仕事にしている歌人でも、なかなか一万首は詠めません。

保阪　毎年公に発表されていた昭和天皇の御製は、昭和二十年までは歌会始で詠まれた数首だけでした。ところが戦争が終わり新しい時代に入った昭和二十一年からは、その数が一気に増えます。これは、巡幸する機会が増えたことも関係していると思います。そして、戦後の御製を読んでいて気づくのは、昭和天皇が庶民の言葉を覚えられていくドキュメントになっていることです。

穂村　言葉を覚えられていくとは？

保阪　つまり、それまで「現人神《あらひとがみ》」だった昭和天皇が、市井の人々と会話を交わしていく中で、だんだんと国民の感覚を理解されていく記録としても読めるわけです。例えば、昭和二十二年の歌〈**老人《おいびと》をわかき田子らのたすけあひていそしむすがたたふとしとみし**〉。こ

老人《おいびと》をわかき田子らのたすけあひていそしむすがたたふとしとみし　**昭和天皇御製**

天皇は死んでゆきたりさいごまで贔屓の力士をあかすことなく

穂村 弘

れは、田で働く老人を若者が助けながら、農作業にいそしんでいたという風景を描写したお歌です。老人と次の世代が共に助け合う姿に、尊さを見出されているのでしょう。おそらく巡幸時に目にされた車窓の風景だと思われますが、例えば昭和十二年の〈**みゆきふる畑の麦生《むぎふ》におりたちていそしむ民をおもひこそやれ**〉というお歌に比べると、言ってみればより「人間味」が感じられます。この変化の背景には、昭和二十一年に「人間宣言」をしたという意識が強く働いているように思います。

昭和天皇と大相撲

穂村　なるほど。おそらく当時、一般の人々が昭和天皇の歌に親しみを感じたり、安心したりということは実際あったのでしょうね。人間味を感じさせる御製といえば、かなり時代が下りますが、昭和五十八年には〈**ボーイスカウトのキャンプにくははりし時の話浩宮より聞きしことあり**〉と詠まれています。

保阪　皇太子さまの幼少期のお姿を詠った御製ですね。

穂村　微笑ましい光景ですよね。

保阪　でも、人間味を感じさせるとは言っても、昭和天皇が感情を──大きな喜びとか深い悲しみなどを直接にお歌で表現したものはそれほど多くはありません。少なくとも、公式に発表されたものの中には数少ない。そこには、ある種の抑制のようなものがあったように思います。

穂村　だからこそ、戦後巡幸の中で昭和二十二年に詠まれた〈**ああ広島平和の鐘も鳴りはじめたちなほる見えてうれしかりけり**〉の「ああ」は強く印象に残ります。

保阪　確かに「ああ」で始まる昭和天皇の御製はあまり見られません。原爆で多くの被害を受けた広島という戦争を象徴する土地で万感の思いに駆られて詠った、特別なお歌と言えるでしょうね。

穂村　それから、言えないこと、歌にできないこともやはりあったのでないでしょうか。例えば、ご自分の好みをはっきり詠われることはほとんどなかったと思います。フランスを訪問された際に食べたエスカルゴの美味しさを詠った〈**エスカルゴをこのひるさがり味はひてとものものらとたのしくかたる**〉などは例外といっても良いのではないでしょうか。

保阪　今の話で思い出しましたが、穂村さんの新しい歌集『水中翼船炎上中』には、昭和天皇を詠った歌がありました。〈**天皇は死んでゆきたりさいごまで贔屓の力士をあかすことなく**〉。まさに、昭和天皇がご自分の好みを表明されなかったことを詠んだ作品ですね。

穂村　昭和天皇は大の相撲ファンだったんですよね。記者から好きな力士を聞かれた昭和天皇が、その質問に何もおっしゃらなかったという話を見たか聞いたかした記憶があって、子ども心に「天皇陛下って、好きなお相撲さんの名前も言っちゃいけないんだ」とすごく驚いたことが記憶に残っています。保阪さんが、歌人でノンフィクション作家の辺見《へんみ》じゅんさんと対談された『よみがえる昭和天皇　御製で読み解く87年』（文春新書）でも、昭和天皇と相撲の関係が話題にのぼっていましたね。

保阪　「他の力士がかわいそうだから」という理由から、昭和天皇が贔屓《ひいき》の力士を明らかにしなかったというエピソードを、辺見さんが紹介しています。

穂村　そしてこれも、突き詰めるとやっぱり「戦争」の話につながるような気がします。昭和天皇について考える時、戦争は避けては通れないテーマです。力士とか食べ物のことだけじゃなくて、戦争に関しても、昭和天皇には御製にもされていないことがあったと思うんです。そうした「言葉にできない心の内」を抱えた昭和天皇の姿を、「贔屓の力士」という言葉を通して表現しようと試みたところがあります。

御製を評価することの難しさ

穂村　今回、昭和天皇の御製に目を通していく中で感じたのは、歌単体の良し悪しを評価することの難しさです。我々は、自分の気持ちや欲望が行動原理になる。こうしたい、という感情があるから行動するし、それが歌にも現れる。でも昭和天皇は、そうではなかったと思うんです。

保阪　日本国憲法第一条において、「天皇は、日本国の象徴であり日本国民統合の象徴であつて、この地位は、主権の存する日本国民の総意に基く」と規定されています。

穂村　「日本国の象徴」というような僕には想像もつかないほど大きな存在が詠む歌に対して、一人の歌人である自分は何を言えるのか。「もし詠み手が昭和天皇ではなかったら、どういう評価をするのか？」と問われたら……。

保阪　純粋に一首の歌としての評価ができない、それが歯がゆい、と。

穂村　はい。結局、作品以外の情報に左右されて読んでいるとも言えるわけですからね。これは、短歌は作品として自立できないのか、という問題にも繋がってくるでしょう。歌人としては、その歌に感動したのなら、その感動の種となっているのが何なのかを見極めたい。歌ごとの微妙な差異を見たい。でも、やはり難しいです。

保阪　差異というのは？

穂村　例えば〈**スカートをはいて鰻を食べたいと施設の廊下に夢が貼られる**〉（安西洋子）という歌の場合、そこからわかるのは、夢を書いた人が、それが叶わない状況だということです。文面から、すごく切実な思いが伝わってきます。でも、これが「おしゃれして美味しいものを食べたい」だったとしたら、おそらくそこまで心を揺さぶられることはなかったはずです。意味が同じでも、まったく印象が異なります。「スカートをはきたい」「鰻《うなぎ》を食べたい」という具体性が心を打つ。つまり、明確に言葉の選択によって、表現としての差異が生まれていることが認識できます。でも、昭和天皇の御製は、こうした視点でジャッジすることは難しいのです。

「祈り」としての歌

保阪　短歌を軸にして考えると、昭和天皇と一般人の立脚点の違いが明確になって、非常に面白いですね。

穂村　前述の『よみがえる昭和天皇』で辺見さんもおっしゃっていましたが、我々は人生の荒波について言及することはできるけれど、国の荒波のことを同じようには詠えません。もちろん僕らも、例えば何か災害が起こった時に鎮魂の気持ちは湧きます。ただ、それはあくまで「自分」という個人から芽生えた感情であって、「国」を代表するような立場からの感情ではありません。

保阪　大地震や大きな事故が起こったとき、昭和天皇は「なぜ国民はこのような酷《ひど》い目に遭うのだろうか。それは自分の祈りが足りないからではないだろうか」と自問されたと思うのです。その思いが、御製における「祈る」という言葉に集約されているのではないでしょうか。例えば、昭和六十二年の〈**大島の人々の幸いのりつつ噴きいでし岩を見ておどろけり**〉。これは、昭和六十一年の三原山《みはらやま》噴火で被災した伊豆大島をヘリコプターに乗って視察されたときに詠まれた御製です。また、昭和六十三年の戦没者追悼式で詠まれたお歌〈**やすらけき世を祈りしもいまだならずくやしくもあるかきざしみゆれど**〉にも「祈り」という言葉が使われています。こうした歌が詠めるのは、まさに「天皇」だけでしょう。

穂村　僕たちは、災害が起こっても、自分の祈りが足りないためだと思うことはありませんもののね。そのような御製には素直に感銘を受けますが、一方で、そうした立場から歌を詠むことは、僕には想

大島の人々の幸いのりつつ噴きいでし岩を見ておどろけり

昭和天皇御製

像もつかないことでもあります。

時代の激動が「歌」を変える

保阪　今日は穂村さんに短歌について、いくつか伺いたいことがあります。僕の知人で短歌を詠む人には教師や医師が多いのですが、教師は「教師の言葉」を、医師は「医師の言葉」を持っていると思うんです。僕の叔父も医師で短歌を詠んでいたので歌集を読んでみたら、「手術室の～」というような歌が多かった。斎藤茂吉も医師ですが、職業が歌に与える影響は大きいのでしょうか。

穂村　職業によってそれぞれに固有の色が現れると思います。ただ、それよりも、極限状態に置かれている人のほうが、歌にその影響が表れるのではないでしょうか。

保阪　なるほど、死を前にした人とか？

穂村　はい。例えば、死刑囚だった島秋人《しまあきと》が獄窓《ごくそう》で詠んだ歌とか、明石海人、相良宏《さがらひろし》などハンセン病や結核を病んだ歌人たちが詠んだ歌がそれに当たります。彼らは、緊張感に満ちた歌を作りました。

また時代の激動が、その後の作風を変えてしまうケースもあります。例えば、齋藤史《さいとうふみ》。彼女は『魚歌』所収の〈**夜毎《よるごと》に月きらびやかにありしかば唄をうたひてやがて忘れぬ**〉などモダニズムの作風で知られていましたが、一九三六年の二・二六事件の影響を受けて、やがて昭和期を代表する女性歌人となりました。

保阪　二・二六事件は、日本の政体変革を目指した二十人ほどの青年将校が、陸軍の一般兵士と下士官およそ千五百人を率いて起こしたクーデター未遂事件ですね。齋藤史の父親で歌人でもあった陸軍少将（予備役）・齋藤瀏《りゅう》は、反乱を幇助《ほうじょ》した罪で五年の禁固刑となりました。

穂村　齋藤史が二・二六事件のことを詠った〈**暴力のかくうつくしき世に住みてひねもすうたふわが子守うた**〉という歌があります。この歌は正直よくわからないところもあるのですが、僕は「暴力のかくうつくしき世」はアイロニー（皮肉）で、「ひねもすうたふわが子守うた」に、国家的な暴力に加担

暴力のかくうつくしき世に住みてひねもすうたふわが子守うた

齋藤　史

しえない女性としての「私」の矜《きょう》持《じ》が示されていると読みました。

保阪　二・二六事件の現場は暴力が狂気にまで達した本当に凄惨《せいさん》なものだったのですが、この事件を文学的に描いた作品もあります。一九六六年にベストセラーになった利根川裕《とねがわゆたか》さんの小説『宴《うたげ》』（中公文庫）もその一つと言ってよいでしょう。処刑された青年将校の中には齋藤史の幼なじみの栗原安秀《くりはらやすひで》中尉もいたわけですが、僕は「暴力のかくうつくしき世」の「うつくしき」という表現から、彼女は彼らの行動の中に、ある種の文学的な「美」を見たのかもしれないと思うんです。

穂村　なるほど。アイロニーではなく共感ですね。この歌は二・二六事件が起こった年に詠まれているんですよね。「二月廿六日、事あり。友等、父、その事に関る」という詞書《ことばがき》で始まって、この歌の少し前には「五月廿日、章子生る。同廿九日、父反乱軍幇助の故を以て衛戍《（えいじゅ）》刑務所に拘置せらる」とあります。

主義・信条と短歌

保阪　刑務所といえば、先ほど獄窓短歌の話が出ましたが、A級戦犯の多くが辞世の歌を詠みました。それまで特に歌を作ってきたわけでもないのに詠んでしまう人もいたのは、おそらくそうした極限状態の時に日本人が表現するメディアとして、短歌があるということなのでしょう。俳句や詩は、短歌ほど多くはないと思いますね。

穂村　歌人としては、そこに短歌の「光と影」というか、時に「影」の部分を感じます。

保阪　東條英機《とうじょうひでき》の詠んだ歌の一つに〈**君思ふ心いかでか変はるべき千代に守らむ魂となりても**〉がありますが、僕はこれを読んでも感動はしませんでした。

穂村　歌が「詠み手の主張」とイコールになっているように読めるからではないでしょうか。短歌に関して言えば、自分の主義・信条をそのまま書いてしまってはダメなんです。それは信念や主義・信条の表現ではあっても、短歌の表現とは言えないからです。短歌は、今日の朝ご飯のおかずが納豆だったか、それとも鮭《さけ》だったかといった些細《ささい》な違いによって、作品が変わってしまうような、微細な表現です。自分以外の「何か」の手を借りなくては成立しない。一方、主義・信条というのは、むしろ変わらないことを美徳とするものですよね。そうしたものを軸に作歌すると、おそらくその人の信念が変わらない限り、十年後も同じような言葉を書いてしまう可能性がある。

保阪　それは短歌的ではない、と。

穂村　主義・信条は行動が伴えば感動することもあるけど、それは行動に感動しているのであって、文学とはまた別のことですよね。もっとも、作者の思想が前面に出ていても、その言葉自体に心揺さぶられることはあります。短歌ではありませんが、三島由紀夫が二・二六事件を題材に書いた短編小説『英霊の聲』（河出文庫）には、「などてすめろぎは人間《ひと》となりたまいし」というフレーズがあります。

保阪　なぜ天皇陛下は人間になってしまわれたのだろうか——戦後の昭和天皇の人間宣言に憤る、執筆当時の三島の気持ちを重ね合わせた言葉ですね。

穂村　戦後生まれの私には実感できないのですが、凄みを感じます。とはいえ、これも三島の行動と合わせて読んでしまっているのかもしれませんが。

与謝野晶子の多面性

保阪　短歌の変遷を見ていった時に、近現代を代表する歌人を一人挙げるとしたら誰になりますか？

穂村　一人となると難しいですが、いなかったら歴史が変わってしまうのは与謝野晶子でしょうか。近代という女性にとって逆風の時代にあって、普通なら避けてしまいそうな表現を使って多くの歌を詠んだ。これは歌ではありませんが、「君死にたまふことなかれ」という有名な詩の**「すめらみことは、戦ひに／おほみづからは出でまさね」**には驚きました。

保阪　晶子の実弟が兵士として日露戦争に従軍していることを案じて書いた反戦詩と言われました。

穂村　その一方で、なによりも弟への愛が爆発した詩でもあって、必ずしも反戦と結びつかないようにも読めます。晶子は非常に多面的な人だという印象があります。

保阪　晶子が後年に、太平洋戦争で出征する息子を詠った『白桜集』の〈**水軍の大尉となりてわが四郎み軍に往く猛く戦へ**〉などは正反対な内容ですよね。こちらは、御国《おくに》のために頑張れという歌なわけですから。多面的といえば、彼女は歌人の与謝野鉄幹と結婚して十一人の子どもを育てた母親としての顔、感受性に優れた歌人としての顔、社会活動家にして女権拡張論者の顔と、さまざまな面を持った人です。それだけでなく、鉄幹や建築家の西村《にしむら》伊作《いさく》らと共同で「文化学院」という教育機関を設立し、男女差別を厳しく批判した人でもあります。率先して行動し、常に現実と格闘する「地に足のついた女性歌人」だったと思いますね。

共同体のもたらす同質性

保阪　僕は昭和十四年生まれなのですが、我々の世代で一番なじみがある歌人は、斎藤茂吉などアララギ系の人たちだと思うんです。あの一派は、現代においてはどのような評価になっているのでしょうか。

穂村　「アララギ」はすでに解散していますが、そのDNAは現在でも受け継がれ、広く浸透しています。日本のほとんどの新聞には短歌欄があって、そこに日々、市井の人たちが歌を投稿しています。こうした文化を生んだのがアララギの作風で、「対象をありのままに写し取る」という「写生」が基本理念です。つまり、我々が日常の中で見聞きしたこと、感じたことを素直に歌にする。これがおそらくは「日記のように書けばいい」的に単純化された形で広まったた

血と雨にワイシャツ濡れている無援ひとりへの愛うつくしくする

岸上大作

め、短歌は、天皇陛下から市井の人まで誰もが作る、ある意味で国家的なプロジェクトになった。もしこのアイデアがなければ、短歌人口は今よりずっと少ないものになっていたはずで、本当にすごい発明だったと思います。

保阪　さまざまな人たちの、日記のような短歌が世に溢れているなら、そうした歌をつぶさに読んでいくことで世相が見えてきそうですね。

穂村　サンプルが多いので、ある思考パターンが見えてくるということはあると思います。たくさんの人々の詠んだ歌を前にした時に、テーマによってはまるで一人の人が書いた歌なんじゃないかと感じることがあります。それを目の当たりにすると、独自の思考を持つということが、思っている以上に難しいことに気づかされます。

保阪　日本人の共同体への帰属意識がそうさせるのかもしれません。

穂村　外国に比べると、我々の生活感覚は均一な気がします。例えば、最寄り駅から自宅に帰る間に、コンビニに入るか入らないかは自分の意志で決められますが、コンビニをまったく見ないで暮らすことは難しい。そうした同質性は、短歌を詠む時に作者が切り取る場面をかなり限定するように思います。

保阪　それで時に同じような歌が並んでしまうというわけですね。「意志」という言葉で思い出しましたが、僕は六〇年安保闘争の世代で、「安保反対！」と盛んにやっていた時代に青春を送った人間です。その運動の中で活躍した学生歌人に岸上大作《きしがみだいさく》がいますが、同い年ということもあって彼の歌はずいぶん読んだ記憶があります。

〈意志表示せまり声なきこえを背にただ掌の中にマッチ擦るのみ（Ｉ・'60年4月28日）**〉〈血と雨にワイシャツ濡れている無援ひとりへの**

愛うつくしくする〉（『意志表示』）などですが、今読んでも当時の学生運動に関わった若者の心情が伝わってきます。

穂村　岸上は若くして自死し、その作風は「愛と革命のロマンティシズム」といわれました。「ひとりへの愛うつくしくする」という表現など、こういう相聞歌は現在の僕らにはかえって新鮮に感じられます。今回取り上げた短歌は、時代の空気を強く感じさせる短歌が数多く登場しましたね。では、ここから昭和、そして平成という時代について保阪さんに伺っていきたいと思います。

歴史を知り、人を知る

穂村　保阪さんが、そもそも歴史に関心を持たれたきっかけは何だったのでしょうか。

保阪　大学で歴史学を専攻したとか、そういうことではないんですよ。たぶん、父親との関係が影響しているのだと思います。父は数学教師だったのですが、とにかくソリが合わなくて、子どもの頃から父の言うことは聞かなかった。ことあるごとに「数学が諸学の基礎である」と言うので、俺は絶対数学なんかやるもんか、と心に決めたりして（笑）。

穂村　それが歴史とどう関係するのですか？

保阪　父が末期がんで亡くなる少し前のことですが、「長男に語っておきたいことがある」と言われて、その時に初めてじっくりと話を聞く機会を得ました。彼は、関東大震災や太平洋戦争を通して、それは凄《すさ》まじい経験をしてきたんですよ。この男も苦労してきたんだな、と思ったら、それまで反発し続けてきたことがちょっと申し訳なくなってね。父の人生を確かめたことが、「昭和史」を僕が改めて意識する契機になったわけです。

穂村　お父さまの「歴史」に触れることで、その人となりを理解できたのですね。

保阪　父は日頃よく「生きているということは、考えることだ」なんてことを言っていました。若い頃は「うるさいな」と思っていたんですが、歳をとるとだんだん理解できるようになりましたね。父は大震災で孤児同然になったから、肉親とのコミュニケーションが苦手で、子どもに対して「他人の言葉」しか使えない人でした。一方、母は愛情豊かで、「家族の言葉」に満ちた人でした。家庭の中で、異なる二つの言葉を同時に聞いて育ったことが、言葉、ひいては文章というものに興味を持つことにつながったのだと思います。

穂村　ノンフィクションというジャンルを選ばれたのはどうしてだったのでしょうか。

保阪　それは、僕が昭和十四年生まれであること――つまり太平洋戦争が終わり、日本人が変わっていく過程を目の当たりにしながら育ったからではないかと思います。小説で描かれる人間よりも、現実の世界で変容していく人間のほうがはるかに面白かったんですね。

歴史なき時代の歌人として

穂村　僕が、保阪さんの書かれたものやお話に惹きつけられるのは、そこに確固たる「歴史観」があるからです。というのも、僕は昭和三十七年生まれなのですが、僕らの世代は「歴史」という視点をあまり意識せずに育ってきたと思うんです。自分も歴史の中に位置づけられた存在だという当たり前の事実に注意を払ってこなかった。

保阪　穂村さんから見て、歴史意識を感じさせる現代歌人はいますか。

穂村　基本的に僕ら世代以前の歌人たちからは歴史意識を感じます。「歴史」を意識せずに口語で短歌を詠み始めたのは、僕ら以降なんですよね。つまり、「もはや『戦後』ではない」と言われた時代以降に生まれ育った世代です。

保阪　昭和三十一年に、経済企画庁調査課長の後藤誉之助《ごとうよのすけ》が「経済白書」に書いたフレーズですね。戦後復興を達成したことを宣言する言葉とも解釈されて、流行語になりました。

穂村　戦前や戦中を知らなければ、戦後という自覚は持ち得ません。そうなると、時代を経ることで生まれる「変化」を知覚することができず、ただのっぺりとした空間の中で生きていくしかない。少し上の世代になると、「七〇年安保闘争」があったので、まだ「戦後」の連続性を感じることができたと思うのですが、僕らにはそうした体験もなかった。「『戦後』ではない戦後」という、ある意味「歴史なき時代」を生きた第一期生だったのかもしれないですね。

保阪　「歴史なき時代」、いい表現だなぁ。

穂村　僕ら世代の感受性は、高度経済成長期の風と、バブル時代の風に乗って作られたと言ってもいいと思います。たまたま歴史の中の最も恵まれたところに生まれ育ったがゆえに、過去と現在を比べて考えることをしなくてもすんだ。

保阪　でも、バブル経済は平成三年に崩壊が始まりました。

穂村　自分たちに吹いていた追い風が止まってしまったことで、初めて「あれ？　この風って止まる風だったんだ」と気づかされたわけです。そこが僕にとっての歴史意識の起点です。詩人の堀川正美《ほりかわまさみ》の「新鮮で苦しみおおい日々」という詩の一節に「時代は感受性に運命をもたらす」（『太平洋――詩集一九五〇－一九六二』思潮社）という言葉がありますが、歴史から真に自由であることは、誰にとっても不可能なんでしょうね。

保阪　では、短歌という表現において、平成はどんな時代でしたか？

穂村　口語で短歌を詠むことが浸透していった三十年間だった、と言えると思います。文語文法がわからなくても歌を詠めるようになったことによって、短歌界のサークルが広がったことは間違いないでしょう。その一方で、文語短歌を軸にした集団である「結社」の緊密さは緩んでいったと言えるかもしれません。

保阪　口語短歌というと、僕には穂村さんや〈**「この味がいいね」と君が言ったから七月六日はサラダ記念日**〉と詠った俵万智さんがすぐに思い浮かびますが、短歌は、基本的には結社に入って作り方を学習するものだったのですね。

穂村　はい。結社というのは、短歌という伝統的な詩型で歌を詠むために適した、学習と発表の場だと思います。しかし短歌が口語化するようになると、作り方を学ぶという面での結社の必要性が薄れてきた。先生に教わらなくても短歌が作れるようになった若い歌人たちは、旧来のシステムの枠の中でやっているだけでは飽き足らず、インターネットや文学フリマに活動のフィールドを広げ始めたのです。

昭和と平成を語るキーワード

穂村　ところで、改めて「昭和」、そして「平成」をどう捉えますか。

保阪　一口に昭和生まれと言っても世代によって受け止め方は違うと思いますが、僕は今も昭和の延長で生きているという感覚があるんです。だから、冗談めかして「今は昭和九十四年」とか言ったりする(笑)。しみじみと、人は時代から逃れられないなと思います。昭和に生まれて、昭和を生きて、昭和に死んでいくというのが私の精神ですね。穂村さんの歌集『水中翼船炎上中』の中に〈**クリスマスイヴの鮨屋に目を閉じてB－29の真似をする父**〉という歌がありましたが、戦争が終わった後の社会をずっと見てきた僕らの世代は、結局一生を戦争の多様な姿に振り回されたようなところがあるのだと思います。

穂村　保阪さんにとっては、やはり「昭和＝戦争」なのですね。

保阪　昭和という時代は、「天皇」「国民」「戦争」の三つのキーワードで語ることができると思います。さらに、これらのキーワードを、天皇は「神格化された天皇」と「人間天皇」、国民は「臣民《しんみん》」と「市民」、戦争は「軍事体制」と「非軍事体制」のようにそれぞれ対比させてみると、昭和は「戦前」と「戦後」の時代がはっきりと区分できます。

穂村　では、平成は？

保阪　昭和ほど明快ではありませんが、それでも三つキーワードを挙げるなら、「天皇」「政治」「災害」になるでしょうか。天皇は「象徴天皇」と「追悼・慰霊の天皇」、政治は「五五年体制の崩壊」と「小選挙区比例代表並立制の採用」、災害は「天災」と「人災」という、それぞれ二つの視点で捉えることができます。そして、僕は昭和と平成をつなぐ「トンネル」のようにして、オウム真理教事件があると考えています。七〇年安保の政治運動が消えていった後の昭和六十年代に教祖の麻原《あさはら》彰晃《しょうこう》が活動を始め、昭和の終わりには三千人以上に信者が増えていく。平成七年一月の阪神・淡路大震災のほぼ二か月後に地下鉄サリン事件が起こり、平成三十年に死刑確定四十三人の死刑が執行されました。オウム真理教事件は極めて非人間的な事件であると同時に、青年の社会改革のエネルギーが「政治」から「宗教」に移ったという点で時代を象徴していると思うのです。ただ、高い教育を受けたはずの彼らがなぜオウムに惹かれたのか、僕には理解できないのですが……。

穂村　僕は同世代なので、彼らの心理が想像できるような気がするんです。簡単に言えば「特別なルートで社会を自分たちの理想どおりにできる」と信じ込んだのではないでしょうか。戦争を体験した僕らの親世代なら、「特別なルートなんて、都合のいい話がこの世の中にあるわけない」と言ったと思うんです。でも、そういう痛みを味わったことのないその子ども世代は、そんなことを言われても「いや、この世のどこかにはあるのでは」と心の中で思っていたのかもしれません。

保阪　なるほど。しかし振り返ってみると、平成という時代は、僕にはちょっと無機質というか、昭和が持っている〝ふくらみ〟のようなもの——つまり歴史の起伏が、あまり感じられないんです。

穂村　平成は、よく「フラット」な時代と評されますよね。今回、保阪さんのお話を伺って、そうした時代だったからこそ、日常的な話し言葉の短歌が広まったのかもしれないと思いました。

（対談・二〇一八年十一月十二日）

里中満智子

マンガ家

里中満智子さんが三十年に渡り描いた一大歴史マンガ『天上の虹』には『万葉集』の歌が多く描かれます。穂村さんは長らく『万葉集』を苦手としていたところ、『天上の虹』をきっかけに親しむことができたとのこと。日本最古の和歌集の尽きせぬ魅力を語り合う至福の対話が始まります。

さとなか・まちこ　マンガ家、大阪芸術大学教授。日本漫画家協会理事長。一九四八年、大阪市生まれ。一九六四年、高校二年生の時に「ピアの肖像」で第一回講談社新人漫画賞を受賞し、プロデビュー。七四年『あした輝く』『姫がいく！』で講談社出版文化賞、八二年『狩人の星座』で講談社漫画賞、二〇〇六年に全作品および文化活動に対して文部科学大臣賞を受賞。『天上の虹』他著書多数。

常識を打ち壊した『万葉集』

穂村　里中さんといえば、第四十一代天皇である女帝の持統《じとう》天皇を主人公にした一大歴史マンガ『天上の虹』で、物語に絡めて『万葉集』の歌をたくさん取り上げていらっしゃいます。この日本最古の和歌集との出会いは、どのようなものだったのでしょうか。

里中　出会いは、中学生の時です。初恋というのでしょうのか、上級生を好きになった私は、恋の歌の一つも詠めたら、なんて思っていたんですよね。『万葉集』には恋の歌がたくさん載っていて、いいなぁと憧れて。もっとも最初に読んだのは、学校の国語の授業の時です。

穂村　教科書で、ということですね。

里中　はい。でも授業だと、文法の説明や動詞の活用を覚えさせられたりするばかりで、まったく面白くありませんでした。

穂村　面白さに気づいたきっかけは？

里中　「なぜこの歌は詠まれたのか」という背景が知りたくなって、学校の図書室で実際に『万葉集』を読んでみたんです。そうしたら、これがもう刺激的で。夢中になって読みました。

穂村　特にどういったところに惹かれたのでしょうか。

里中　大人が言っていたような「昔の日本人は～」的な常識とは、まったく違う世界が描かれていたからです。

穂村　「昔の日本男児は、愛だの恋だの言わなかった」なんて言われていましたよね。

里中　ところが、『万葉集』の時代の男性は、恋の歌をたくさん詠んでいるのです。例えば、天武《てんむ》天皇の皇子・舎人皇子《とねりのみこ》の詠んだ〈**ますらをや片恋《かたこひ》せむと嘆けども醜《しこ》のますらをなほ恋ひにけり**〉（巻二・一一七）なんて、「男たるもの片想いに嘆くなんて見苦しい、そう思いながらやっぱり自分はあなたに恋しているんだ」という歌でしょう？　男の人が、こんなに素直に片想いの歌を詠んでいるんだ！　とびっくりして。

穂村　女性はどうだったのでしょうか。

ますらをや片恋せむと嘆けども醜《しこ》のますらをなほ恋ひにけり

舎人皇子

里中　私が中学生の頃は、女性が自分から「好きです」なんていうのははしたないから、ひたすら待っているだけ――というような雰囲気がありました。でも、この時代の歌を読むと、女性がすごく積極的なんです。舎人皇子の歌をもらった恋人（舎人娘子《とねりのおとめ》）の返歌が〈**嘆きつつますらをのこの恋ふれこそ我《あ》が結《ゆ》ふ髪《かみ》の漬《ひ》ちてぬれけれ**〉（巻二・一一八）。「嘆き嘆いて、男であるあなたが想っていてくださるから、わたしの髪は濡《ぬ》れてほどけてしまうのね」と詠っている。この女性は、立場的には舎人皇子より下のはずなのに、すごく上から目線で強気（笑）。身分なんかに臆さない、当時の女性たちのパワフルさ、アクティブさにも魅了されました。

「ピクニックの歌」か「祈りの歌」か？

穂村　『万葉集』で、特に思い出深い歌を挙げるとしたら、どの歌になりますか？

里中　国語の授業で知った、有間《ありまの》皇子《みこ》の有名な歌〈**家《いへ》にあれば笥《け》に盛《も》る飯《いひ》を草枕《くさまくら》旅にしあれば椎《しひ》の葉に盛る**〉（巻二・一四二）ですね。この歌を、当時の国語の先生に「ピクニックの歌です」と説明されて、「え!?」って思ったことをよく覚えています。

穂村　確かに、言葉どおりに読めば、そういう内容と言えなくはないですが（笑）。

里中　家にいるなら、ちゃんと器に盛って食べるものを、旅の空の下だから、木の葉を食器代わりにするしかない――歌の意味からすれば、確かにピクニックと思えないこともないけれど、でも教科書の注釈のところには、有間皇子が罪に問われ、引かれていく途中で詠んだと書いてある。

穂村　謀反の疑いをかけられて、連行される道中で詠んだ歌でしたよね。『天上の虹』の中でも、特に印象的なシーンの一つです。

里中　そもそも「挽歌」というくくりの中にある歌ですからね、ピクニックなんてお気楽な話であるわけがない。納得できなかった私は、放課後に図書室へ行って古代日本史の本を借りて読みました。そうした読書体験の中で「もしここでAがBに恋しなかったら、歴史はどんなふうに動いたのだろう?」といった想像を膨らませていく楽しさを知り、古典がどんどん面白くなっていきました。

穂村　『万葉集』については、どういう読み方をするようになったのですか?

里中　『万葉集』のいいところは、「誰が・いつ・どこで」詠んだ歌だといった情報が添えられていることです。だから、「一般的にはそう思われているが、別にこういう説もある」とか、「これと同じ歌を、別の人も詠んでいる」といった解説を読んで、さらに想像の翼を広げることができました。

穂村　ピクニック説も、『万葉集』に親しむきっかけになったと思えば、結果オーライですね。

里中　当時は、「こんないいかげんなこと教えるなんて、教師としてどうなの!」と不信感を持ちましたけど、今からすればよい思い出です。それに、もしかしたら実際にピクニックの歌だったのかもしれない、なんてこともふと考えたりします。有間皇子が、あるのどかな日に、外で何気なく詠んだ歌を、周りの人が「いい歌だな」と思う。その後、悲劇的な最期を遂げた彼に同情した人が、その歌に「罪に問われた時に、すべてを悟りきった気持ちで詠んだ歌」というストーリーを付け加えて、その死をドラマチックに盛り上げた――そうした可能性がゼロではありませんからね。

穂村　解釈の可能性がたくさん残

家《いへ》にあれば笥《け》に盛《も》る飯《いひ》を草枕《くさまくら》旅にしあれば椎《しひ》の葉に盛る

有間皇子

人事《ひとごと》を繁《しげ》み言痛《こちた》み己《おの》が世にいまだ渡らぬ朝川《あさかは》渡る

但馬皇女

されているのも、『万葉集』の魅力の一つですよね。

里中　あとから調べてわかったのですが、昔の人は、峠を越す時に、そこにいる神様にこれから先の旅の平安を祈ってお供え物をしたそうです。つまり、有間皇子は、謀反の疑いをかけられ裁きを受けるべく連行される途中で、無事帰ってこられるように祈りを歌に込めたとも考えられます。それは、私は生き延びたいんです、死にたくはない、という意思表示でもあったんじゃないかな、って。

穂村　つまり、死を受け入れて詠んだ歌ではなかったかもしれない、と。

里中　この頃の歌は、天によりよき言葉を届けるために詠まれるという側面が大きかったと思うのです。そして、「よきことがありますように」「悪しきことから逃れられますように」と祈った。例えば、天皇が詠んだ歌などは、日本という国を代表して「ちゃんとやっていくので、これからもよろしくお願いします」という神への声明文のような感じだったのでは。歌に込められた言葉が素晴らしければ、「これで天も納得して守ってくださるだろう」と、人々も安心できたはずです。そうした歌が名歌として語り継がれ、『万葉集』という形で残ったのではないでしょうか。

天皇の歌から罪人の歌まで

穂村　『万葉集』の魅力といえば、その内容の多彩さにもありますよね。天皇の歌もあれば、貴族から下級官人の歌、どこの誰ともわからない人の歌、罪人の歌もある。それらが区別なく扱われているのがユニークです。方言の歌もありますよね。

里中　それから、世界広しとも、この時代にこれだけ男女同権を打ち出している詩歌集もないですよね。それが顕著に表れているのが、やはり恋愛の歌だと思います。例えば、但馬皇女《たじまのひめみこ》の歌。彼女は、持統天皇に次ぐ権力者であった高市《たけちの》皇子《みこ》の妻の一人だったとも言われているのですけれど、より立場の低い穂積皇子《ほづみのみこ》に恋をしてしまう。結局この禁断の恋はバレてしまうわけですが、彼女は動じず〈**人言《ひとごと》を繁《しげ》み言痛《こちた》み己《おの》が世にいまだ渡らぬ朝川《あさかは》渡る**〉(巻二・一一六)なんて歌を残しています。

穂村　人の噂《うわさ》がうるさくても、いえそれだからこそ生まれて初めて、あの人に会うために冷たい水の流れる朝の川を渡ります——というような意味でしょうか。

里中　世間がどう言おうと、私はこの人を愛すると決意したわ、という歌ですよね。私は、いわゆる「団塊の世代」に当たります。「戦後、女性と靴下は強くなった」などと言われていましたが、私の子ども時代は、まだまだ「女の子なんだからこうしなさい」みたいに言われることが多かった。でも『万葉集』には、私たち女性が当然のように押しつけられてきた「世間の価値観」に囚《とら》われない歌がたくさん載っていました。

穂村　その点では、非常に現代的とも言えますね。そうそう、今の但馬皇女の歌もそうですが、『万葉集』にはどうして不倫の名歌が目立つのでしょうね。素朴な疑問として、密《ひそ》やかにやりとりされたはずの歌がなぜこんなに残ってしまったのかなぁと(笑)。

里中　不思議ですよね。私は、お付きの人たちから漏れたんじゃないかなぁと想像したりします。ほら、直接自分で行くのは危険だからと、お付きの者に頼んで届けさせたりすることがあったと思うんですよ。で、その人も相手のお付きの人に届けるわけですけど、そこで「すてきな歌よねぇ。こんな歌もらったら私もうダメだわ」「ねえ知ってる？　この二人、もう会えないらしいのよ。どうしたらいいのかしら」みたいな噂話をしたんじゃないかな、って(笑)。

穂村　で、『天上の虹』では、それを耳聡《みみざと》い柿本人麻呂が聞きつけて、すかさずメモする、と。

里中　『万葉集』の原型となった、

巻一の前半部分の編纂《へんさん》に関わったとされる人麻呂は、「いいなぁ」と思った歌はすべて残したいと思ったんじゃないでしょうか。自分が聞いた歌はもちろん、人々の話題にのぼった歌もすべて書き留めた。中には勝手に書き直しちゃった歌や、彼の創作もあったかもしれません。いずれにせよ、これだけ多種多様な歌が、一つの歌集に収められているというのはすごいことです。その懐の深さがあったからこそ、『万葉集』は現代でも読み継がれる古典として、多くの人を魅了し続けているのではないでしょうか。

穂村　本当にそうですね。

レッテルを剝がしたい

穂村　僕は歌人を名乗りながら、長らく『万葉集』を苦手にしてきたことに、内心焦っていたんです。そんな僕に、ある時、友人が里中さんの『天上の虹』を勧めてくれました。読み出したら、これまで理解が追いつかなかった人物相関が、ビジュアルやストーリーの力でどんどん頭に入ってくる。僕が『万葉集』に親しむことができたのは『天上の虹』のおかげなんです。

里中　ありがとうございます。

穂村　『天上の虹』は、実に三十年以上にわたって描き継がれてきた大作ですが、『万葉集』の時代を舞台にしようと思ったきっかけは何だったのでしょうか。

里中　純粋に『万葉集』が好きだったからでしょうね。その時々で惹かれる歌は違ってはいましたが、中学時代から読み続けていく中で、いつか大人になったらこの時代の物語を描いてみたいと思うようになっていました。

穂村　最初から持統天皇を主人公にするつもりだったのですか？

里中　彼女の生涯は、あの時代において、生まれてから死ぬまでの記録とされるものが残っている数少ないケースなので、描きやすかったということもあります。また、この時代の日本を描こうとした時、まっ先に主人公として思い浮かぶのは、額田王《ぬかたのおおきみ》とか大津皇子《おおつのみこ》あたりだと思うんです。でも、人気のある人物だけあって、彼らを主人公にした先行作品がすでにありました。

穂村　マンガだと、『はいからさんが通る』で知られる大和和紀《やまとわき》さんが、『天の果て地の限り』（講談社漫画文庫）で額田王を描いています。

里中　そこで、これまで誰も主人公にしていないのは誰だろう？　と考えました。なおかつ、世間的にあまりよく言われていない人物を描くのも面白そうだぞ、と。

穂村　持統天皇は息子のライバルを謀殺した、という説もありますものね。でも『天上の虹』を読むと、彼女の違った面が見えてきて、大きく印象が変わりました。

里中　レッテルを貼られている人を、ちょっと違うふうに描きたいという気持ちがあるんです。

穂村　『天上の虹』は、彼女に限らず、通説とは違う形で登場人物一人ひとりが、それぞれの運命の中で懸命にもがいて生きた――という描き方をされています。そこに強く胸を打たれました。例えば、大友皇子《おおとものみこ》がすごく格好良く描かれているのが印象的でした。

里中　大友皇子も、父親である天《てん》智《じ》天皇（中大兄皇子《なかのおおえのみこ》）の権威を笠《かさ》に着て、能力もないのに権力を手にしたズルい奴《やつ》と言われることがよくありますが、それは一面的な見方だと思うんです。彼の思いに迫ろうとすればするほど、「不運だったんだな」としか思えなくなってしまいました。

『天上の虹』あらすじ

紀元六四五年、「大化の改新」で豪族から天皇家へと実権を取り戻した中大兄皇子（のちの天智天皇）の娘として生まれ、父の同母弟である大海人皇子《おおあまのみこ》（のちの天武《てんむ》天皇）に嫁いだ鸕野讃良皇女《うののさららのひめみこ》（のちの持統天皇）を主人公とした一大歴史ロマン。国家統一のためなら冷酷な権力者となることもいとわない中大兄皇子、それに反発する大海人皇子との間で揺れる鸕野讃良皇女は、「壬申《じんしん》の乱」を経て即位した夫・天武《てんむ》天皇の片腕として政治手腕を発揮。そして、天武天皇の崩御、息子（草壁皇子《くさかべのみこ》）の死を乗り越え、ついに自ら即位を決意をする――。

『持統天皇物語　天上の虹』全11巻

本気になって向き合うと、嫌な人っていないんですよ。歴史上の人物が生前、本当に何を考えていたかはわかりません。でも、みんなそれぞれ立場とかいろいろなしがらみがあって、その中で一生懸命生きた。例えば、非情な決断をたくさんしてきた天智天皇だって、彼なりに国のことを思っていたからこそ、ああした行動に出たのだと思うんです。

穂村　『天上の虹』では、膨大な人物が描かれていながら、どの人にも感情が込められていて、ある意味、全員が主人公なんですよね。すでに決定している運命自体は変えられないのだけど、フィクションを通して、彼らの魂が救済されているように感じました。そこに感動せずにはいられません。

ストーリーに組み込まれた和歌

穂村　歌人として嬉しかったのが、和歌が脇役的な扱いではなくて、ストーリーに有機的に組み込まれていたことです。しかも、「ここぞ！」というシーンでバシッと出てくるから、すごく格好いい。また、綿密に資料を読み込んだ上で、そうした歌を入れる場面を確定されているのが読んでいても伝わってくるので、説得力がありました。

里中　作中で取り上げる和歌は、考えに考えて入れる場所を決めました。

穂村　和歌に関する注釈も、『天上の虹』の読みどころの一つです。例えば、「春と秋のどちらがいいか」を詩で表現しあうシーン。

里中　額田王が長歌を披露する場面ですね。

穂村　春がいい……と詠ったと思いきや、やっぱり秋がいい……かと思いきや……というふうに二転三転して、オーディエンスを「いったいどっちなんだ!」とハラハラさせる。このシーンには「日本文学史上はじめて構成力を前面に打ち出した作品といえよう」という注が添えられています。登場する和歌の文学的な位置づけや、歴史の解釈などについて、厳密に記されていることに驚かされました。普通の歴史マンガは、「作者の歴史の解釈＝作品そのもの」なので、わざわざ説明することは少ないですから。

里中　マンガ家だから、本当は絵で読ませるべきなんでしょうけど、ついつい文章を書きたくなってしまうんですよね(笑)。

穂村　でも、そのこだわりが、『天上の虹』の大きな魅力だと思います。

史実の空白部分に想像を巡らせる

穂村　持統天皇のように、記録といわれるものが残っている人物がいる一方で、『天上の虹』には、その一生が謎に包まれた人物も登場します。例えば、『万葉集』の編纂に関わったとされる柿本人麻呂。

里中　確かに、物語の軸になる存在としては、ある程度文献の残っている人物を据えたほうが描きやすいのですが、主役でなければ、その生涯がよくわかっていない人のほうが自由にキャラクターを作れるので、むしろやりやすいんです。

穂村　「ほかの人の気持ちになりきってうたうこともまた、まるでほかの人生を生きるような喜びがあります」という若い頃の人麻呂のセリフがありましたが、これなどは現代の短歌にも通じる言葉ですよね。まさに彼は、この物語に流れている和歌の守護神、歌というものを体現するキャラクターだったと思います。

里中　あと描きやすかったのは額

あかねさす紫草野《むらさきの》行《ゆ》き標野《しめの》行き野守《のもり》は見ずや君が袖《そで》振る

額田王

田王ですね。彼女の生涯もほとんど分かっていないので、かなり自由に描くことができました。

穂村　額田王の人物造形には、和歌が密接に関わっているように感じました。

里中　額田王は中大兄皇子と大海人皇子という、地位のある兄弟両方から愛されたということも知られています。そのことから「きっと美人だったんだね」などと言われがちですが、でも容姿端麗だけで片づけてほしくない。だから、和歌の名手としての額田王をしっかりと描きたかったんです。

穂村　酒宴の場面での、大海人皇子との歌のやりとりなんて圧巻ですよね。あの機転の利かせ方を見ると、クレバーな女性だったんだなろうなぁと、惚《ほ》れ惚《ぼ》れしてしまいます。

里中　〈**あかねさす紫草《むらさき》野《の》行《ゆ》き標《しめ》野《の》行き野《の》守《もり》は見ずや君が袖《そで》振る**〉（額田王、巻一・二〇）と、〈**紫草《むらさき》のにほへる妹《いも》を憎くあらば人妻故《ひとづまゆゑ》に我《あれ》恋ひめやも**〉（大海人皇子、同二一）、ですね。額田王は、大海人皇子の妻だったけれど、政治的な理由から、途中で中大兄皇子の妻になりました。

穂村　でも、作中ではその後も額田王と大海人皇子とは、元夫・元妻への思いを胸に秘め続けていた。彼女の夫であり、時の天皇であった中大兄皇子の前で、二人は大胆にもこうした歌を詠んだ。しかし、実は高市皇子と十市皇女《とおちのひめみこ》との逢引《あいびき》を知って、それをごまかすためだったんですよね。

里中　高市皇子は、大海人皇子と額田王の間に生まれた子で、十市皇女はその時すでに中大兄皇子の子・大友皇子と結婚していたから、禁断の恋だったんです。額田王と大海人皇子のこの有名な二首は相聞歌に思えるのに、『万葉集』では雑歌に分類されています。宴席で詠まれたという説明があるものの、単に周りの人から「元夫婦も粋な歌を詠ってみてよ」と請われて、それに応えたというだけではあまりに軽々しい。私自身が納得できるような理由を、あれこれと考えました。

穂村　そこで、若い二人の密かな恋が絡んでくる。

里中　ドラマを盛り上げるには、

抜き差しならない事態をどれくらい作れるか、ということが重要です。『天上の虹』では、そのために和歌はなくてはならない存在でした。

穂村　里中さんは、史実を変えることなく、その空白部分に想像を巡らせています。運命と運命が交わる一番重要なところにだけフィクションを置くことで、その瞬間が輝き、心に焼きつく。

里中　すべてのピースがしかるべき場所に収まってジグソーパズルが完成した時、一瞬「歴史上、これが真実だったのでは！」と思えてくる。で、「ああいけない、これはマンガなんだ」って反省するんです（笑）。

「史実」をめぐって

穂村　里中さんは『天上の虹』の他にも、「歴史」をテーマにした作品を多数発表されています。資料も膨大でしょうし、現代物に比べて大変そうなイメージがあります。

里中　確かに大変ですが、学者の先生方に比べれば気楽なものです。アカデミックな立場では、いくらご自身が「こうだったに違いない」と確信を持っていても、その証拠がなければ自説を公表することはできません。たった一つの証拠を探すのに、一生を費やす方もいっぱいいらっしゃる世界です。一方で、フィクションは証拠がなくても描けてしまいますからね。学者の方たちに、よくうらやましがられます（笑）。

穂村　専門家から「こうじゃない！」と怒られたりしたことはありますか？

里中　そういうこともなくはありませんが、「本当はこうですよ」と優しく注意してもらうことのほうが多いです。おおむね「マンガをきっかけに、若い人たちが『万葉集』に興味を持ってくれるから嬉しい」と言ってくださいます。

穂村　とはいえ、史実に関する部分は忠実に描いていますよね。ちょっとくらいなら……なんてことを思うことはありませんか？

里中　歴史物を描く時は、実際に生きた方たちへの敬意を込めて、史実とされていることは極力変えないようにしています。ただ、そうは言っても、連載中に新しい証拠が発見されて、これまで依拠してきた通説がひっくり返ってしまい、困ったことはあります。

穂村　長期連載だとそういうことがあるんですね。他にフィクションを描く上で、史実の存在によって不自由さを感じることは？

里中　全くないと言ったら嘘になりますが、多少不自由なくらいのほうが、物語を作る時には脱線しすぎなくていいんです。短歌もそうではないですか？　音数が決められていて、その中で歌を作る。凝縮して凝縮して、三十一文字の中に思いを込めることで、あの表現になっているわけですから。何らかの枠があることで、かえってその中で大きな飛躍ができるような気がします。

「天に捧げる言葉」から「生活を映す言葉」へ

穂村　里中さんは、『万葉集』以降のもので、他に興味を持たれた歌集はありますか？

里中　昭和元年から半世紀にわたって詠まれた歌を集めたアンソロジー『昭和萬葉集』（講談社）は大変興味深く読みました。詠み手も『万葉集』同様、年齢・職業・有名無名を問わず選ばれている。昭和という時代を生きた日本人のさまざまな生活・感情がそこに記されていて、非常に読み応えがありました。

穂村　全二十巻、別冊一巻、約八万二千首の一大アンソロジーで、まさに「時代の記録」と呼ぶにふさわしい内容ですよね。

里中　『万葉集』の頃は、歌は「天に捧げる言葉」というような意味合いがありましたが、現代においては人々の生活をリアルに映すものになった印象があります。『昭和萬葉集』の短歌も、まさにそういうものでした。

穂村　ある意味、日記のようなものになったと言えるでしょうね。一九八〇年代以降、口語短歌が主流になってからは、今のTwitterなんかにも通じる印象があります。

里中　『万葉集』の頃の歌は、「ここぞ」という時に詠まれる、スペシャル感のある表現だったように思います。歌が、詠み手の「人生」とイコールになっていると言ってもいいかもしれません。だから、大げさにもなるし、重くもなる。

穂村　だからこそ、『天上の虹』を描くにあたり、和歌を通して歴史上の人物たちの価値観や人間性を想像することができたわけですね。

里中　そうですね。でも、時代が変われば、歌の意味合いも変わってきます。そうなれば、歌がいつ、何のために生まれるのかも、当然変わってくるでしょう。『万葉集』の時代の歌がオーケストラの演奏だとしたら、今の短歌は繊細なタッチで個々の個性を聞かせるソロ・コンサートのようなものになっているのかもしれないですね。感性とテクニックで勝負する時代とでもいいますか。

穂村　ああ、わかる気がします。

里中　ひと口に「歌」と言っても、短歌もあれば長歌もあり、長歌の末尾に添えられる反歌もあります。でも現在、歌人が「歌」という場合、普通は短歌のことを指しますよね。例えば長歌などは、現代の歌人の目にはどのように映るのでしょうか。

穂村　長歌は、現代の世界に置き換えてみると、ポップスの歌詞に近いのではないでしょうか。『万葉集』時代の歌の詠み手たちの直系は、あるいは現在のミュージシャンなんじゃないかなと。あの時代の歌の機能は、Ｊポップや歌謡曲のようなメロディのある「歌」に代替されている気がします。今我々歌人がやっているのは主に印刷技術以降の短歌であって、かつての和歌とは、だいぶ違ってきているように感じています。

里中　歌は「耳で聞く時代」から、「目で読む時代」になったわけですね。

穂村 弘『水中翼船炎上中』

あらゆる歌から物語は生まれ得る

里中　穂村さんの歌集『水中翼船炎上中』を拝読しました。デザインが九パターンもあるんですね。この凝った装幀はすごくうらやましいです。マンガの単行本は、広く読まれるためにと定価をなるべく低く抑えるので、あまりデザインで遊ぶことができないんです。だから、この本のように函《はこ》入りだったり、箔《はく》押しがしてあったりすると、つい「これはいくらくらいかかるな」と原価計算をしてしまいます(笑)。

穂村　ある種の逆転現象ですよね。マンガはたくさんの人に読まれて、たくさんのお金を動かすことのできるジャンルであるがゆえに、造本で凝ったことができない。一方で、歌集はまずたくさんは売れないし、儲《もう》からない。でも、そんなマイナーなジャンルだからこそ、造本のようなところに執着して、自費で豪華な歌集を作ったりする人もいます。

里中　比較すると面白いですね。歌が「耳から聞くもの」から「目で読むもの」へと変化したとのだとすれば、そうした時代ならではの美しさ、面白さを体現しているのが歌集なのかもしれないですね。

穂村　視覚の話になったのでお伺いしたいのですが、『天上の虹』には、『万葉集』の歌が大きく作用しているわけですけれども、例えば、現代の歌人の作品をモチーフにマンガを描くようなことも可能なのでしょうか。

里中　どんな歌も、物語を生み出す源泉にはなり得ると思います。だから、もちろん描けます。例えば、穂村さんの歌集を読んでいると、いろいろとイメージが浮かんできますね。「穂村さんの歌なら、こういうタッチの絵がいいかな」と想像もします。

穂村　僕の歌は、ビジュアル的にはどのようなイメージなのでしょうか。

里中　そうですね、シャープな細い線で、あまり奥行き感のない絵のほうが合うと思います。色を付けるならパステルカラーでしょうか。あるいはほとんどモノトーンに近い感じがいいかもしれません。でもそれなら、時々差し色が欲しいかな。

穂村　とても具体的に言っていただけて、うれしいです。

「描きたいこと」は尽きない

穂村　里中さんは今、もっとも長期間精力的に活動されているマンガ家の一人だと思います。どうしたら、そんなに長い間、情熱を燃やし続けることができるのでしょうか。

里中　「いつか描きたい」というテーマがまだまだ残っているからではないでしょうか。しかも、描けば描くほど、芋づる式に興味のあるテーマがまた出てきてしまって……キリがない（笑）。『万葉集』の時代も、『天上の虹』でこれだけ描いてきたにもかかわらず、まだちょっと足りないように思えてきて。

穂村　読者としては、ぜひその後の時代も読みたいです。

里中　実は今、奈良時代の歌人・大伴家持《おおとものやかもち》を主人公にしたマンガを描いているところでして。

穂村　家持は、柿本人麻呂同様、『万葉集』の編纂に関わった重要な人物ですね。

里中　『万葉集』には、家持の責任で意図的に集めさせたと思われる東歌《あずまうた》や防人《さきもり》――東国から出てきた人たちの歌が、たくさんあります。

穂村　いわゆる方言で詠まれた作品ですね。

里中　ああした歌を集めた理由を、じっくりとマンガで描いてみたいんです。また、天武天皇と持統天皇の子である草壁皇子《くさかべのみこ》を父に持つ、女帝の元正《げんしょう》天皇など、『天上の虹』終盤の登場人物たちのその後の人生を描きたいと思っています。昨年が家持の生誕千三百年記念の年で、本当はそこに合わせて発表したかったのですが、他の仕事もあってなかなか進まず……。

穂村　千三百年なら、一、二年は誤差の範囲ですよ。楽しみにしています。

参考文献／『新編日本古典文学全集 萬葉集』（小学館）

（対談・二〇一九年三月十一日）

吉澤嘉代子

シンガーソングライター

「子どもの頃に感じた寂しさ以上の寂しさはない」と打ち明ける吉澤さんが、世界と繋がるために摑んだのは歌うことでした。本好き少女はシンガーソングライターとなり、穂村さんの作品をはじめ、現代短歌にもとても影響を受けたそうです。「言葉」を巡る対話から吉澤楽曲の秘密に迫ります。

よしざわ・かよこ　シンガーソングライター。一九九〇年、埼玉県川口市生まれ。鋳物工場育ち。ヤマハ主催「Music Revolution」でのグランプリ・オーディエンス賞のダブル受賞をきっかけに二〇一四年メジャーデビュー。バカリズム作ドラマ「架空OL日記」の主題歌「月曜日戦争」を書き下ろす。2ndシングル「残ってる」がロングヒットする中、二〇一八年十一月七日に4thアルバム『女優姉妹』をリリース。二〇二〇年九月二十日に配信ライブ「通信・すなっく嘉代子」にて、ビクターエンタテインメントへの移籍を発表。十一月二十五日にニューシングル「サービスエリア」をリリース。

「言葉」から曲が生まれる

穂村　吉澤さんは、ご自身で作詞・作曲をして歌う「シンガーソングライター」ですが、同じミュージシャンでも、音楽から音楽を作る人と、文学など音楽以外の要素を元に音楽を作ることのできる人がいますよね。曲を聴くと、「ああ、この人はきっと本が好きなんだろうな」と思うことがあるのですが、吉澤さんの作品もそうでした。

吉澤　私にとって、音楽でいちばん大切なものは言葉なのです。詞が先に生まれる曲も多いです。笹井宏之さん、雪舟えまさん、堂園昌彦さんなどの現代短歌も好きで、穂村さんの作品には作詞をする上でとても影響を受けています。

穂村　嬉しいです。吉澤さんは、小さい頃はどんな子どもでしたか。

吉澤　小学二年生まではきかん坊だったのですが、三年生くらいから、何となく人とうまく話すことができなくなってしまって……。心の中で思っていることがあるのに、それを言葉にするより先に気持ちがあふれてきて、相手にうまく伝えることができない。しゃべることに対するコンプレックスから、逆に「言葉」に執着を持つようになっていったところがあります。それで、どんどん本の世界に没頭していきました。

穂村　その頃は、どんな本を読んでいたのですか。

吉澤　「物語」が多かったですね。現実の中にファンタジーが地続きで存在しているようなお話が、特に好きでした。例えば、いしいしんじさんの『ぶらんこ乗り』（新潮社）や、梨木《なしき》香歩《かほ》さんの『西の魔女が死んだ』（新潮社）とか。学校になじめなくて、でもちょっと特別な力を持った主人公たちに、自分を重ね合わせながら読んでいました。

吉澤嘉代子『女優姉妹』

「曲」を介して世界と繋がる

穂村　そんな本好きな少女だった吉澤さんが、音楽に目覚めたのは？

吉澤　小さい頃から短い歌を作って、家族の前で披露したりしていました。とにかく歌うことが好きで、それだけはずっと続けて今に至る感じです。

穂村　先ほど「思いをうまく言葉にできなかった」とおっしゃっていましたが、音楽にせよ小説にせよ、何か作品を作るというのは、なかなか言葉にならないことを、なんとか「伝える」ための方法だったりもしますよね。子どもの頃の吉澤さんが歌に込めた思いは、どんなものだったのでしょうか。

吉澤　伝えたいメッセージというわけではないのですが、寂しさ、でしょうか。ずっと「自分はどうしてこんなに寂しいんだろう？」という思いがありました。

穂村　普通に家族の中にいても寂しさを感じたのですか。

吉澤　そうですね。私は、子どもの頃に感じた寂しさ以上の寂しさはないと思ってます。子どもは「相談する」ということを知らないので、悩みを抱え込んでしまいます。思春期になると、いろいろ打ち明けられる友だちができたりして、よりどころが見つかるかもしれない。でも、小さい子どもは、自分の気持ちを打ち明けたりする方法を知らないぶん、大人よりも孤独なのではないでしょうか。

穂村　思春期になって、好きだった読書や音楽に対する思いに変化はありましたか？

吉澤　自分で曲を作ってみよう、という気持ちがより強くなっていきました。十六歳の時に、初めてきちんとした形で作詞・作曲をしたのですが、曲ができた時は「これで自分は世の中と繋がることができるかもしれない」と、希望の光が見えました。

共有される「あの感じ」

穂村　吉澤さんの曲には、好きな歌詞がたくさんあります。例えば、最初のアルバム『箒星図鑑』の「ストッキング」という曲。出だしが「金曜ロードショウ　なんとなく観てしまう／魔女の宅急便に泣いた　十三歳の夏にはもどれないことを知る」ですが、「金曜ロードショウ」という言葉の選択がとてもいいですね。普通に「テレビで映画を観《み》た」とでもしたほうが普遍性が増すけれど、それだと、『金曜ロードショー』という番組をテレビで観た体験を持つ人同士が共有する、生々しい「あの感じ」がなくなってしまうんですよね。

吉澤　お休みの前の日の夜、すでに観たことのある映画を、ついなんとなくテレビで観てしまうあの感じってありますよね。この曲には映画の『魔女の宅急便』のほか、「ほうき星」という言葉が出てくるのですが、ほうきと言えば魔女のモチーフです。実は私、子どもの頃に魔女修行をしてたんですよ。

穂村　吉澤さんは魔女志望だったんだ(笑)。

吉澤　修行の一環として、ペットの犬とのおしゃべりを試みたりして(笑)。このアルバムは、私にとって大切なモラトリアム期である「少女時代」をテーマにしています。

吉澤嘉代子『箒星図鑑』

穂村　「ストッキング」は、少女時代を振り返る、大人になった女性の歌として僕は聴きました。十三歳の女の子は、普通ストッキングをはきませんよね。「十三の夏には戻れないことを知る」というのは、すでに社会に出て働いている女性の視点なのだと思います。この曲には、「なにか今その人を縛っている世界」と、「すでに遠くなってしまった世界」があって、その対比が描かれているように感じました。

吉澤　丁寧に読んでいただき、ありがとうございます。

穂村　このアルバムには、ほかに「23歳」という曲があって、そこには「お酌もします　大人の世界」というフレーズがありますが、これも非常に生々しい言葉でドキッとさせられました。これは実際に二十三歳の時に書かれたのですか？

吉澤　はい。いつもは、自分と歌の主人公とを切り離して、距離を保つようにしているのですが、この時は、「今の自分」を切り取ったような、生々しい曲を書いておきたかったんです。初めてのワンマンライブの前日に書いて、お客さんの前で披露しました。表現者として、どこかで裸にならないといけないと思って書いた特別な曲です。

イメージの反転

穂村　吉澤さんの作品には、物語寄りのメルヘンっぽいもの、逆に現実を写し取ったリアルなもの、そして「どうしてこれを作ったんだろう？」と思うような不思議なものと、いろいろなバリエーションがありますよね。

吉澤　確かに、ちょっと唐突な内容の曲もあるかもしれないですね。いきなりお寿司のガリの歌が出てきたりとか(笑)。

穂村　二枚目のアルバム『東京絶景』に入っている、その名も「ガリ」という曲ですね。なんでガリだったんですか？

吉澤　私はお寿司が好きなので曲にしてみようと思ったのですが、お寿司の歌ってすでに結構ありますよね。だから、ちょっと視点をズラして、添えられたガリからアプローチしてみようと思ったんです。実は食べ物の歌はどのアルバムにも入っていて、ほかに、駄菓子の「ブルーベリーシガレット」（『箒星図鑑』）、「麻婆」（『屋根裏獣』）、「洋梨」（『女優姉妹』）というタイトルの歌があります。

穂村　食べ物の歌でベスト盤が作れそう(笑)。そうそう、「東京絶景」（『東京絶景』）では、上京する若者の姿が描かれています。この曲には、見事な形で上京のワクワク感が捉えられていて、リアルだなと思いました。といっても、吉澤さんご自身は、上京の経験はないんですよね？

吉澤　はい。東京近郊の生まれなので。この曲は、友達の体験が元になっています。

穂村　高円寺（東京都杉並区）辺りを歩いていると、自分が地方から上京してきて、今日がこの街に住む初めての夜だったらどれだけときめくだろう？　というような想像をすることがあるので、とても心に響きました。でも、「東京絶景」というタイトルなのに、引っ越したばかりで段ボールが積み上がった部屋の窓から見える東京という街の光景は、決してきれいなものではないですよね。

吉澤　そうですね。野良猫がゴミを漁ったりしていて。

穂村　きれいな光景が描かれているわけではないのに、歌の魔術でイメージが反転して、「東京の絶景」というフレーズが導き出される。この「イメージの反転」は、吉澤さんの曲の特徴ですし、短歌との接点を考える上でも重要なキーワードだと思います。

吉澤嘉代子『東京絶景』

常識を疑うと世界が反転する

穂村　最新アルバム『女優姉妹』にも、そうした「イメージの反転」を生かした曲がありますね。

吉澤　本当ですか。どの曲でしょう？

穂村　例えば、制服を着た女生徒たちを描いた「鏡」という曲。「貴方は私を　鏡と呼ぶ／私は貴方を　いつか忘れるだろう」という二行があります。鏡は、それを見ている人を映し出しますよね。この歌詞から、「鏡」と呼ばれた「私」には「貴方」が映し出されているイメージが浮かびます。それで僕は「貴方」＝「私」だと解釈しました。すると、「私は貴方を　いつか忘れるだろう」は、「私は私を　いつか忘れるだろう」という意味に思えてくる……。この鏡を介した世界の反転には、すごく陶酔感がありました。また、この曲からは、同性への強いシンパシー、運命を共有する者たちへのまなざしを感

風媒のたまものとしてマリヤは蛹のごとき嬰児を抱《いだ》きぬ

葛原妙子

じました。

吉澤　うれしいです。今作のテーマは、まさに「女性」なんです。女性の「性《せい》と性《さが》」を歌で描き切れたらと思いながら作りました。

穂村　性《せい》と性《さが》は、どのように違うのでしょうか。

吉澤　例えば前者は、性的な部分を強調した曲——例えば、朝帰りする女性の心の機微を描いた曲「残ってる」などがそれに当たります。後者は、このアルバム全体に関することですが、歌の主人公が、女性として、女性である自分の手を引っ張っていくようなイメージの曲で構成している点です。誰かに救われたり、他者の手を借りることなく、女性が女性である自分と向き合っていくような曲を集めました。

穂村　同作収録の「よるの向日葵」も反転する歌ですよね。向日葵《ひまわり》って、やっぱり太陽のイメージがあるから、「よるの」というところですでに逆転が起こっている。「誰にでも変わらず　優しい顔するなら／ねえ　お願い　私だけにいじわるしてよ」という歌詞で終わりますが、ここでも世界は反転現象を起こしています。

吉澤　普通なら、好きな人には優しくされたほうが嬉しいですものね。

穂村　でも、彼はみんなに優しい顔をしているから、そこで自分が優しくされてもその他大勢に紛れてしまう。だったら、むしろいじわるされたほうが特別感があって、そこに希望を見いだせる。吉澤さんの歌詞は、なぜ物事が反転するんでしょうか？

吉澤　何に対しても、まずは疑ってかかるところがあるのかもしれません。これは本当に見たままのものなのか？　例えば、目の前にきれいなものがあっても、「これって本当にきれいなの？」と、素直に受け取れないんです。

穂村　葛原妙子『原牛《げんぎう》』収載の〈**風媒のたまものとしてマリヤは蛹のごとき嬰兒を抱《いだ》きぬ**〉を思い出しました。ここで聖母マリアが抱いている「蛹《さなぎ》」は、幼いイエス・キリストのことですよね。幼い子どもは愛らしい、美しい存在であるということが暗黙の了解になっているので、普通それを蛹に例えることはありえない。でも、葛原はその「常識」を疑います。すると、世界は反転する。ほかにも、『鷹の井戸』の〈**天體は新墓《にひはか》のごと輝くを星とし言へり月とし言へり**〉という歌があります。星や月も一般的にはきれいでいいものと思われていますが、葛原の目には新しい墓のように見える。「そういうもの」という常識を解体して、本質を見てしまう人がいる。吉澤さんもそうなのではないでしょうか。

吉澤　それは、葛原妙子がイエス・キリストや、星や月を嫌っているということなのでしょうか。

穂村　いや、逆だと思います。むしろ、ほかの人より強い憧れを持っているからこそ、こういう表現になるのだと思います。反転した表現を用いることで、素直に「星ってきれいだな」と歌うよりも、ずっとずっと強く、星の美しさの奥にあるものに迫ることができる。吉澤さんの「よるの向日葵」における思考回路も、相手に対して強い愛情を抱いているからこそなのだと思います。

「究極の一行」をめぐって

吉澤　穂村さんは、二〇一五年のＮＨＫ全国学校音楽コンクール（Ｎコン）で作詞に挑戦されていましたね。その時の、高等学校の部の課題曲「メイプルシロップ」（作曲：松本望《まつもとのぞみ》）は強く印象に残っています。「夢」という言葉が散りばめられているのですが、描かれているのは逆の世界。ものすごく現実の歌だなと思いました。出だしの「コンビニの棚は空っぽ」というフレーズは、東日本大震災でコンビニの棚が空っぽになってしまった、あの現実を想起させます。

穂村　僕の初めての作詞です。その年のＮコンのテーマは「ピース♪」でした。平和。でも、これが壮大すぎて、すごく難しい。僕なりに考えて、東日本大震災を題材にしました。でも、東京に暮らす僕は当事者性が薄いので、悩みました。考え抜いた末、正直にやるしかなくて、その結果があの歌詞なんです。

吉澤　ご自身の知っている現実を歌詞にしたわけですね。

穂村　空っぽになったコンビニの棚を目の当たりにした時、そのありえなさから「夢の中みたいだ」と思ったんです。でも同時に、一度その光景を現実のものとして見てしまうと、のちに日常が戻り、ぎっしりと棚が埋まった状態を目にした時に、むしろそっちのほうが夢の景色のように思えてしまった。そうした二重性が、歌詞全体を覆っているように思います。

吉澤　「メイプルシロップ」とか「ホットケーキ」とか「タラコおにぎり」とか、人を傷つけなさそうな、牙を剝いていないモチーフでもって世の中に警鐘を鳴らす感じに、私はロックを感じました。

穂村　ありがとうございます。まさに「ホットケーキにメイプルシロップ」というリフレインは、ロックへの憧れから出てきたものなんです。甲本《こうもと》ヒロトさんの歌がその典型ですけど、ほぼ意味のないあるフレーズを繰り返していると、そこに徐々に魂が乗ってきて、格好よく感じられてくる。また、ホットケーキにメイプルシロップをつけて食べられる日常というのは、震災後の僕たちにとって、普通だけど特別なものでもある。そこには共感を生む力が生じるのではと思って書きました。

吉澤　当事者性の問題以外で、苦労された点はありますか？

穂村　自分なりの「究極の一行」を書こうと苦心しました。優れた歌詞には、切れば血の出るような真実のフレーズがあると思っていて。例えば、中島《なかじま》みゆきが吉田《よしだ》拓郎《たくろう》に向けて作詞・作曲した「永遠の嘘をついてくれ」。この中に「一度は夢を見せてくれた君じゃないか」という素晴らしい一行があります。拓郎さんは、ある時期曲が書けなくなってしまって、シンガーソングライターとしての遺書代わりになる歌を、誰が聴いてもそう思えるような歌を、中島さんに頼んだ。つまり、魂のバトンを渡したわけです。

吉澤　すごい！

穂村　その結果返ってきた曲の歌詞が、「いつまでもたねあかしをしないでくれ／永遠の嘘をついてくれ／一度は夢を見せてくれた君じゃないか」――つまり「まだいけるよ！」というエールの歌になっていた。そんな究極の〝心に刺さる〟一行を、絶対に自分が言わなくてはいけない一行というものを書いてみたかったんです。短歌でもそんな究極の一行を夢見ますが、きっと一生のうちで、一回か二回かゼロ回くらいしか書けないんでしょうね。

一筆書きが格好いい、でも……

吉澤　言葉については、私も本当にいつも悩みます。詩人の文月悠光さんに「この言葉とこの言葉どっちがいいかな？」「この歌詞ダサいかな？」などと、相談に乗ってもらうこともあります。

穂村　文月さんにも以前この対談に登場していただきました。お友達なんですね。そうした熟考の跡が、歌詞のそこここに見られます。一曲の中で何度も繰り返されるフレーズが、その過程で微妙に変化したり、あるいは一部が欠落していったりする。そうした言葉の微調整が本当にすごい。唯一の問題は、その「微調整している」ということが聞き手に伝わってしまうことです。

吉澤　ミュージシャンなら一筆書きが格好良い、みたいなのありますものね。

穂村　これも甲本ヒロトさんの歌詞に顕著なんですけど、言葉と言葉の距離が近すぎることがあるんです。「生クリーム」が出たばかりなのに、そのすぐ後に「ヨーグルト」が出てきたりする（「パーティー」）。普通は、近すぎるから違う言葉を選ぶと思うんです。でも、それが歌うと逆に格好良く聞こえるから不思議。

吉澤　細かいところを気にしてなさそうなのがいいんでしょうね。

穂村　サザンオールスターズの桑《くわ》田《た》佳祐《けいすけ》さんの本に『ただの歌詩じゃねえか、こんなもん』（新潮社）

「キバ」「キバ」とふたり八重歯をむき出せば花降りかかる髪に背中に　穂村 弘

というのがありますが、ミュージシャンにはそういう見せ方があるのかもしれませんね。

吉澤　そういう意味では、私はそれとは真逆の方向に行っているように思います。

穂村　でも、それこそが吉澤さんの魅力でもあり、僕が共感する部分でもあるんです。

短歌、その「三つの喜び」

吉澤　私は、歌集を家の中でしか読めないんです。なぜなら、読んでいる時につい声に出してしまうから。つまり、私にとって短歌は、視覚だけじゃなくて、音との結びつきが強い。音楽は、基本的には耳から入ってくる情報です。歌を聴いて頭の中で歌詞を思い浮かべたり、後で歌詞カードを見たりしますよね。一方短歌は、まず「歌集」という視覚情報があって、目で読むことで心の中で声になったり、あるいは自分の口でその短歌を読み上げることによって耳へと入ってくる。情報の伝達ルートが逆なんです。視覚優位であることによって、短歌は、歌や歌詞にはできない表現を可能にしていると思います。そして、そこにこそ、私にとっての〝喜び〟のポイントがあるんです。

穂村　具体的に伺っていいですか。

吉澤　では、私の好きな穂村さんの短歌を例に説明してみます。「三つの喜び」があるんですが、第一は「表記の喜び」。あえてひらがなで書く時ってありますよね。例えば、〈**このあろはしゃつきれいねとその昔ファーブルの瞳《め》で告げたるひとよ**〉（『ラインマーカーズ』）。このファーブルは、昆虫博士のファーブルですね。博士って、一つの物事を究めた、特別な存在です。普通なら「このアロハシャツきれいね」となるところが、「あろはしゃつ」とひらがなになっていることで、そう告げた人物が、同じ言語を共有しているにもかかわらず、まるで昆虫博士のような、ある意味別世界の存在であるということが伝わってきます。もし、これを歌ったとしても、「シャツを褒められたんだな」と受け止められるだけで、音だけでは、そうした自分とは一線を画した存在であるというニュアンスまでは伝わりません。

穂村　この短歌の成り立ちを、非常に的確にキャッチしていただき驚きました。実際に着ていたシャツを褒められたんですけれど、その褒めてくれた人の目がちょっと異様で、普通にシャツを褒める人の目じゃなかったからどきどきしたんです。まさに、その「普通じゃなさ」を表すためにひらがなを用いました。

吉澤　それから、第二に「ふりがなの喜び」があります。穂村さんの〈**「おじさん人形《カーネル・サンダース》相手にどもっているようじゃパパにはとても会わせられない」**〉（『シンジケート』）は、有名フライドチキン・チェーンのキャラクターをちょっとからかっている感じが面白いです。はっきり書かなくても、ふりがなを使うことで、そういう含みを持たせることができる。

穂村　ふりがなを用いることで、二重に情報を入れ込むことができるんですよね。しかしこの短歌には、若気の至り的な感じがほとばしってますね。今の自分は作らないだろうなぁと思います（苦笑）。

吉澤　そして、三つ目が「括弧の喜び」。〈**「キバ」「キバ」とふたり八重歯をむき出せば花降りかかる髪に背中に**〉（同）が典型だと思うのですが、これがそのまま「キバキバと……」だったら、二人で歯をむき出し合っている情景が伝わりません。括弧が入り、台詞《せりふ》のように見えることで、二人の人間の存在がはっきりしてくるんですよね。

穂村　考えてみれば、吉澤さんの歌詞には、ふりがなを使ったり、「ラジオ」を「ラヂオ」と表記したりといった、言葉への強いこだわりを感じさせるものが多いですね。

吉澤　短歌への憧れがそういう歌詞を書かせるのだと思います。読書によって自分は育てられてきた

砂のない砂漠と水のない海と私をめぐる淡いかなしみ

笹井宏之

という感覚が強いので、どうしても視覚の情報を優先してしまうんです。だから、どんなに音としての響きが良くても、表記的に前後がしっくりこなかったら、あるいは見た目に格好良くないと思ったら歌詞を変えてしまったりもします。

短歌が歌詞を拡張する

吉澤　穂村さんが影響を受けたミュージシャンを教えてください。

穂村　たくさんいて迷いますが、やっぱり忌野《いまわの》清志郎《きよしろう》でしょうか。彼の代表曲の一つ「スローバラード」（作詞・作曲：忌野清志郎・みかん）の中に、「昨日はクルマの中で寝た／あの娘と手をつないで／市営グランドの駐車場／二人で毛布にくるまって」という歌詞があります。この「市営グランド」が、当時相当衝撃的な言葉だったんです。

吉澤　そうなんですか。私には普通の言葉に聞こえますが。

穂村　「市営グランド」は、我々にとっては身近な存在ですよね。でも、かつてそれは、歌詞の中に出てはこないものだった。出てくるのは「四畳半」のような、貧しさを感じさせるフォークソング的な叙情漂う場所か、「スタジアム」のような、松任谷《まつとうや》由実《ゆみ》に代表される都市的でおしゃれな場所だけでした。つまり、「貧しさ」と「ラグジュアリー」の二極化で叙情が成立していたわけです。でも、実際には、四畳半よりもスタジアムよりも、我々の等身大の感覚には近いのは「市営グランド」だった。そういう歌詞化されてこなかったゾーンを歌ってみせたミュージシャンの一人が、清志郎だったのだと思います。

吉澤　歌詞になるゾーンを新たに見つけた、あるいは拡張したということですね。

穂村　はい。誰もが体験や体感と

して持っていながら、歌詞の世界では「ない」ことになっていた事柄を「あるよね」と提示してみせたというか。あとは、「ダメな言葉」が、どこかの段階で一周回って「アリな言葉」になるケースもありますよね。

吉澤　例えば、どんな言葉でしょう。

穂村　かつては、「東京タワー」という言葉を歌詞に出すのは無理、みたいな感覚ってあったと思うんです。新しくも古くもなくて中途半端な存在だったから。歌詞に登場させるなら、もっと新しいものか、極端に古いものじゃないとサマにならないというか。でも誰かが言っていましたが、一九九〇年代、小沢健二《おざわけんじ》が「ぼくらが旅に出る理由」という曲の歌詞の中に「東京タワー」を登場させたことで一転しました。

吉澤　私は、穂村さんの短歌に触れたことで、歌詞のゾーンが拡張した経験があります。それまで、ある言葉に対して抱いていたイメージが大きく変わる経験と言いますか。例えば「ガードレール」という言葉は、それまで自分の中ではそっけない存在でした。

穂村　歌詞に選ぶ言葉ではなかった？

吉澤　はい。でも、それが穂村さんの〈**ガードレール跨《また》いだままのくちづけは星が瞬くすきを狙って**〉（『ドライドライアイス』）という歌に出会ってから、「ガードレール」＝「素敵な恋のモチーフ」へと大きく転換しました。だから、私の「ユキカ」（『東京絶景』）という曲の「ガードレールしゃがみこみ心に叫んだ／あなたが好き」という歌詞は、穂村さんの短歌に出会っていなかったら書けなかったものです。

磨かれた言葉しか生き残らない

雪かきをだれがするかで殴りあう春には消える雪のことで

雪舟えま

銀皿に「あんた」「お前」で添いとげる純情天下甘海老夫婦

吉澤嘉代子

穂村　好きな歌人として笹井宏之さん、雪舟えまさんの名前を挙げられていましたが、好きな短歌を教えてください。

吉澤　笹井さんの〈**砂のない砂漠と水のない海と私をめぐる淡いかなしみ**〉〈**ひきつづき私は私であるでしょう　ところによりあなたをともなって**〉（『てんとろり』）などはすごく好きな歌です。笹井さんは、言葉に自分の魂を託そうとしていたのではないかという気がします。雪舟さんの歌では〈**世界じゅうのラーメンスープを泳ぎきりすりきれた龍おやすみなさい**〉〈**雪かきをだれがするかで殴りあう春には消える雪のことで**〉（『たんぽるぽる』）。雪舟さんの短歌は、超自然的というか、短歌的な制約を超越してしまっているところがすごいです。

穂村　堂園昌彦さんもお好きでしたよね。

吉澤　はい。堂園さんの歌なら、〈**直情のあなたの庭を巡り廻るその薔薇色の馬と老騎士**〉（『やがて秋茄子へと到る』）。「騎士」ではなくて「老騎士」にしていたり、「薔薇《ばら》色」を組み合わせていたりするところがユニークです。〈**坂道を躊躇《ためら》いながら降りてきてあなたが纏う枯れ葉のひかり**〉も好きな歌です。

穂村　吉澤さんは以前、堂園さんのこの歌集について「初めて読んだときに、硬い木に触れたような印象を受けました。徐々に、最低限の水分でものすごくロマンチックな表現をしている方だと感じるようになりました」と書かれています（「CREA」文藝春秋、二〇一七年九月号）。短歌についても、「短歌は言葉の数が決まっているので、心情や情景を表現するために、選び抜かれた最適な言葉がぎゅっと詰まっている。制限があるなかで生まれ、磨かれた言葉しか生き残っていないところに惹きつけられます」（同）と。僕はこれらの文章を読んで、こんなにも言葉について考えているミュージシャンがいるんだ！　と驚かされました。そうそう、吉澤さんは短歌も作られるんですよね。最近も作っていますか？

吉澤　実は今日も作ってきました。緊張しますが聞いてください。

〈銀皿に「あんた」「お前」で添いとげる純情天下甘海老夫婦〉。

穂村　お寿司の歌ですね。「銀皿」だから、少し値段の高いネタなんでしょうね。

吉澤　はい、シャリの上に甘海老《あまえび》が二尾並んでいるイメージです。もしかしたら、この海老たちは海の中でも夫婦で、ここで再び会えたんじゃないか。殻はないけど魂だけで結び付いているって、すごく泣けるなと思いながら詠んだ歌です。

穂村　「カイロウドウケツ（偕老同穴）」という名の筒状の海綿動物がいます。その中には雄雌《おすめす》つがいの小さなエビ（ドウケツエビ）が住んでいることが多いんです。このエビはつがいで最後まで添い遂げるといいますし、偕老同穴には「夫婦仲良く年をとり、死んで一緒に葬られる」という意味もある。だから、これはある種の本歌取りだと思いました。これからも素敵な曲はもちろん、ぜひ短歌もたくさん作ってください。

（対談・二〇一九年六月十一日）

名久井直子

ブックデザイナー

歌人にとって自らの作品を収めた「歌集」はとても大切な宝物です。名久井さんは穂村さんの歌集やエッセイなど、千冊以上を手がけているブックデザイナー（もちろん、本書も！）。最初の装丁は錦見映理子《にしきみえりこ》さんの歌集でした。歌集を繰りながらの短歌談義はとても親密です。

なくい・なおこ　一九七六年、岩手県盛岡市生まれ。ブックデザイナー。武蔵野美術大学卒業後、広告代理店勤務を経て、二〇〇五年よりフリーに。装丁を担当したものに、『にょっ記』『Linemarkers』『水中翼船炎上中』（穂村弘）、『バウムクーヘン』（谷川俊太郎）『たんぽるぽる』（雪舟えま）『えーえんとくちから』（笹井宏之）など。

ネット掲示板での出会い

穂村　名久井さんは、小説から歌集まで、実にさまざまな書籍のデザインを手がけ、いまや日本を代表するブックデザイナーの一人になられましたね。

名久井　おかげさまで、手がけた本が千冊を超えました。今日はほんの一部ですが、これまで担当した本を何冊か持ってきました。

穂村　名久井さんは、雪舟えまさんの『たんぽるぽる』(短歌研究社)をはじめ、歌集のブックデザインも多数手がけられてますよね。どれも本当に美しくオーラがあって、手元に置いておきたくなるものばかりです。そして、僕も何冊もお世話になっているわけですが、出会いを振り返ると、確か二〇〇〇年ごろでしたね。

名久井　穂村さんの『手紙魔まみ、夏の引越し(ウサギ連れ)』を読んで、初めて自分でも短歌を書いてみようと思ったんです。あの頃はインターネット掲示板が盛んな時代で、「ごーふる・たうん　BBS」という穂村さんの掲示板を見つけて、そこでやり取りをするようになったんですよね。当時は、広告代理店にデザイナーとして勤めて二、三年目くらいで、まだぜんぜんブックデザインの仕事はしていませんでした。

穂村　僕もまだ会社員でした。確か、わりと近い時期に会社を辞めたのかな。

名久井　私は「百万円貯《た》まったら今の仕事を辞める」と口癖のように言っていて、よく穂村さんに止められていました。

穂村　なんて世間知らずなんだろう！　って、びっくりしたんですよ。せっかくいい職場に入れたんだから辞めちゃダメだよ、なんてお兄さんっぽくお説教しましたよね。でも、そんな僕の意見をよそに名久井さんはあっさり仕事を辞め、特に何の問題もないまま、本当にあっという間に売れっ子になられた。あの時はすみませんでした(笑)。

装丁という仕事

穂村　ブックデザインというのは、どこからどこまでを手がけるお仕事なんでしょうか。

名久井　「一冊」の形にする工程の、ほとんど全部ですね。短歌でも俳句でも小説でも写真集でも何でもいいんですけど、ある内容があった時に、それを物質としてひと固まりにするための作業にはだいたい関わっていると思います。ハードカバーにするかソフトカバーにするのかといった外側のところから、本文の見え方まで全部。他にも、編集者と相談しながら使える紙や印刷の種類などを決めていき、必要があればイラストや写真を外部に頼みます。色校正のやりとりまでして、完成となります。

穂村　僕は出版社に「このブックデザイナーにお願いしたい」と希望を伝えたりしますけど、一般的にはどうなんですか？

名久井　編集者がブックデザイナーを決めて、プランが決まったら、それを著者に伝えて確認を取る――というのが一般的だと思います。著者が希望を出すケースは、そこまで多くないのでは。

穂村　ブックデザインには、すごく執着があるんですよ。散文に比べて、短歌などの韻文はレイアウトやデザインの果たす役割が重いと思うから。極端なことを言えば、「どこで改行するか」といった判断ひとつで、ぜんぜん違う作品になってしまう。本って、その一冊で一つの宇宙みたいな感覚があって、韻文は特にその傾向が強いと思います。その枠組みを最終的に確定し、完成させるのがブックデザインという認識です。だから僕は、自分が信用できる、素晴らしいお仕事をされてきたブックデザイナーにお願いしたいと思うのです。なぜなら、自分ではどうしていいかわからないから。格好いいものを見れば格好いいなと思うけど、なぜそれが格好良くなっているのか、その理屈やメカニズムまではわからない。

名久井　ブックデザインって、誰かの子どもに、その子に一番似合う素敵なお洋服とヘアメイクを施して、舞台に送り出すような仕事だなと思うんです。

穂村　親だからといって、子どもを一番素敵にできる保証はありませんからね。良かれと思って服を選んだのに、残念な結果になることだって少なくありません。だから、ベストな選択・判断をプロにお願いするわけです。

初めての装丁

穂村　名久井さんが独立された当時、ブックデザイナーは年長者の男性が多かった印象があります。あとは、会社に属している方がほとんど。名久井さんは、フリーランスで女性のブックデザイナーという道を切り拓《ひら》いた第一人者でもある。

名久井　確かに、最初から一人でやる人はほとんどいなかった気がします。ブックデザイナーの本道は、大手出版社内にあるデザイン室に入って、そこで育てられることでしょう。でも私のときもそうでしたが、採用募集のない年も多いんです。あるいは、名のあるデザイナーさんの事務所に入って、腕を磨いたのちに独立するという道もあります。いずれにせよ、いきなりフリーというのは、かなり特殊だったのではないでしょうか。

穂村　一番最初に手がけられた本は何だったのですか。

名久井　二〇〇三年に出た、錦見映理子さんの歌集『ガーデニア・ガーデン』（本阿弥書店）です。錦見さんとも、そのネット掲示板の集いで知り合って、ご本人から頼まれました。独立する二年前くらいから、会社員をしながらブックデザインの仕事をしていて、その時期のことですね。

穂村　名久井さんは小説の他に、韻文系の本もかなりたくさん担当されていますが、最初に手がけた作品が歌集だったというところに因縁を感じます。あれは素敵なデザインでしたよね。

名久井　本当に手探りをするように作っていたので、今見ると「もっとこうしたかった！」というところがたくさんあります……。

穂村　ブックデザインはどうやっ

名久井さんが最初に手がけた本。
錦見映理子『ガーデニア・ガーデン』

て学んだんですか？　誰か先生のような人は？

名久井　いないんですよ、誰も。本当に独学で。『ガーデニア・ガーデン』の時は、まさに勉強しながら作っていった感じです。

穂村　名久井さんのルーツというか、何に憧れてこのお仕事を始めたんですか。きっかけとなった本やデザインなどがあれば教えてください。

名久井　小学生の時に、菊地信義《きくちのぶよし》さんが手がけられた『昭和文学全集』（小学館）を見て、「この本は他と違う！」と思ったのが、ブックデザインを意識した最初の記憶です。三段組の全集で、上方の小口に金箔を貼り付けた、いわゆる「天金《てんきん》」仕様のがっしりとした本で、それはそれは美しかった。その後は、中学二年生の時に祖父江《そぶえ》慎《しん》さんが手がけられた吉田戦車さんのマンガ『伝染るんです。』を書店で買って、衝撃を受けました。あの本で初めて、デザインも編集の一部なんだ、ということが感覚的にわかった。デザインの仕方で、本の内容の伝え方が大きく変わるということを知ったのは本当に大きなことでした。その頃からデザインに興味を持ち、今はもうない「デザインの現場」（美術出版社）という総合デザイン誌を読むようになりました。そうしたものたちすべてが、私の先生だったのだと思います。

テキストのためにバケツを繋ぐ

名久井　穂村さんは、いろいろなブックデザイナーさんとお仕事ができていいですね。

穂村　そうですね。本当は自分と同世代の人と同時期にデビューして、歌人とブックデザイナーとでチームを組んで世に出ていく――みたいなのに憧れるけど、僕はブックデザインが好き過ぎて、憧れの人がたくさんいるから、なかなかそうもいかない。大御所の先生方にはご高齢の方も多いですからね。

名久井　私のグラフィックデザインの恩師である勝井三雄《かついみつお》先生も、二〇一九年に八十七歳で急逝されました……残念でなりません。

穂村　でも、亡くなられてもデザインは残ります。僕は究極的には、本さえきれいにできればもうそれでいい、という気持ちがあるんですよ。小宇宙としての美しさが至上、みたいな感覚ですね。長い目で見れば、美しい本であればあるほど息長く売れるし、読み継がれていくのではないかと。

名久井　本は、大ベストセラー作品のように、何十万部、百万部といった規模で種子を飛ばして生き残る方法もあるし、逆に種の数こそ少ないけれども、物質性が高い貴重なものとして生き永らえる作品もあります。ただし、本も新陳代謝をしていかなければいけないという側面もあります。ある意味、私の仕事は、バケツリレーの途中に立つようなものだと思っているんです。テキストが長生きするために、繋ぎ目に立って、バケツを次の人に渡していくイメージです。

穂村　名作とされる作品って、時代に即した装丁で、新たに出続けていますものね。

名久井　その通りです。今は新刊の仕事が多いので、私が一杯目のバケツを担っていることが多いのですけど、いずれ誰かがリニューアルしてもいいものだと思っています。だから、「せめて次に受け取る人までもってくれ！」という気持ちで臨んでいます。もっとも、野中ユリさんや堀内誠一《ほりうちせいいち》さんといった、尊敬する人たちが手がけたバイブルをリニューアルする依頼が来ると、本当に荷が重いんですけどね……（苦笑）。ともあれ、素晴らしい作品が売れ続けるためにできることがあれば、積極的に挑戦していきたいです。

ブックデザインはタイトルから

穂村　僕が初めて名久井さんにデザインしていただいた本は、歌集『ラインマーカーズ The Best of Homura Hiroshi』でしたね。

名久井　タイトル会議をした時のメモを今でも持っているのですが、かなり迷走しましたよね。アライグマならぬ「アラワナイグマ」なんてものもあった（笑）。

穂村　かわいいと思ったんですけどね。ブックデザインって、タイトルから起動するようなところがあると思うんです。だから僕は、この時も今でも、本を作る時は最初に百個くらい案を考えます。最終的に『ラインマーカーズ』になったのは、これまでの歌からセレクトしたベスト盤的な歌集だったからです。いろいろな色のラインマーカーが並んでいるビジュアルが、いろいろな歌が並んでいるイメージと重なった。

名久井　絵は、現代美術家の大竹《おおたけ》伸朗《しんろう》さんに描いていただきました。すごく緊張しながらお願いに行ったことを覚えています。

穂村　僕は、ちょっとはみ出すような感じのデザインが好きなんです。「本に見えない本」みたいな物質感というか。例えば『ラインマーカーズ』も、帯を外すと背表紙に著者名がなかったりして、普通の本ではあり得ないことをやっています。あと、タイトルの文字がすごく格好良いですよね。

名久井　Sam《サム》という九歳の少年が書いた字なんです。当時、私の文通相手だった子。以前勤めていた会社の仕事で、ニュージーランドに行った時に知り合いました。このタイトル文字は、彼からの手紙の文章をバラして、切り貼りしているんです。

穂村　タイトル文字にある〝Linemarkers〟の「L」は、手紙の結びの言葉である〝with Love〟の「L」なんですよね。もちろん、少年はそんなことに自分の手紙が使われるとは思ってもいない。背景にある、そうした意外な物語性も、このデザインを魅力的なものにしています。

穂村弘『ラインマーカーズ』

文字と、別世界への憧れ

穂村　名久井さんには、『水中翼船炎上中』のブックデザインも担当していただきました。遡ること数年前、かなり早い段階でお願いしてましたよね。その間に、名久井さんが担当された本のデザインが良いと、不安になってしまって。

名久井 「ちょっと！ 全力を使っちゃったんじゃないの!?」とか言われました(笑)。

穂村 僕はブックデザインにこだわりがあるので、本屋さんとかで格好いい本を見るとすごく羨ましいし、悔しくなるんです。それが名久井さんのだと、「そのエネルギーを僕の本に残しといてくれないと困るよ！」って思う(笑)。十七年ぶりの歌集ということもあって、プレッシャーも大きかったんです。

名久井 この本も先にタイトルが決まっていて、「水中翼船」だから、「船」「海」といったキーワードからイメージを膨らませていきました。また、全体的にノスタルジックな内容が多く、小さな子どもだった時代に潜っていくような、時間旅行のイメージもありました。だから、「時間」「旅」も重要なモチーフです。

穂村 名久井さんも僕も紙のデザインフェチで、さまざまなデザインの紙切れを海外の蚤《のみ》の市とかを回っては集めていたから、それらの中からテーマに合う素材を持ち寄って相談をしました。表紙に散りばめられた古い紙のような意匠は、僕らのマニアックな収集物をコラージュした結果です。

名久井 穂村さんが一番こだわったのは、本の背の部分に異なる紙を貼り合わせる「背継表紙」でしたね。

穂村 昔の児童書とか、外国の絵本とかによく見られた技法で、長年憧れていたんです。

名久井 「背継表紙」は、本の背に被《かぶ》せるように貼る部分と、その両側――つまり、表紙と裏表紙にそれぞれ貼る部分との、三つのパーツに分かれています。これらを貼り合わせるには手作業が必須です。手間は変わらないので、せっかくだから微妙に異なる複数パターンの素材を組み合わせてもらうことにしました。表紙三種類、裏表紙三種類で、計九パターンのデザインがあります。

穂村 これはすごく好評でした。表紙に、たくさんの文字が散りばめられているのも嬉しかった。僕は、純粋な絵画よりも、ブックデザインやチラシ、ポスターの類い

拾ったら手紙のようで開いたらあなたのようでもう見れません

笹井宏之

に惹かれるのですが、理由は必ず文字が入るから。

名久井　その執着の理由は?

穂村　別世界への憧れ、だと思います。文字の背後には一つの文化・独自の世界がある。見たことのない文字が並んでいると、自分は知らないけれど、これを使っている世界があると感じられて、わくわくします。

読み継がれることが喜び

穂村　名久井さんの歌集関係のお仕事の中で、特に印象的だったのが『えーえんとくちから　笹井宏之作品集』(パルコ)です。

名久井　嬉しいです。この歌集には、好きな歌がたくさんあります。例えば、〈**拾ったら手紙のようで開いたらあなたのようでもう見れません**〉とか、〈**ふわふわを、つかんだことのかなしみの　あれはおそらくしあわせでした**〉とか。

穂村　どういうところに惹かれました?

名久井　短歌って、好きな理由をなかなか上手く言えなくて。単純に「かわいいな」と思えたりするのが、自分にとって素敵な短歌です。笹井宏之さんの歌には、自分の知らない、でも気持ちの良い空気感をポンと目の前に置かれたような気持ちにさせられます。童話「マッチ売りの少女」のマッチみたいに、その歌を読んだひとときだけ、ポッと見える風景みたいなものがあるなって。

穂村　どれも、ちょっと悲しさのある歌ですね。この本には、ブックデザイナーに加え、編集者としても参加されたんですよね。

名久井　はい。編集を兼任したこともそうですし、それが五人体制だったのも珍しかったです。もともとはデザインの仕事として受けたのですが、五人のうちの一人が詩人で友人の斉藤倫《さいとうりん》さんで、どうやらいろいろな属性の人が入ったほうが風通しが良くていいだろう、みたいな感覚があったようです。

穂村　この本も「名久井さん、本気出したな」と嫉妬するほどに素敵でした。

名久井　ありがとうございます。日常的に携帯して読んでもらいたかったので、クロス張りで並製、角丸にして、ポケットに入れても引っかからない造本にしました。笹井さんが亡くなったのが二十六歳とお若かったこともありますが、彼と同世代以下の、若い方たちに気軽に手に取ってもらいたいという気持ちがデザインに反映されています。

穂村　この歌集は、短歌というジャンルにおいては、異例のロングセラーを記録しています。文庫化もされましたし、これからより広く、そして長く読み継がれていくのではないでしょうか。

名久井　素晴らしい作品が、長く売れ、読まれ続けることが私の最大の喜びなので、そうなったら嬉しいです。

「内容」に導かれて

穂村　ロングセラーの歌集といえば、名久井さんがデザインされた雪舟えまさんの歌集『たんぽるぽる』もそうですね。

名久井　これにも、大好きな歌がたくさんあります。〈**うれいなくたのしく生きよ娘たち熊銀行に鮭をあずけて**〉なんて、すごくユニークで、まさに雪舟さんにしか書けない歌！

穂村　「熊銀行に鮭をあずけて」なんて、絶対に思いつかないですよ。

名久井　〈**なんでこうつららはおいしいのだろう食べかけ捨てて図書館に入る**〉の多幸感たるや！　それから〈**表紙見ただけで涙が出る童話と同じ第一印象のひと**〉、〈**逢えばくるうこころ逢わなければばく**

うれいなくたのしく生きよ娘たち熊銀行に鮭をあずけて

雪舟えま

るうこころ愛に友だちはいない〉も本当にすごい。雪舟さんのエッセンスが結晶化した一冊。

穂村　この本のデザインも素敵です。折ってあるカバーを外して広げると、円形のたんぽぽ畑みたいになる。

『たんぽるぽる』のカバーを広げると……

名久井　たんぽぽ畑に包まれているようなイメージの本にしたかったんです。ただこのカバーは折るのに手間がかかるため、製本所さんだけでは作業ができませんでした。そこで、私が自ら紙工屋さんにお願いして折るところまでやってもらい、それを製本所に戻してから本に掛けてもらって……というちょっと大変な工程を経ています。六刷からは、残念ながら、四角形に変わってしまったのですけれども。

穂村　そこまでやっているから、やはり本にオーラがありますよね。素晴らしい中身に相応《ふさわ》しいお洋服が着せられている感じ。

名久井　ブックデザインは、本にする内容ありきなので。私の仕事は、それに導かれているという感覚があります。

穂村　特に気を遣っているポイントみたいなものはありますか？

名久井　小説でも短歌でも詩でも、そこには温度や湿度みたいなものがあります。雰囲気、空気感と言い換えてもいいかもしれません。そういう感覚的な部分を、なるべくデザインに反映したいです。やはり、作品の内容を裏切らないものにしたいですね。

歌集デザインの特異性

編集部　小説などの一般書と、歌集とでは、デザインする時にどこが変わってくるのでしょうか。

名久井　端的に言うと、本文です

ね。歌集は、その設計がけっこう難しいんです。一番文字数の多い歌に合わせて、改行することなく収めていきたいのですが、あえて改行を入れている歌集も、それはそれで格好良かったりする。迷います。

穂村　初めから一行目を一定の文字数で折り返して二行で収める形もありますね。効果としては、ぱっと見た時に、一行目と二行目が同時に目に入るところで、それがなんか良いんですよね。それで、ある時代に流行って、以降定着しました。啄木のような多行書きはまた別で、現代では林あまりさんや今橋愛さんなど、ご自身の生理感覚がはっきりしている人が多い印象です。

名久井　それから、一ページに何首入れるかでも、かなり印象が異なりますよね。

穂村　僕の場合は、『ラインマーカーズ』だけが例外的に一ページ四首で、他の歌集は一ページ二〜三首です。だいたいそのくらいがちょうど良いと感じています。なお、改行はしない派です。

名久井　ページあたりの歌の数が多い歌集といえば、私がデザインを担当したもの中では、雪舟えまさんの『たんぽるぽる』が一ページ六首で最大です。彼女の歌は世界が濃いから、読者的にはちょっとヘヴィだったかもしれない。

穂村　もうちょっと少なくても良かった？

名久井　という気もするんですが、そうするとページ数が増えて本に厚みが出てしまい、雪舟さんの歌集としてはゴツくなりすぎてしまうような気もします。

穂村　そういう全体のバランスや、著者やその作品の持つイメージが、デザインに影響を与えているんですね。

いま死んでもいいと思える夜ありて異常に白き終電に乗る

錦見映理子

「名歌」の謎

穂村　せっかくの機会なので、もう少し好きな歌について伺えますか。

名久井　では、私がブックデザインを担当した歌集から選んでみます。初めてブックデザインを担当した、錦見映理子さんの『ガーデニア・ガーデン』に収められた〈**いま死んでもいいと思える夜ありて異常に白き終電に乗る**〉。それから、〈**配色のおそろしきこの食卓へ残雪を踏みやってくるひと**〉。これらの歌から、あの白を基調としたデザインが生まれました。

穂村　世界観と装丁がぴったりでした。彼女の『めくるめく短歌たち』（書肆侃侃房）というエッセイ集も歌への強いシンパシーがあって、すごく良い本だと思います。

名久井　それから、服部真里子さんの『行け広野へと』の〈**なにげなく摑んだ指に冷たくて手すりを夏の骨と思えり**〉、〈**今夜から未明にかけてめくられる無数の頁　やがて川音**〉も好きな歌です。

穂村　服部さんの歌は、どういうところに魅力を感じますか？

名久井　歌から感じられる、彼女の美意識でしょうか。服部さんが言葉で紡ぐ美しさには、彼女ならではの理想がある感じがします。そしてそれは、言葉の世界ならではのもの――つまり、リアルな世界では成し得ない美しさのように思えます。でも、その出発点となっているのは、彼女の生きるリアルな世界に他なりません。現実を、歌を介して「理想の世界」へと接続してしまう手腕が実に見事です。

それから、穂村さんの歌にも好きなものがたくさんあります。直近の『水中翼船炎上中』なら、昭和の雰囲気たっぷりの〈**雪のような微笑み充ちるちちははと炬燵の上でケーキを切れば**〉。〈**あ、一瞬、誰かわかりませんでした　天国で髪型を変えたのか**〉にもキュンとしました。素敵な言葉ばかり出してきて、ズルイです（笑）。〈**あいしあうゆめをみました　水中でリボンのようなウミヘビに遇う**〉も素敵。それから『ラインマーカーズ』の〈**指さしてごらん、なんでも教えるよ、それは冷ぞう庫つめ**

たい箱〉。この歌は好きな人が多くて、よく言及されますよね。

穂村　ありがとうございます。僕も好きな歌です。

名久井　それから、初めて会った時にサインをもらった『手紙魔まみ、夏の引っ越し（ウサギ連れ）』には思い入れが強く、好きな歌がたくさんあります。例えば、〈**冬。どちらかといえば現実の地図のほうが美しいということ**〉。同じように素敵でも、よく話題になる歌と、そうでない歌があります。あの違いは何なんでしょう?

穂村　偶然が作用していることだけはわかるけど、理由がはっきりしない。すごく良い歌でも、まったく人に知られないまま消えてしまうものも無数にあります。よく知られている、いわゆる「名歌」に良い歌が多いのは確かなんですが、同時に「なぜこれが有名なの?」という近代以降の歌もまたあって。

名久井　例えば?

穂村　石川啄木の〈**たはむれに母《はは》を背負《せお》ひて／そのあまり軽《かる》きに泣《な》きて／三歩《さんぽ》あゆまず**〉とか。「三歩あゆまず」の自己申告にハートの強さを感じます（笑）。現代を生きる我々の感覚からすると大げさで、なんか嘘くさい感じがするじゃないですか。でも、この表現が確かに必要だった時代があって、そのまま定着して現在に至っている。そういう歌って、考えるとけっこうある気がします。

「良いものを作る」ために

穂村　何か、これからご自分でやってみたいと思っているお仕事はありますか。

名久井　ブックデザインは、基本的に受注産業なので、自分から何かをやるというのは特にないですね。呼ばれて行ったところで何ができるか、という仕事だと思って

指さしてごらん、なんでも教えるよ、それは冷ぞう庫つめたい箱

穂村　弘

いますし。

穂村　じゃあ、文章を書くのは？ 僕は、名久井さんの書いた書評が大好きなんですよ。

名久井　ありがとうございます。でも、文章を書くのは、すごく難しくて……。使う筋肉がデザインの時とは大きく違いますし、ものすごく時間がかかります。この間、彩瀬《あやせ》まるさんの小説『朝が来るまでそばにいる』（新潮社）の文庫で初めて解説を書いたのですが、時間もかかりましたし、本当に大変でした。

穂村　名久井さんは、ブックデザインはもちろんですが、文章にせよ、インタビューでの応答にせよ、関わるすべてのお仕事に対して「良いものを作る」という大義が明確にあるから、逡巡《しゅんじゅん》せず、まっすぐに言葉が出てくる。だから説得力があるし、〝伝わる〟んですよね。

名久井　でも、なるべくはデザインだけやっていたいかなと思います。自分の仕事以外のところで何かをする必要があったら、私はデザインの部分は人に頼んでしまうような気がします。実際、自著を出した時は、デザインは別な方にお任せしましたし。

穂村　確かに「自分の本」に限定するなら、自らイラストを描いたり、デザインしたり、といったことはイメージできないかも。自分でやってしまうと、どういうものになるか想像がついてしまうから。それよりも、『ラインマーカーズ』の題字に、見ず知らずの外国の男の子が書いた文字が使われているみたいな「自分から遠い感じ」のほうがわくわくして楽しいです。

「その人らしさ」をめぐる苦悩

穂村　実は今、僕の次の歌集についてご相談しているんですよね。収録する歌も決まっていない、本当に初期の段階から意見をもらえたら、本の作り方が大きく変わるかなと思って。従来のフォーマットから入ると、これくらいの歌数で、こんなテイストのデザインで――という具合に、ある程度着地点が見えてしまって嫌なんです。

名久井　やっぱり、わくわくしたいんですよね。

穂村　はい。短歌もそれで苦しんでいます。ずっとやっていると、予想の範囲内のことばかり書いてしまうので、驚きがなくてつまらない。とはいえ、わからないことを書くのは簡単ではありません。

名久井　でも、世間に求められるイメージもあるから、難しい問題ですよね。

穂村　確かに、俳優さんでも、何を演じても毎回同じ人っていいますよね。でも、それ自体がいけないわけではない。だって、クールなイメージのある俳優が急に熱血な演技を始めたら、「じゃあ、違う人に頼みます」ってなりますものね。名久井さんは、そういう自分の持ち味みたいなものについてはどう考えていますか。

名久井　ブックデザインにおいては、自分のカラーは、ことさらないのが理想だと思っています。でも、人から見ると、やはり私っぽさというのはあるみたいで、「名久井さんのデザインはすぐわかります」と言われます。だから、まだまだ未熟なんでしょうね。

穂村　どこまでが個性で、どこからが自己模倣やマンネリなのか、その線引きも難しいですし。たぶん、前よりもテンションが落ちてしまったらダメなんでしょうね。

名久井　でも、「こういう短歌を書いてください」みたいな依頼はありますよね。そういう「お題」が、新味を出すきっかけになったりはしないんですか？

穂村　確かにありますね。でも、逆に「っぽさ」が強まってしまうこともあるから不思議です。また、そういう「その人らしさ」みたいなものって、不確かで掴み難くもありますよね。例えば、斎藤茂吉も西脇順三郎も、第一作品集を改稿して、自ら「これが定本」というものを作ったわけだけど、彼らのファンはむしろ改稿前の最初のバージョンを愛した。そういう現実を鑑みれば、もう自分のカラーみたいなものに思い悩むのはやめた方がいいのかもしれません。とはいえ、デザインを通して、自作の固定化に抗えるかもしれないという一縷《いちる》の望みもある。だから、名久井さんにはこれからもお世話になると思います。

（対談・二〇一九年九月二日）

俵 万智

歌人

本書の最後のゲストは俵万智さん。口語短歌の旗手として、それぞれ独自の存在感で現代短歌界をけん引されてきたお二人の対話です。歌壇デビュー当時の思い出から、互いの作品評、ＳＮＳを舞台とした新世代歌人への印象など、過去現在未来を存分に語っていただきます。

たわら・まち　歌人。一九六二年、大阪府生まれ。早稲田大学第一文学部卒業。八六年に角川短歌賞、八八年に『サラダ記念日』で現代歌人協会賞、二〇〇六年、『プーさんの鼻』で第十一回若山牧水賞を受賞。歌集に『かぜのてのひら』『チョコレート革命』『オレがマリオ』など。ほか『愛する源氏物語』『考える短歌』など著書多数。近作に『牧水の恋』、最新歌集『未来のサイズ』（KADOKAWA）。ＮＨＫ全国学校音楽コンクール課題曲「朝のバス」「手をのばす」の作詞も手掛けた。

ブレがない歌人

穂村　僕たちは共に一九六二年生まれで同い歳なんですけど、俵さんのほうが歌人としては先輩なんですよね。最初の接点は一九八六年の第三十二回角川短歌賞の時で、俵さんが「八月の朝」で受賞されて、僕は「シンジケート」で次席でした。

俵　あの頃はまだ、私は国語教師をしながら短歌を作っていました。

穂村　短歌を始めたきっかけは、早稲田大学で佐佐木《ささき》幸綱《ゆきつな》さんの授業を受けていたことだったんですよね。

俵　はい、格好良かったから、という理由で（笑）。ただ、受けていたのは教員免許を取るための「日本文学概論」という授業で、最初は佐佐木先生が歌人だということも知らなかったんです。それから先生の歌集を読んだら、本当に素敵で、影響されて私も作歌するようになり、その後先生の主宰する結社「心の花」に入りました。

穂村　僕は角川短歌賞に応募することを決めて、初めて短歌を書いたんですよ。直接的なきっかけは、林あまりさんの短歌を読んだことです。僕が初めて読んだ口語の短歌ですね。そして、同賞の前年（一九八五年）に次席だった俵さんの存在も大きかった。いざ短歌に関心を持ったものの、もっと先輩クラスの歌人たちの歌を読んでも、正直どう詠んだらいいかわからなかったんです。でも、同世代の口語作品を読んだことで「短歌って、こういうふうに作ってもいいんだ」というのがわかって、背中を押されるような感じがしました。それで、自分なりに手探りで書き始めて。

俵　私も、穂村さんには当時から親近感を抱いていました。デビュー作「シンジケート」を読んで、「あ、仲間がここにいる！」と思いましたもの。同時代を生きる歌人だな、って。あと、歌を詠むのが楽しくて仕方ない人なんだろうな、とも感じた。五七五七七が湧いてきて湧いてきて止まらない人――それが、歌から浮かんできた穂村さんのイメージです。

穂村　初めて俵さんと喋った時の印象は、「あ、写真と同じだ」でした。実物の俵さんは、大きな目も髪型も写真通りだし、キリッとしてて、全然イメージとブレがなかった。そのことで、僕はすごく納得したんです。俵さんって、言葉や文体にもブレがない。くっきりとした言葉で、バシッと一言で決めるタイプですよね。短歌の世界の人って、断言することをあまり好まないし、もうちょっと揺れているイメージがあったから、そういう点でも俵さんは特異な存在でした。そして、今に至るまで、その時の印象は変わっていません。

俵　それで言うと、穂村さんは作品とご本人との間に、ある意味ギャップがありますよね。エッセイを読む限り、社会に上手く適応できないトホホなキャラクターじゃないですか(笑)。でも実際にお会いすると、すごくシュッとしたイケメンで、歌もとんがっていて格好いい。その二面性も魅力です。

口語短歌の黎明《れいめい》期

穂村　僕たちは、かつては同じ括りで語られることが多かったですけど、一九九〇年前後のあの頃から約三十年ほど経った今、特にそういう感じもなくなっていますよね。

俵　確かに、私たちがデビューした当時は、「口語短歌の歌人」ということで同じグループに分けられていた気がします。

穂村　当時は口語短歌黎明期で、僕たちのような口語で歌を作る歌人は圧倒的に少数派だったからですよね。俵さんがデビューされた時の、短歌界の驚愕《きょうがく》という感じの反応を、よく覚えています。でも、日常の言葉を短歌の定型に収めるスタイルが一般化した今、当時の先端的で、画期的だった空気感はもうありません。口語短歌の登場がいかにショッキングだったかは、今の若い人にはなかなか伝わりにくいでしょうね。

俵　当時一緒の枠に括られた歌人は他にもいましたけど、今は歌の内容もそれぞれだし、作品的には全然違うところに流れ着いた感があります。思えば遠くにきたものだ、って。口語短歌が一般化したことで、かつて同じように見えていた歌人たちの違いが際立ってきたように思います。

穂村　同じ韻文の表現でも、詩などは口語自由詩というものをはるかに早い段階で実現していますよね。文学史的に言えば、その嚆矢《こうし》である萩原朔太郎の『月に吠える』が出たのが一九一七年。そこから俵さんの第一歌集『サラダ記念日』刊行まで七十年のタイムラグがある。その理由はわからないけど、短歌の世界には、その間もずっと文語というものを守ってきた歴史があります。

俵　ただ私の場合、絶対に口語にしようとか、文語はダメとかは全然思ってませんでした。

穂村　まさに、そこに俵さんの特徴が表れていると思う。従来の短歌の中の何を残して、何を変革するか。その意思が、初期の段階から、すでに俵さんの中にくっきりあったように思うんです。つまり、俵さんの歌って、完全な口語体ではないんですよね。典型的な例として、今は使われることのほとんどない「吾《あ》(＝自分)」という言葉が出てくる。

俵　**〈街頭の占い師吾に結婚の兆し見ゆとう声をひそめて〉**(『サラダ記念日』)みたいな歌ですね。

穂村　でも、混ざるというのは、ある意味で自然なことだと思んです。我々の日常会話でも、文語がゼロになっているわけじゃないから。「〜ごとく」みたいな、本とか映画のタイトルがいまだにありますものね。

俵　野球選手のイチローが引退会見で「後悔などあろうはずがありません」って言ったりね。言葉って、ある日突然新しくなるわけではありません。私は、文語中心だった短歌の延長線上に自分はいる、という意識があります。だから、自分が使いたいものがあるなら、過去の財産の中からありがたく拝借してもいいんじゃない？　と思っていたし、今でもそう思います。私に関して言えば、戦略的に文語に対抗して口語短歌をやったというよりも、文語と口語のちょうどいい感じのハイブリッドを模索した結果、ああいう文体になったという感じでしょうか。

環境の変化と、言葉の変化

穂村　僕が俵さんにすごく共感するのは、言語というものに対してマニアックなところです。言葉の響きや、その意味を詠んだ歌がたくさんありますよね。

俵　確かに普段から、何か気になる言葉があると延々と考えてしまう癖があります。例えば、こんなことがありました。沖縄県の石垣島から宮崎県に引っ越した時、居酒屋さんに入ったら「だれやめセット」というメニューがあって、意味が分からないから隣で焼酎を飲んでるオッチャンに聞いたんですよ。そしたら、「だれる＝疲れる」「やめる＝止《や》める」で、「疲れるのを止めるセット」という意味だと教えてくれました。

穂村　疲れるのを止める?

俵　つまり、「お疲れさんセット」という意味だったんですよ。あの、居酒屋さんで最初に頼む、飲み物とおつまみがセットになってるやつ。で、この時に思い出したのが、石垣の「ぶがりのうし」という言葉なんです。「ぶがり＝疲れた」「のうし＝治す」という意味で、打ち上げとかの慰労会的なものをそう呼ぶんです。宮崎でも石垣でも、「疲れを取る」ことを言い訳にお酒を飲んでいるという共通点に気づいて、めちゃめちゃ感動しました(笑)。

穂村　そういう言葉への強い関心が、俵さんの作品には如実に表れていますよね。例えば、お子さんの成長を歌った作品が収められた歌集『オレがマリオ』(文藝春秋)では、子どもの喋る言葉にすごくヴィヴィッドに反応されています。僕が好きなのは、〈**「おばあちゃん次は何色?」子は問えり米寿をベージュと聞き間違えて**〉。

俵　祖母の米寿祝いの時の歌です。

穂村　これは、子どもが「米寿」よりも「ベージュ」という言葉を先に知っていたことから生まれた、いわば間違いですよね。でも、その勘違いによって、人間が歳をとるにつれて次々と色を変えていくような、時の移ろいによって生じる別世界のイメージを見事に出現させています。あるいは、〈**楽しげに鈴鳴るごとき響きかな「じんがねーらん」は銭がないこと**〉(同)も面白い。

俵　方言ネタですね。石垣島に住

んでいた時の歌です。

穂村　「じんがねーらん＝銭がない」という意味を離れて、その音が楽しげに、鈴がなるように響くという捉え方が鮮やかです。発語した側とキャッチした側とで、その言葉の捉え方が全然違うのが面白いし、俵さんがキャッチしたことによってポエジーが浮上しているのがよく分かります。言葉の持つ「音」と「意味」が、歌に詠まれる時にマジックを起こすのが、俵さんの作品の大きな特徴の一つだと思います。そういえば近年、俵さんは住む土地をどんどん変えていますよね。やっぱり環境の変化は面白いですか？

俵　はい。今、私は完全に地方マニアになってますからね。気に入ったところを見つけては、どんどん住まいを変えていく。「男はつらいよ」の寅《とら》さん状態（笑）。

穂村　環境が変わることで、歌の言葉も変わりましたか？

俵　変わりますね。住む土地が変わることで、気づけることがたくさんあるんですよ。私は十四歳まで大阪にいて、その後福井に越したんですけど、その時人に笑われたことで初めて、自分が関西弁を喋っていたということを自覚しました。後年、その時のことを詠んだ歌に〈**「はる」という敬語使えぬ国に来て我が日本語のしましま模様**〉（『プーさんの鼻』）があります。それまで当たり前だった「〜しはる」という関西弁が使えないことが、当時不自由で不自由で仕方がなかったんですよね。この原体験が、言葉というものを深く考えるきっかけになったように思います。

昔の経験を、今の技術で詠む

俵　穂村さんの十七年ぶりの歌集『水中翼船炎上中』、楽しく拝読しました。私はこれを読むまで、昔の経験というものは、今の時点か

楽しげに鈴鳴るごとき響きかな「じんがねーらん」は銭がないこと　**俵　万智**

ら「振り返る」という視線でしか歌えないと思っていました。つまり、あくまで今の自分が軸になっている。でもここでは、歌う主体として完全に小学生になりながら、同時に、大人である「歌人・穂村弘」の技術でもって当時の感情を歌にしています。これは発明だなと思いました。

穂村　ありがとうございます。

俵　穂村さんと私は同い年なので、ここで歌われるノスタルジックな感情はすごくよくわかります。個人的に嬉しかった歌は〈**きらきらと自己紹介の女子たちが誕生石に不満を述べる**〉。私も自分の誕生石に対して不満を持っていたので、この歌の女の子たちに超共感します。

穂村　僕らが子どもの頃、自分の誕生石を調べるのが流行ったんですよね。

俵　私は十二月生まれで、誕生石はトルコ石だった。

穂村　なかなか渋い。

俵　でしょ、渋すぎなんですよ。他の子はダイヤモンドとかオパールなのに、なんで私は「石」なの?!　って。もうちょっと他にあるでしょ、と（笑）。だから、友だちとの間でその話題になりそうになると、無理矢理にでも別の話に逸《そ》らしてた。その時の気持ちを、この歌を読んで思い出しました。でも、当時の「石かよ！」という不満を、今持っている短歌の技術で詠むことはできないと思っていたから、びっくりしました。この手法を見出した時、「やった！」みたいな手応えはありましたか？

穂村　それって実は手法というか、自然にやるとそうなってしまうというか、書いてみたらそうでしかない、みたいな感覚なんです。ただ、それだと人に説明できないから、手法的に語るしかないんですけど、歌作りのリアルなところは、作者である自分にも介入できない領域だと感じています。そしてそれは、作家固有の文体みたいなものにも同じようなことが言える気がします。

情報量少なめ、ストレートな歌の力

穂村　文体といえば、いろいろな歌人の歌が収められたアンソロジーを読むと、じっくりと内容を読む前に、ぱっと見で「これは○○さんの歌だな」と分かってしまうことがありますよね。村《むら》木《き》道《みち》彦《ひこ》とか塚本邦雄とかがその最たる存在ですけど、「その文体＝その人」になっている。そしてそれは、俵さんも同様ですよね。さらに言えば、文体に盛られる情報量が少ないという特徴もある。

俵　歌の中であまり多くのことを語っていないということですね。

穂村　歌は別に何首作ってもいいのだから、理屈としては、一首内の情報量は減らしていいはずなんですけど、ほとんどの歌人はなぜかそれができない。一つの言葉が多義的であればあるほど良い、という生理感覚を持っている人が多い気がします。でもそれは、読者の立場に立つと、読むことのハードルが高くなるという側面もあるんですよね。

俵　読み方が複雑になるからですね。

穂村　一方で、そうした方向に行かなかった歌人もごく僅かには存在していて、近代以降のその代表格が石川啄木と俵さんだと思っています。この二人は、明確な〝その人〟の文体を持ち、一首内の情報量を過剰に増やさず、限定的なものにしました。だから、この二人が、近現代の短歌の世界において最も多くの読者を獲得したというのは、ある意味理に叶っているんですよね。

俵　確かに短歌は、限られた文字数の中でいかにたくさんのことを言うか、それを考えてきた歴史があるんですよね。掛詞《かけことば》や本歌取りといったテクニックも、ある意味、そのために発明されたものだと言っていい。なんか先人の歌人たちに申し訳ないな……と思いつつ、こんなことも考えます。情報がパンパンに詰まっている歌は、読み解く力さえあれば、噛《か》み応えも達成感もあって楽しい。ただ一方で、読者の側に付け加えるものがなくなってしまうという気がします。情報量が少なく、歌い手の言いたいことがストレートに伝わってくる歌は、読者が自身の中にある似たような体験とか記憶とか、その人の中に眠っているたくさんの情報を引き出すことができると

まっさきに気がついている君からの手紙いちばん最後にあける

俵　万智

思うんです。少なくとも自分の歌に関しては、そういうものが一つの理想としてあるんでしょうね。

「そりゃそうだよな」に帯びる詩性

穂村　俵さんと啄木には、「反論の余地がないことを言ってくる」という共通点もありますよね。例えば、啄木には〈**ふるさとの山《やま》に向《むか》ひて／言ふことなし／ふるさとの山《やま》はありがたきかな**〉という歌がありますけど、なにか反論を許さない感じがあるじゃないですか。世間的に「そりゃそうだよな」と納得せざるを得ないラインを突いてくる。

俵　そう思わない人はへそ曲がり、みたいな感じがあるかもしれないですね。

穂村　俵さんにも、そういう歌がけっこうあって、例えば〈**まっさきに気がついている君からの手紙いちばん最後にあける**〉。人には、重要度の低いものから処理していって、最後の最後に、精神のフォーカスを合わせた上で大切なものを扱う――そういう自然な心理の動きと、行動のメカニズムがある。それがそのまま詠まれた歌ですよね。あるいは、〈**「勝ち負けの問題じゃない」と諭されぬ問題じゃないなら勝たせてほしい**〉みたいな歌も、「そりゃそうだよな」と言う以外ない。

俵　私の歌について、「あきれるばかりの名言である」って言われたことある（笑）。

穂村　ある意味身も蓋もないことを言っているのに、そこに詩情を発生させてしまうのも俵さんの特異性の一つですよね。それから、俵さんの歌を読んでいると、揺れている歌がほとんどないことにも驚かされます。ちょっと変わった言葉遣いをしている時などは、ほぼ百パーセント理由や意図が読み取れる。つまり、なんとなく雰囲気でやっているということがない。例えば〈**たっぷりと君に抱かれているようなグリンのセーター着て冬になる**〉という歌で、「グリーン」を「グリン」としているのは、明らかに音数を優先しているからですよね。そこまでして音数を重視するのが非常に興味深かった。

俵　音数と言えば、私が初期に「吾（＝自分）」という古い言葉を使っていた理由を、塚本邦雄さんに見抜かれたことがありました。『サラダ記念日』に「我《われ》」「吾」二つの言葉があるのは、字数合わせで使い分けているからだ、と。実際その通りでした。

穂村　音数を身体的に把握している人ほど、破調を怖れず自由な表現が可能で、リズム感や音数への身体感覚があまりない人ほど、音数に厳密になる傾向が強い気がします。

俵　分かるなぁ。字足らず／字余りを自然にできてしまう人——例えば、馬場あき子さんや東直子さんのような歌人は前者。音数がぴったりじゃなくても、違和感なく定型にハマっている感覚が持てるからこそ、そういう歌を魅力的に詠めるんでしょうね。

選歌の愉しみ

穂村　『サラダ記念日』と塚本さんの話が出ましたが、あの本がベストセラーになっていた当時、歌人たちが俵さんのどの歌を褒めたかをよく覚えています。ブームの渦中だと、褒めるのも難しいんですよね。「自分だけがわかっている、この歌の魅力を語りたい」みたいな意識が働いてしまうから。塚本さんが褒めたのは〈**ゴアという町の祭りを知りたけれどここはそらみつ大和の国ぞ**〉という歌でした。よくこんな俵万智っぽくない歌を探してきたな！　と思った。

ブライダル・ベールという名の植物を窓辺に吊す我が青春忌

俵　万智

俵　あと〈**ブライダル・ベールという名の植物を窓辺に吊す我が青春忌**〉も褒めてくださいました。どちらも『サラダ記念日』らしい歌ではありませんが、すごく塚本さんらしいチョイスですよね。

穂村　ええ。あと、馬場さんが〈**ゆく河の流れを何にたとえてもたとえきれない水底の石**〉を褒めていましたよね。これは彼女の〈**さくら花幾春かけて老いゆかん身に水流の音ひびくなり**〉ともどこか響きあう感じがあって、納得できた。選歌って、採る人の好みがモロに出るから面白いですよね。歌会のような場では、誰がどの歌を採ったのかを確認して「やっぱり！」となるのも楽しみの一つ。

俵　選者の立場からすると、自分が特選に選んだ歌が、誰も気づいてない名歌だととても鼻が高いんですよね。

穂村　気付かずにスルーしてしまった歌の良さを、別の選者の視線を介して知ることができるのも魅力ですね。

俵　一方で、こういうことも。以前、小島ゆかりさんがおっしゃってたことですけど「この歌を見つけたのは絶対私一人だと思って喜び勇んで特選にしたら、まあまあ選が重なっていてがっかりした」って(笑)。

穂村　すごくわかる！　無記名で投票するタイプの歌会で迷った時、「Aにはたくさん点が入りそうだから、Bにしよう」みたいな〝あえて〟のジャッジをしたものの、結果的に逆で採ったほうの歌に点が集中してて「あれ？」ってなったりね。

俵　みんな同じことを考えたんでしょうね。私も、歌会で自信作にまったく点が入らなかったことがあった。選評を聞いたら「この歌はみんなが入れると思ったから、あえて入れませんでした」って。「素直に入れてよー！」と思いましたね(笑)。

穂村　自分が出す歌を選ぶ時に、「票が入るかわからないけど、自分的には良い歌」と「票が入りそうな、いかにも好まれそうな歌」の二首があったら、つい安全牌《ぱい》である後者を選んでしまうことがあります。でも、そうやって策を巡らせて出した歌に限って、ぜんぜん点が入らなかったりして……。こんなことなら本当に良いと思っている歌を出せばよかった！　と後悔する。そんなことを何十年も繰り返している気がします（苦笑）。

「我」を謳歌《おうか》できた時代

穂村　俵さんは、若い世代の歌人で好きな人はいらっしゃいますか？

俵　私の所属している結社「心の花」の代表・佐佐木幸綱さんの息子さん、佐佐木定綱《さだつな》さんはすごくいい歌人になられたなと思います。いつも面白い球を投げてくるので、楽しくて仕方がありません。それから、ゲイという自身のセクシュアリティをテーマにした歌を詠まれている小佐野彈さんも好きですね。穂村さんは、近年の、口語で詠むのが当たり前になった世代の歌はいかがですか？

穂村　短歌の文体と、そこに紐《ひも》付《づ》いて存在しているテーマが、ある時期以降、かなり変化してきているように思います。端的に言って今の口語短歌は、その黎明期に比べて、もっと禁欲的で倫理的です。これは僕なりの捉え方ですが、正岡子規、与謝野鉄幹、斎藤茂吉、与謝野晶子、岡本かの子といった近代の歌人たちが、一人称の「我」を発見し、それを謳歌した。その流れは八〇年代にデビューした我々、口語短歌黎明期の歌人の時代まで続きました。

俵　その「我」を無条件で謳歌するモードが変わってきた？

穂村　はい。晶子や茂吉の歌を見れば一目瞭然ですが、「我」、すなわち「私」というものが辟易するくらい濃いですよね。でも今は、「私」を謳歌する、いわばエゴの解放みたいなことを良しとしなくなってきているように感じています。俵さんや僕の世代は、かつての歌人たちに比べると自我が薄いと言われていましたが、それでも現在の若手歌人たちと比べると、バブル経済を背景にやはり自分という存在を謳歌してきたように思います。

俵　「我」を謳歌した歌で、特に印象に残っているのはどのようなものでしょうか。

穂村　特に恋愛の歌に顕著ですよね。例えば、俵さんが評伝『牧水の恋』（文藝春秋）で引用された若山牧水の〈**山を見よ山に日は照る海を見よ海に日は照るいざ唇《くち》を君**〉。ここまで自分たちのキスにスポットライトを当てられるのは、すごいです（笑）。

俵　キス繋がりで、牧水には〈**ああ接吻《くちづけ》海そのままに日は行かず鳥翔《ま》ひながら死《う》せ果てよいま**〉という歌もありますね。

穂村　「ああ接吻」という、過剰にドラマチックなセリフを言えてしまうメンタリティは、今の歌人にはもうない。恋愛のような、それまで普遍的と思われてきたものが選択性になり、「誰もがするもの」ではない時代になった。その結果、恋愛を「して当たり前のこと」だと思うことが、そこにコミットしない人を傷つける可能性がある――そういう発想が生まれたんでしょうね。

SNS時代の歌と言葉

俵　そうした背景には、Twitter などのSNSの一般化が大きく関わっているように思います。SNSでは、多くの人たちがハンドルネームなどを使って〝匿名〟の存在として発信をしています。そうした日常は「我を出す」こととは明らかに逆のベクトルですよね。もっと言えば、SNSをはじめ、ネット上では、いろいろな「我」になれるという側面もある。このことは、歌にも大きな影響を与えているように思います。

穂村　複数の名前と人格を演じ分けているような人もいますものね。

俵　私はこれまで、歌はそれこそ「我」そのものだと思って作ってきました。作歌を始めるきっかけとなった佐佐木幸綱先生から「短歌というのは一人称の文学だ」「なるべく本名でやりなさい」と言われて、特に疑問にも思いませんでした。でもそれは、今の若い人たちの在り方とはちょっと違うんでしょうね。

穂村　これは、短歌という表現を大きく変えるかもしれない、重要な転換点だと思います。

俵　そうした時代に生まれてくる短歌とは、どのようなものなのか。

最初から「我」を捨て、普遍的な入口から、誰も傷つけない歌を詠んだとして、その歌が人の心に届く力強さを持ち得るのか？　そういう疑問も一方ではあります。確かに、ものすごく個人的なことをただ身の上話のようにされたら、それは表現としては未熟なものに思えるかもしれません。でも、先ほどの牧水にしても、その歌が生まれた背景を知れば、やはりものすごく個人的な事柄に起因していること、それ無しには彼の歌は成立し得なかったことがわかる。もちろん、そうした「強烈な我」を通過せずに生まれる新しい歌というものにも興味があるし、ぜひ読んでみたいですけどね。穂村さんはSNSはやらないの？

穂村　いろいろ考えてしまって、上手く使いこなせる自信がないからやってないですね。

俵　気持ちはわかります。私はTwitter、好きなんですよね。自分の言葉がどんどん人に手渡されていく感覚が、すごく新鮮だった。**〈リツイート我もするなりツイッターは言葉のバケツリレーと思う〉**（『オレがマリオ』）という歌を以前作ったんですけど、直接は会えない人たちの元に言葉が届いていく様が可視化されるのって、現代ならではの面白さだと思います。

歌に時代の壁はない

穂村　時代を経て、自分の歌が未来の読者に伝わるだろうか……みたいな心配ってありますか？

俵　どうだろうなぁ。

穂村　例えば、言葉の選び方が古びるということもありますけど、そのものごと自体が時代とともに消えてしまったり、忘れられてしまう問題もある。例えば、僕の**〈「酔ってるの？あたしが誰かわかってる？」「ブーフーウーのウーじゃないかな」〉**（『シンジケート』）と

ただ君の部屋に音をたてたくてダイヤル回す木曜の午後

俵　万智

かからむとかねて知りせば越《こし》の海の荒磯《ありそ》の波も見せましものを

大伴家持

いう歌の「ブーフーウー」は、昔NHKでやっていた着ぐるみ人形劇のキャラクターですけど、おそらく今の若い読者は知りませんよね。あるいは、〈**プルトップうろこのように散る床に目覚めるとても冷たい肩で**〉（同）も、今は缶のプルトップの構造が変わってしまったから、当時を知る人以外は「？」となってしまうでしょう。

俵　それは、歌の傷になると思いますか？

穂村　うーん。必ずしも致命傷だとは思わないですけどね。そこには、ある種のエキゾチシズムのような効果があって、知らない文化やかつて存在したものへの憧れのような気持ちを喚起する場合もある。それが歌を魅力的にすることもあるから。

俵　第一歌集『サラダ記念日』を読み返してみて思ったのが、今と違う最大のポイントは、連絡手段が固定電話と手紙なことだなって。スマホもメールもない時代。面白かったのが、この間大学生とお話しする機会があって、〈**ただ君の部屋に音をたてたくてダイヤル回す木曜の午後**〉を好きな歌に挙げてくれたんです。でも、世代的にダイヤル式の電話なんて馴染みがないですよね？　不思議に思って聞いたら、「『昔はこうだったのか！』と、すごくキュンキュンしました」って言っていました。

穂村　まさにエキゾチシズムですね。見方を変えれば、今は電話のダイヤルを回す歌は作れないわけだから、その時にしか表現しえない情感を詠んだ歌とも言える。

俵　さっきの「自分の歌が未来の読者に正しく伝わるかどうか心配？」という質問ですが、約千四百年前に編まれたとされる『万葉集』が、いまだに読み継がれていることを考えれば、そこまで心配しなくてもいいかもしれないですね。それこそ元号が令和に変わって、その出典だったことでちょっとしたブームになりましたよね。私も読み返したんですが、今の自分の気持ちと響き合う歌がたくさんあって、千年以上の時間の開きなんてまるで感じませんでした。

穂村　例えばどんな歌ですか？

俵　大伴家持が詠んだ〈**かからむとかねて知りせば越《こし》の海の荒磯《ありそ》の波も見せましものを**〉とか。越《えっ》中《ちゅう》に赴任した家持が、都から弟の死去の知らせを受けて詠んだ歌ですね。「死ぬってわかっていたら、あの富山の海を見せてやったのにな」と嘆いている。人生って、こういう後悔の繰り返しだなと思います。私の場合も、例えば子どもの成長はとても早くて、「ああ、あの時の運動会、もっと思い入れを持ってちゃんと見てやるんだったな」みたいな後悔がすごく多い。核となる感情は普遍的なものも多いし、同じ日本語だし、特に時代の壁は感じないですね。だから私にできるのは、今の時代の言葉で、ただただしっかりと書いていくことだけなんだと思います。

穂村　次の歌集のご予定は？

俵　二〇二〇年に新しい歌集（『未来のサイズ』（KADOKAWA））を出そうかなと思って、前作以降に書いた歌を見直しているんですが、どの歌を入れるか取捨選択が難しいです。あと、歌の並び。この判断によっては、まったく違う歌集になってしまうから。

穂村　歌集って、タイトルと歌の並びで決まると思っていて。例えば、俵さんの『オレがマリオ』の、〈**幼稚園の見学すれば父の日の父への手紙並ぶ教室**〉という歌がありますが、この歌は単体では充分機能しないですよね。その前に〈**貝殻をはずされてゆく寒さにて母子家庭とはむき身の言葉**〉という歌があり、この家族が母子家庭だと読者に理解された上で読まれるからこそ意味を持つ。流れの中で、歌と歌が有機的に響き合うことで、連作としても魅力的になっている好例だと思います。

俵　悩みまくって順番を考えた甲《か》斐《い》があります。前の歌がボディブローのように効いてくる歌集が作れたら嬉しいです。

（対談・二〇一九年十二月十九日）

あとがき

数年前のこと、雑誌「文藝春秋」の誌上で「代表的日本人の「新選・百人一首」」という企画に参加したことがある。「○○百人一首」的な本は珍しくないが、この記事のポイントはいわゆる専門歌人以外の有名人の短歌を選んだところだ。西郷隆盛《さいごうたかもり》、森鷗外《もりおうがい》、樋口一葉《ひぐちいちよう》、平塚《ひらつか》らいてう、竹久夢二《たけひさゆめじ》、宮沢賢治《みやざわけんじ》、小津安《おづやす》二郎《じろう》、湯川秀樹《ゆかわひでき》、三島由紀夫《みしまゆきお》などなど、作家や詩人はもとより政治家、軍人、財界人、科学者、思想家、宗教家、画家、音楽家、映画監督といった各ジャンルの錚々《そうそう》たるメンバーの作品を紹介することができた。この人も、この人も、この人も短歌を作っていたのか、という嬉《うれ》しい驚きがあった。

例えば、こんな歌。

うつし絵に口づけしつつ幾たびか　千代子とよびてけふも暮しつ

山本五十六《やまもといそろく》

「仕事で遠く離れているけれど、今日も写真にキスをしながら「千代子《ちよこ》」と君の名前を呼んでいるよ」という甘い歌だが、なんと作者は海軍大将の山本五十六である。会えなかったのは連合艦隊司令長官として戦争をしていたせいなのだ。しかも「千代子」さんは奥さんではなく愛人とのこと。イメージと違い過ぎて、いろいろびっくりしてしまった。
或《ある》いはこんな歌。

好きなもの　いちご　コーヒー　花　美人　ふところ手して宇宙見物

寺田《てらだ》寅彦《とらひこ》

寺田寅彦は高名な物理学者である。東京帝国大学を首席で卒業した秀才で、文学においては夏目《なつめ》漱石《そうせき》の弟子でもあった。でも、小学生が作ったような可愛《かわい》い歌だ。最後の「ふところ手して宇宙見物」が学者らしいところか。
こんな歌もある。

山が崩れてきても足許に火が燃えついてもびくともせない阿呆になりたい

出口《でぐち》王仁三郎《おにさぶろう》

うーん、と思う。出口王仁三郎は宗教家である。山が崩れてきても足許《あしもと》に火が燃えついてもびくともしなかったら死んじゃうと思うんだけど、さすがに突き抜けている。この人は生涯に十五万首を超える歌を詠んだという伝説の持ち主だ。もちろん最高記録だろう。その次に多いのは明治天皇の十万首、それから与謝野《よさの》晶子《あきこ》の五万首と云《い》われている。晶子の十分の一も作っていない私などはとても専門家面はできない。怖ろしい世界である。

　というわけで、「新選・百人一首」はとても楽しい企画だったのだが、一つだけ残念なことがあった。作者のほとんどが近代から戦前の生まれだったのだ。この記事は「日本人の誰もにとって短歌はもっと身近な「青春の文学」だった」という一文から始まっているのだが、「だった」という過去形が物語るように、それは昔の話なのだ。現在では多くの人が短歌は「身近」どころか縁遠いものと思っていることだろう。学校の教科書で一瞬だけ触れて後は忘れてしまう。さみしいことだ。

　そんな時、本書『あの人と短歌』のもとになった連載の話をいただいた。おかげで作家、詩人、俳人、漫画家、モデル、翻訳家、ブックデザイナー、ミュージシャンなど、さまざまなジャンルで活躍中の方々に出会うことができた。現代の短歌について、近代の詩歌について、万葉集について、うた合わせについて、昭和天皇の御製について、それぞれの方の視点からお話が伺《うかが》えて嬉しかった。本書のどの頁《ページ》からでも開いて貰《もら》えれば、その魅力をわかっていただけると思う。「短歌は面白いですよ」といくら口で云っても信じる人はいないだろう。本当に面白がっている人がいるということ、その人がこんなにも魅力的だということ、それだけが証になり得るのだ。

穂村 弘

二〇二〇年十月二十日

「あの人と短歌」引用短歌　索引・出典

＊対談で取り上げた俳句も掲載しています。

保阪正康さんと短歌

里中満智子さんと短歌

吉澤嘉代子さんと短歌

名久井直子さんと短歌

俵万智さんと短歌

穂村弘　ほむら・ひろし
歌人。一九六二年、北海道生まれ。九〇年、歌集『シンジケート』（沖積舎）でデビュー。その後、短歌を中心に幅広い分野で活躍。『鳥肌が』で二〇一七年度の講談社エッセイ賞を受賞。近作に『短歌ください明日でイエスは2010才篇』（角川文庫）、東直子との共著『しびれる短歌』（ちくまプリマー新書）など。十七年ぶりの最新歌集『水中翼船炎上中』（講談社）で、第二十三回若山牧水賞を受賞。

構成　辻本力
装丁　名久井直子
カバー撮影　井上佐由紀写真事務所
カバーヘアメイク　大山陽子
本文撮影　成清徹也
校正　鈴木さとみ
DTP　天龍社

あの人と短歌
二〇二〇年十二月十日　第一刷発行
著者　穂村弘
©2020 Homura Hiroshi
発行者　森永公紀
発行所　NHK出版
〒一五〇-八〇八一　東京都渋谷区宇田川町四一-一
電話　〇五七〇-〇〇九-三二一（問い合わせ）
〇五七〇-〇〇〇-三二一（注文）
ホームページ　https://www.nhk-book.co.jp
振替　〇〇一一〇-一-四九七〇一
印刷　近代美術
製本　ブックアート

Printed in Japan
ISBN978-4-14-016278-1 C0092